SOMMER ANTHOLOGIE

IMPRESSUM

Allgemeine Informationen

- Sommer Anthologie
- Auflage: 1, © 2025 Word & Shield e.V.
- Redaktionell verantwortlich: Word & Shield e.V.
- Verlag: BoD · Books on Demand GmbH, Überseering 33, 22297 Hamburg, bod@bod.de
- Druck: Libri Plureos GmbH, Friedensallee 273, 22763 Hamburg
- ISBN: 978-3-8192-4597-8

Bibliografische Information der Deutschen Nationalbibliothek: Die Deutsche Nationalbibliothek verzeichnet diese Publikation in der Deutschen Nationalbibliografie; detaillierte bibliografische Daten sind im Internet über dnb.dnb.de abrufbar.

Projektleitung

- Sophie Schuster, 1. Vereinsvorstand

Mitwirkende Autor:innen

- Alexandra Franze
- Alexandria Werder
- Anastrelle
- Bianca Tost
- Caitriona Collins
- Cel Silen
- Dunkel
- Ina Lindauer
- Isotopic
- J.M. Martini
- Jessica Bartel
- Judith Wolfertstetter
- Kris Cane
- M.R. Seibert
- Mitsuki Kibouno
- Ann Ja
- Sakura Kuromi
- Scarlet Prince
- Sharwyn
- Shino Tenshi
- Sophie Schuster
- Soerbuddha
- Stefan Emmerichs
- Suki Fee
- Tonja Wolf
- Umako
- Verena Binder
- Yamato Ôkami
- Yui Spallek

Lektoriert durch

- Sophie Schuster
- Yamato Ôkami
- Tonja Wolf

Coverdesign durch

- HallowGazer

Buchsatz durch

- BinDer Buchsatz, www.binder-buchsatz.de

Inhalt

Vorwort

SOMMER.

Der Sand ist zu heiß, um darüber zu laufen. Die Sonne lässt das türkisblaue Meer glitzern. Die Wellen rauschen. Deine Strandlektüre bringt dich zum Lachen, zum Weinen und zum Nachdenken.

Die Hitze ist kaum zu ertragen in deiner Wohnung. Du hast die Vorhänge gerade so weit geöffnet, dass genug Licht zum Lesen hereinfällt. Träumst du von der Zukunft oder von Magie?

Urlaub liegt in der Luft an diesem milden Morgen. Du bist auf dem Weg in den Park, in deiner Tasche ein Buch voller großer Gefühle.

Woran denkst du, wenn du an den Sommer denkst?

Genießt du die Sonne oder versteckst du dich vor der Hitze? Unsere 33 sommerlichen Geschichten sind die idealen Begleiter – auf dem Liegestuhl, auf dem Sofa, auf der Picknickdecke und überall sonst, wo du dich im Sommer gerne aufhältst.

Instagram

W&S e.V.

Der Word and Shield e.V. ist ein deutschlandweites Autor:innen-netzwerk mit Ursprung in München. Unsere Autor:innen bewegen sich oft abseits des Mainstreams, viele von ihnen sind neurodivers oder queer. Jeder ist willkommen! Nur der Hass muss draußen bleiben.

Auch Lektor:innen, Grafiker:innen, und Illustrator:innen können sich bei uns untereinander und mit Autor:innen vernetzen. Unsere Community ist eine Plattform für den Austausch von, mit und über Geschichten.

Auch die Förderung von Schreibanfänger:innen ist uns ein Anliegen. Deshalb halten wir regelmäßig Schreibworkshops, sowohl online als auch vor Ort im Rahmen diverser Jugendkultur-Veranstaltungen. Für Mitglieder unserer Community organisieren wir ein eigenes jährliches Treffen zum gemeinsamen Schreiben. Eines unserer Herzensprojekte sind außerdem Kurzgeschichtensammlungen wie diese hier.

Discord

CN

ÜBER CONTENT NOTES

Bitte beachtet, dass die Texte in unsererer Anthologie von unterschiedlichen Autor:innen aus unterschiedlichen Genres kommen. Manche sind zuckersüß, andere ernst oder sogar »heftig«. Damit wir euch nicht mit potentiellen Triggern in unangenehme Lesemomente bringen oder ihr nicht schlicht in unerwartete Szenen geratet, die ihr mit einem kleinen Hinweis übersprungen hättet, kennzeichnen wir unsere Geschichten mit einer Contentampel wie folgt:

 Erwähnung

Das Thema wird im Erzähltext oder nebenbei erwähnt.

Das Thema wird konkret thematisiert und besprochen.

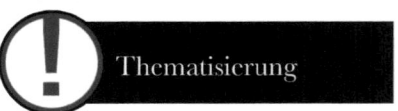 Thematisierung

 Darstellung

Das Thema wird beschrieben und dargestellt.

FSK

ALTERSEMPFEHLUNGEN

In der Buchbranche sind Altersempfehlungen nicht üblich. Dennoch möchten wir unsere Geschichten nach gewissen Richtlinien einordnen, die angeben, wie stark bedrohliche Momente, Gewalt, Schimpfworte und sexuelle Färbungen in den Geschichten vertreten sind.

	Schimpfwörter	Gewaltbeschreibung	Bedrohungsmomente	Sexuelle Darstellung	Weltbild oder Entwicklung prägende Darstellung von Sexualität, Gewalt
FSK0	0	0	0	0	0
FSK6	0-1	0-1	0-1	0	0
FSK12	1-3	1-2	0-3	0	0
FSK16	1-3+	1-2	1-3(!)	0-1	0
FSK18	1-3+	1-3	1-3!	1-3	0-1
FSK18 AVL	2-4+	2-4	2-4!	2-4	2-4!!!

0 = Keine | 1 = wenig/niedrig | 2 = moderat |
3 = exzessiv/stark | 4 = extrem-exzessiv |
+ = mit sexueller Färbung | !/(!) = (begrenzt) nachhaltig |
!!! verstörend/verzerrte Romantisierung/Verharmlosung

Familien-urlaub

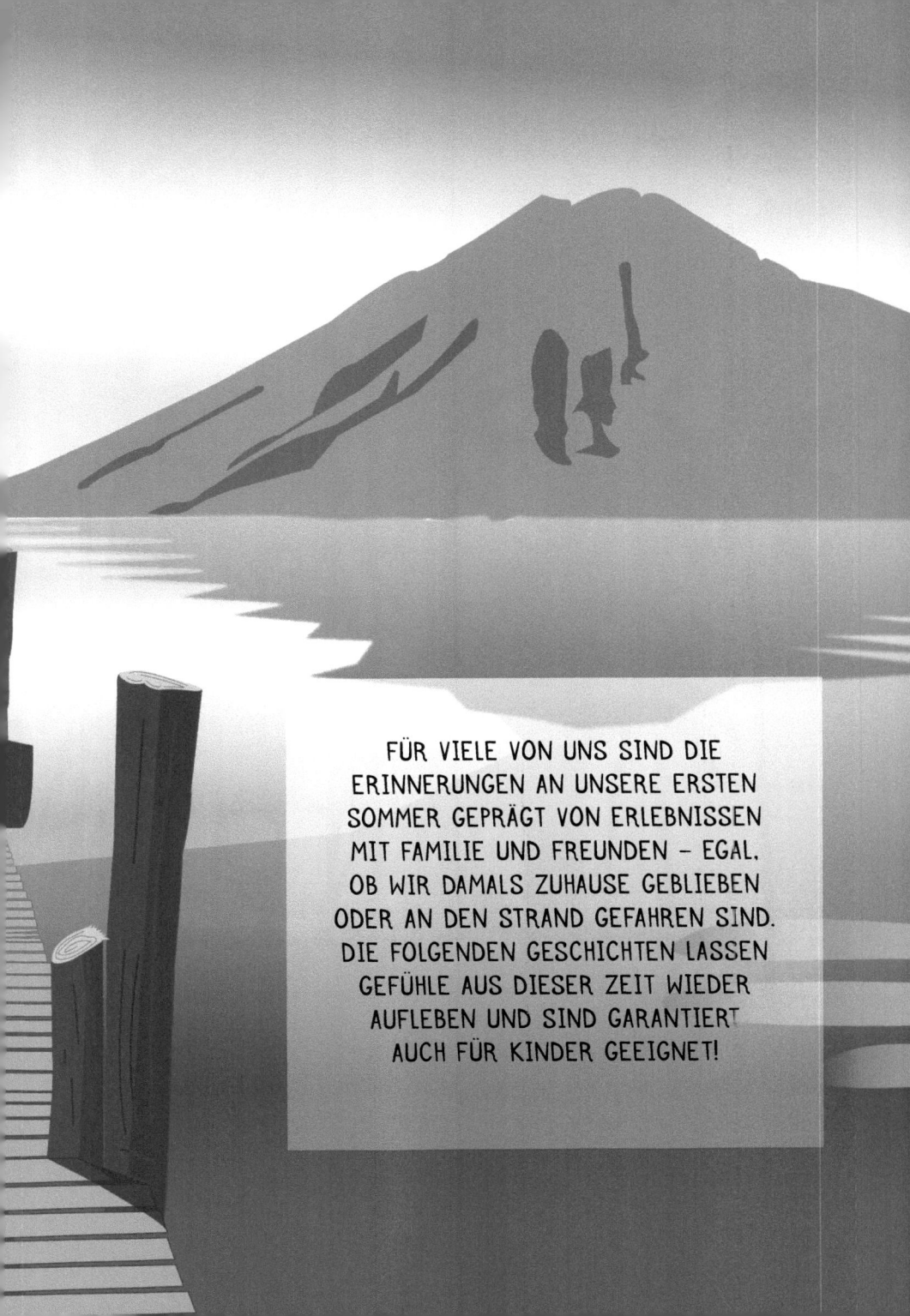

FÜR VIELE VON UNS SIND DIE
ERINNERUNGEN AN UNSERE ERSTEN
SOMMER GEPRÄGT VON ERLEBNISSEN
MIT FAMILIE UND FREUNDEN – EGAL,
OB WIR DAMALS ZUHAUSE GEBLIEBEN
ODER AN DEN STRAND GEFAHREN SIND.
DIE FOLGENDEN GESCHICHTEN LASSEN
GEFÜHLE AUS DIESER ZEIT WIEDER
AUFLEBEN UND SIND GARANTIERT
AUCH FÜR KINDER GEEIGNET!

1

DER KATER HAT HITZEFREI

© SOPHIE SCHUSTER

Das Sonnenlicht fällt warm auf Rawrs Fell. Anya hat den Rolladen gestern Abend nicht heruntergelassen, nachdem sie vor dem Einschlafen die Sterne beobachtet hat. Trotzdem - oder vielleicht deshalb - ist es schon später Vormittag, als Rawr seinen gemütlichen Schlafplatz verlässt. Er streckt sich ausgiebig, bevor er nach unten tapst, bereit für den Tag.

Es ist noch nicht zu heiß draußen, deshalb beschließt er, seine Freunde im Wald zu besuchen.

Der letzte Regen ist lange her, hier rund um das Holzhäuschen. Das Gras auf der Wiese ist sehr trocken und schon lange nicht mehr grün. Rawr weiß, dass Anya ihre Feuermagie momentan hier und besonders im Wald nicht einsetzt, weil zwischen den Bäumen viele trockene Zweige und Blätter liegen. Die können schon beim ersten Funken leicht Feuer fangen! Auch ein gemütliches Lagerfeuer in der Nacht könnte außer Kontrolle geraten. Das trockene Gras piekst unter seinen Pfoten. Je näher er jedoch dem Waldrand kommt, desto mehr können die Bäume Schatten spenden.

Dort hält er Ausschau nach der Eule, doch in den Baumkronen kann er nichts erkennen. Da erinnert er sich, dass er gelernt hat, dass die Eule nachtaktiv ist und jetzt wahrscheinlich schläft. Im Vorbeigehen sieht er, dass sich ein paar Meter weiter auf einem Ast etwas bewegt. Die Eule? Das kann sein, doch Rawr will sie nicht stören. Im Unterholz hört er es rascheln und knacken. Ob das die Hasen sind, oder vielleicht der Igel? Auf dem Waldweg vor ihm kann der Kater keinen von ihnen sehen.

Der erste Freund, dem Rawr schließlich auf seinem Spaziergang begegnet, ist das Eichhörnchen. Oben zwischen den Ästen liegt es auf dem Bauch, lässt die Vorderpfoten herunterhängen und nutzt seinen buschigen Schwanz als Sonnenschirm. »Hallo, liebes Eichhörnchen!«, ruft Rawr erfreut.

Das Eichhörnchen hebt seine Pfote ein Stück zur Begrüßung. »Hallo, Rawr!«, sagt es noch etwas träge. »Ich wollte mich gerade zum Mittagsschlaf hinlegen.«

Rawr legt den Kopf schief. »Mittagsschlaf?«, fragt er nach.

»Ich lege mich im Schatten zur Ruhe, wenn es im Sommer tagsüber zu heiß wird«, erklärt das Eichhörnchen. »Rennst du etwa herum und kletterst auf Bäume, wenn die Sonne gerade am höchsten steht?«

Rawr schüttelt den Kopf. »Meistens bleibe ich drinnen und liege auf der Fensterbank oder spiele mit Anya«, gibt er zu.

Das Eichhörnchen lächelt. »Siehst du. Was will man auch sonst tun bei diesem Wetter?«

»Ist das der Grund, wieso die anderen Tiere sich alle versteckt haben?«, fragt Rawr.

»Wir verstecken uns alle vor der Sonne und versuchen, uns kühl zu halten«, bestätigt das Eichhörnchen. »Die meisten Tiere halten sich im Schatten auf, manche sogar unter der Erde.«

Rawr begreift: »Deswegen habe ich die Hasen und den Igel auf dem Weg hierher nicht getroffen! Sie verstecken sich vor der Sonne!«

Das Eichhörnchen nickt. »Genau. Einige andere Tiere verlieben sich auch in dieser Zeit, und viele müssen sich um ihren Nachwuchs kümmern. Die Rehe zum Beispiel«

Rawr stellt neugierig die Ohren auf. »Heißt das, die Rehfamilie hat neue Kinder?«

Das Eichhörnchen lächelt. »In der Tat! Geh doch bei ihnen vorbei und sag Hallo!«, ermutigt es den Kater. »Du solltest sie auf ihrer üblichen Lichtung finden.«

Rawr freut sich. »Das werde ich gleich tun! Vielen Dank, liebes Eichhörnchen.«

»Gern geschehen«, sagt das Eichhörnchen, lässt den Kopf sinken und schließt die Augen.

Als er auf der kleinen Wiese ankommt, staunt der Kater nicht schlecht: Auf der Wiese im hohen Gras wachsen Blumen, vor allem zwischen den Bäumen. Die waren beim letzten Mal noch nicht da! Der Schatten der Bäume hat das Gras und die Blumen hier vor zu viel Sonnenlicht geschützt. Völlig gedankenverloren schnuppert Rawr an einer lilafarbenen Blüte, als auf der Blume daneben ein Wesen landet, das Rawr hier noch nicht gesehen hat. Der Körper erinnert Rawr an einen Käfer, doch die bunten Flügel sind fast so wunderschön und zart wie die einer Fee. Das Muster in verschiedenen Tönen von Orange, Gelb, Schwarz und Hellblau sieht fast so aus, als hätte das Wesen Augen auf den Flügeln. Mit vorsichtigen Schritten nähert sich der kleine Kater, beobachtet das Wesen.

»Das ist ein Schmetterling«, erklärt eines der jungen Rehe. Seine Geschwister liegen ein paar Bäume weiter im Gras und kichern, als Rawr vor Schreck zusammenzuckt. Der Schmetterling wird dadurch ebenfalls aufgescheucht, dreht ein paar Runden in der Luft und landet auf Rawrs Nase.

Der Kater hält ganz still und beobachtet den Schmetterling neugierig. »Keine Sorge, er tut dir nichts«, sagt das junge Reh. »Schmetterlinge ernähren sich von den Blumen, weißt du?« Sie trinken den Nektar aus den Blüten, dafür tragen sie die Samen der Pflanzen weiter und verbreiten sie.« Das Reh deutet mit dem Kopf in die Richtung eines anderen Insekts mit gelben und schwarzen Streifen und kleinen, durchsichtigen Flügeln. »Genauso wie Bienen auch. Sie leisten in der Natur einen wichtigen Beitrag.«

Rawr lauscht fasziniert. Als der Schmetterling festgestellt hat, dass der Kater keine Blume ist, breitet er seine Flügel aus und fliegt weiter. Nun kann sich Rawr ganz seinen Freunden, den Rehkitzen, zuwenden. Sie haben es sich an einer schattigen Stelle zwischen den Bäumen und Blüten im hohen Gras gemütlich gemacht. Kein Wunder, dass er sie vorhin nicht gleich entdeckt hat!

»Woher weißt du das alles?«, fragt Rawr.

»Unsere Mutter hat es uns beigebracht«, erklärt das Reh.

»Wo ist sie denn jetzt?«, erkundigt sich der Kater.

Mit einem Grinsen im Gesicht antwortet das Reh: »Mama und Papa rennen wie frisch

Verliebte durch den Wald und albern herum. Ich finde das irgendwie niedlich.«

»Bäh, ich hoffe, ich werde nie so«, mischt sich sein Bruder ein. »Und wir müssen in der Zeit auf unsere kleinen Geschwister aufpassen, stell dir das mal vor!«, sagt er, nun an Rawr gewandt.

Die Kleinen! Rawr hat sie noch gar nicht richtig begrüßt! Er tapst neugierig um sie herum und schnuppert.

»Hallo«, sagt er. Die beiden neugeborenen Rehkitze blinzeln ihn neugierig an.

»Wenn eure Mama und euer Papa euch hier ganz alleine lassen, fehlt es euch denn auch an nichts? Habt ihr genug zu Essen? Ich kann dort drüben in die Bäume klettern und euch ein paar Äpfel holen!«, bietet Rawr seine Hilfe an.

»Vielen Dank, aber die Äpfel sind doch noch gar nicht reif«, erklärt das Reh. »Außerdem haben wir jetzt im Sommer genug Gräser, Blätter und Kräuter zu fressen. Mach dir um uns keine Sorgen, lieber Kater.«

Der Kater jedoch erinnert sich an verschiedene Kinder, auf die er gemeinsam mit der Hexe schon aufgepasst hat, und kommt nicht umhin, sich Sorgen zu machen.

»Seid ihr sicher, dass ihr das schafft? Ich kann schnell nach Hause laufen und Anya holen, wenn es euch zu viel wird.«

Das Reh grinst. »Sie sind in ihrem Alter noch lange nicht so schnell wie wir, also weglaufen können sie uns nicht. Außerdem kommt unsere Mutter bestimmt bald wieder vorbei, um ihnen Milch zu geben.«

Das leuchtet Rawr ein. Er genießt noch ein wenig die Sonne mit seinen Freunden, dann zieht er weiter, zurück in Richtung des Holzhäuschens.

Er läuft den Waldweg entlang, als er durch eine Lücke im Blätterdach zwei Schatten am Himmel umherziehen sieht. Waren das vielleicht die beiden Vögel, denen er im Herbst geholfen hat, nach Süden zu finden? Begeistert winkt der kleine Kater ihnen zu. »Hallo!«

Die Zugvögel sehen ihn und fliegen mit einer kunstvollen Kurve zu ihm hinunter. »Hallo, kleiner Kater!«, schnattert einer der beiden, während sie landen.

Der andere grüßt ihn ebenfalls. »Vielen Dank nochmal für deine Hilfe«, sagt der erste Vogel. »Ohne dich hätten wir den Rest unserer Familie nicht mehr einholen können.«

»Aber wir haben sie gefunden und jetzt sind sie alle wieder mit uns hier.« Der andere Vogel deutet mit einem Flügel an den Himmel, wo Rawr schemenhaft einige weitere Vögel erkennen kann.

»Unsere Freunde, unsere Kinder und Enkelkinder … die ganze Familie«, ergänzt der erste Vogel stolz. Man könnte fast meinen, er würde lächeln.

Rawr freut sich für die beiden. »Das ist toll! Wie war denn der Winter im Süden?«

»Wie immer, wie immer. Wir fliegen ja jedes Jahr dorthin«, sagt der Vogel.

Die Vögel fliegen wieder los, um ihren vorherigen Tanz in der Luft fortzusetzen. Rawr schaut ihnen hinterher.

Die Sonne steht hoch oben am Himmel, und so setzt Rawr nun umso eiliger seinen Weg zurück nach Hause fort. Dort sitzt Anya mit einem Glas in der Hand vor dem Haus. Als Rawr näher kommt, rückt sie ihren Stuhl ein Stück vom Tisch weg, damit er auf ihren Schoß springen kann. Sie nimmt einen Schluck aus ihrem Glas. Mit einem Tuch wischt sie die Wassertropfen ab, die sich außen am Glas gesammelt haben. Lächelnd beginnt sie nun, Rawr zu kraulen. Er schließt die Augen und schnurrt - Ihre Hand ist angenehm kühl. Er streckt ihr das Köpfchen entgegen, sie lehnt sich vor und krault ihn weiter zwischen den Ohren.

Rawr beschließt, auch etwas zu trinken. Er streicht ihr noch einmal zwischen den Beinen umher, dann tapst er zum Fluss, der hinter dem Häuschen fließt. Anya läuft ihm vorsichtshalber mit etwas Abstand hinterher. Als er am Ufer steht, lehnt er sich ein Stück vor, bis er mit seiner Zunge die Wasseroberfläche erreicht. Doch oh nein! Der Stein unter seiner Vorderpfote, auf dem er sich abgestützt hatte, war locker! Rawr taumelt kopfüber in den Fluss. Die Strömung reißt ihn ein paar Meter weit mit, bevor Anya ihn mit einem Zauber aus dem Wasser ziehen kann.

Was für ein Glück, dass sie hier ist! »Na, wolltest du dich abkühlen gehen?«, fragt sie amüsiert, als er tropfend auf ihrem Arm landet. Er jammert leise. Wenigstens ist ihm nichts passiert. In der Sonne würde auch sein Fell schnell wieder trocknen, sodass Anya auf den Einsatz von Magie verzichtet.

Sie steuert auf die Haustür zu. »Du hast aber wirklich recht«, sagt sie nachdenklich. »Viel zu trinken ist bei diesem Wetter wichtig. Doch direkt aus dem Fluss ist es für viele Tiere zu gefährlich. Ich habe da eine Idee …« Ein Grinsen breitet sich auf ihrem Gesicht aus. »Lass uns ins Haus gehen, ja?«, sagt sie. Der Kater auf ihrem Arm hat nichts dagegen.

Sie sucht die Regale in der Küche nach etwas ab und zeigt ihm schließlich ein paar flache Tonschalen. „Die können wir am Fluss mit Wasser füllen und in den Wald stellen. Dann können die Tiere dort daraus trinken.«

DIESE GESCHICHTE ENDET DA, WO
DIE GESCHICHTE „EIN SOMMERTAG
IM KLEINEN TEMPEL
© SOERBUDDHA" AUF SEITE
155 BEGINNT.

DER GROSSARTIGE RITTER
EDELWIN UND DER BADETAG

© SUKI FEE

Hallo und herzlich willkommen zurück auf dieser Lichtung zu einer neuen Geschichte über den großartigen Ritter Edelwin. Für die Neulinge unter euch: mein Name ist Berti und ich bin der Knappe des tollsten Helden aller Zeiten.

Oh, und für die von euch, die mich kennen und sich über die Augenringe und das Hawaiihemd wundern: Ich komme gerade von der Strandparty im kleinen Tempel. Warum wir dort waren? Nun, das ist eine interessante Geschichte.

Gestern war es, wie es sich für einen Sommertag gehört, so richtig heiß. So heiß, dass der großartige Ritter Edelwin sogar seinen episch im Wind wehenden Umhang in einer der endlosen Satteltaschen verstaut und die glänzende Rüstung gegen ein bloßes Leinenhemd getauscht hatte. Auch ich war in wesentlich kühlerer Kleidung als sonst unterwegs. Wir ritten schon einige Zeit an einem Fluss in einem Wald entlang, der uns zumindest ein kleines bisschen Erleichterung verschaffte, als der Wald sich plötzlich lichtete und der Fluss nach einigen Metern ins Meer mündete.

Nun, natürlich wussten wir, dass es in der Nähe ein Meer gab, aber dadurch, dass wir die ganze Zeit durch einen trockenen Wald geritten waren, hatten wir nicht damit gerechnet, an diese Oase der Feuchtigkeit zu kommen.

Pegasus und Bob waren unfassbar glücklich, als wir ihnen das Zaumzeug abnahmen. Bob durchpflügte erstmal den Sand mit seinen Flügeln und warf ihn in die Luft.

Okay, das muss ich kurz erklären: Durch gewisse Umstände sind Pegasus und Bob die Söhne vom ehemaligen Lehrling des Hofzauberers Zaubart. Der Lehrling hat sich selbst durch ein schief gelaufenes Experiment in einen Esel verwandelt und sammelt jetzt magische behufte Freundinnen. Pegasus' Mutter war ein Einhorn und Bobs Mutter war ein Pegasus. Ja, ja, ich weiß, kompliziert. Aber Pegasus hat kein Horn und der Name klingt gut für das strahlend weiße Ross eines Helden. Und Bob ist nun mal ein Esel mit kleinen Flügeln. So klein, dass er leider nicht fliegen kann.

Aber weiter im Text. Während unsere Reittiere sich also am Strand vergnügten, zog ich schnell meine Kleidung aus und sprang ins Wasser. Da ich in meiner Kindheit von den Räubern regelmäßig in den Fluss geworfen wurde, bin ich ein recht guter Schwimmer. Mein Herr beschloss, eine Decke auszubreiten und auf die Sachen aufzupassen, damit ich als erstes ins Wasser konnte. Wie überaus großzügig von ihm, ich weiß! Aber natürlich zog auch er sich um. Ich erspare dir lieber die Details seiner Badekleidung, aber sei dir versichert: Viel Raum für Fantasie lässt sie nicht. Natürlich bringt diese Art Badehose die Muskeln meines Herrn ganz fabelhaft zur Geltung, aber auf den Anblick hätte ich trotzdem gern verzichtet.

Auch im späteren Verlauf dieses Tages wollte mein Ritter nicht ins Wasser, obwohl ich es ihm mehrfach anbot. Aber er bestand darauf, dass er nicht nass werden musste und ihm der Schatten ausreichte. Einmal versuchte Pegasus, seinen Herrn an der Badehose ins Wasser zu ziehen, doch der trotzte der überpferdigen Stärke seines Rosses und blieb an Land. Nicht einmal in die Nähe des Wassers wollte er gehen, vom Schwimmen ganz zu schweigen. Kurz kam mir der Gedanke, dass er das vielleicht gar nicht konnte, ich verwarf es aber sofort. Es gibt schließlich nichts, was der großartige Ritter Edelwin nicht kann!

Als ich gerade im Wasser nach Muscheln tauchte, kamen noch andere Leute zum Strand. Wie sich herausstellte, waren wir in der Nähe des Dorfes Krabbwasser gelandet, das für seine Fischgerichte berühmt ist. Bald bekam ich von Pegasus, Bob und einigen Kindern Gesellschaft. Währenddessen unterhielt mein Herr sich mit den Dorfbewohnern, denen er half, einen großen Sonnenschirm aufzubauen. Die Bewohner erzählten, dass die Flut hier oft so hoch war, dass sie den ganzen Strand umspülte.

Außerdem erfuhren wir davon, dass der Strand alle paar Monate von gigantischen Monstern heimgesucht wurde, die manchmal auch ein paar Dorfbewohner fraßen und dann wieder verschwanden. Egal welches Monster es war, jedes von ihnen war mehrere Meter groß. Es gab auf jeden Fall einen gigantischen Frosch, einen Riesentintenfisch und eine Art Aal mit hunderten kleinen Beinen, die häufig kamen. Etwas seltener war der Schleim. Ich weiß nicht, wie ich dieses Monster besser erklären soll, aber laut den Erzählungen sieht es aus wie ein riesiger Würfel aus weißem Gelee, der alles einsaugt, was sich bewegt. Von allen Monstern war ich am wenigsten erpicht darauf, dieses zu treffen. Da dann doch lieber den Seedrachen!

Sicher fragst du dich jetzt, warum die Dorfbewohner an diesem gefährlichen Strand bleiben? Nun, während der Ebbe kann man hier sehr gut nach Muscheln suchen, die oft auch Perlen enthalten. Außerdem wird immer mal wieder ein Thunfisch angespült, der dann das Essen für die nächsten paar Wochen sichert. Wenn man also aufpasst und sich während eines Monsterangriffs vom Strand fernhält, ist es gar nicht so schlimm.

Während wir uns darüber unterhielten, sah ich dabei zu, wie einige Jugendliche eine Strandbar aufbauten. An diesem Abend sollte es ein

großes Dankesfest mit vielen Opfergaben geben, damit die Monster ein bisschen besänftigt wurden. Ich persönlich halte sowas zwar für ziemlich nutzlos, aber den Leuten der Gegend ist es offensichtlich wichtig.

Ein Mädchen erzählte mir auch, dass sich hier am Strand manchmal ein komischer Wirbel in der Luft öffnete, aus dem Stimmen und die Rufe eines Drachen kamen. Sie erzählte mir, dass sie ziemlich Angst davor hatte, dass der Drache eines Tages durch den Wirbel kommen und sie fressen würde. Also versprach ich ihr selbstverständlich, dass wir uns darum kümmern würden. Mir ist sehr wohl bewusst, dass unsere Drachenfreundin Zarte Freesia die Ausnahme der Regel ist. Die allermeisten Drachen sind nach wie vor extrem gefährlich.

Ich probierte eine Kokosnuss und sah dabei zu, wie mein Herr in der Nähe an der Wellenkante stand, so dass das Wasser bei jeder Welle seine Füße umspielte. Er schien ein bisschen zu zittern, aber das bildete ich mir sicher ein.

Die Zeit verging wie im Flug und ehe wir uns versahen, fing es bereits an zu dämmern. Man könnte meinen, wenn die Sonne verschwand, würde es schnell kühler werden, aber nein. Tatsächlich verhält es sich in dieser Gegend so, dass der Sand die Hitze speichert und auch noch einige Stunden nach Einbruch der Dunkelheit abgibt, so dass es erst um Mitternacht herum kühler wird. Diesen Umstand nutzten die Dorfbewohner von Krabbwasser kräftig aus und luden uns auch gleich ein. Die Fischer hatten heute einen tollen Fang gemacht und obwohl das normalerweise hieß, dass bald ein Monster auftauchen würde, war das noch nie zu einem Dankesfest passiert. Üblicherweise sind auch die ersten zwei Tage mit super guten Fängen noch sicher, erst ab Tag drei bleiben die Bewohner lieber vom Strand weg, bis die Kundschafter ihn zerstört vorfinden.

Da ich «üblicherweise« sagte, ahnst du vermutlich, dass das dieses Mal nicht der Fall war. Tatsächlich war dieses Mal einiges nicht wie üblich.

Punkt eins: Das Monster kam zu früh.
Punkt zwei: Es war eines, mit dem wir nicht gerechnet hatten.
Punkt drei: Wir waren da.

Der letzte Punkt war das große Glück der Dorfbewohner von Krabbwasser, denn dieses Mal kam eine Riesenkrabbe. So etwas war erst ein einziges Mal passiert: Bei der Gründung des Dorfes. Ein fahrender Held, meinem Herrn nicht unähnlich, hatte die letzten Bewohner eines Dorfes vor einem schlimmen Zauberer gerettet. Dabei war das Dorf zerstört worden und er suchte nach einer neuen Heimat für seine Freunde. Das war schwierig, weil er einen besonders guten Ort finden wollte. Irgendwann kam er an den Strand von Krabbwasser, wo zu diesem Zeitpunkt jeden Tag eine bestimmte Riesenkrabbe ihr Unwesen trieb. Deswegen wurde der Ort von allen gemieden, obwohl es ansonsten in jeder Hinsicht der perfekte Platz für eine neue Heimat gewesen wäre. Jener Held beschloss, das Problem zu beseitigen, und nach einem drei Tage andauernden, kräftezehrenden Kampf gelang es ihm endlich, die Krabbe zu töten.

Er höhlte die Krabbe aus und legte ihr Fleisch ein. Den Panzer ließ er stehen, da er so groß war, dass alle seine Freunde die ersten Tage darunter schlafen und wohnen konnten. Dann holte er sie von seinem Schloss ab und gründete mit ihnen das Dorf Krabbwasser.

Viele Jahre lang verteidigte er das Dorf vor Angriffen, und als die Zeit seines Ruhestandes gekommen war, gab es eine Routine, die bis gestern nie gebrochen wurde.

Ich war noch nie in Krabbwasser, aber laut den panischen Dorfbewohnern war unsere Krabbe nicht so groß wie die, deren Panzer immer noch das Zentrum des Dorfes bildet. Das war nur ein schwacher Trost. Wesentlich beruhigender fand ich die Tatsache, dass mein Herr seine Rüstung wieder angelegt hatte, als es anfing, etwas kühler zu werden. Schließlich wollte er immer auf den Ernstfall vorbereitet sein! Die Rüstung steht ihm aber auch besser als diese … Nein, lassen wir das lieber. Ich will nicht mehr an die Badehose denken. Mist, jetzt habe ich es doch getan. Egal, weiter!

Weil mein Herr seine Rüstung inzwischen wieder trug, und natürlich aus keinem anderen Grund, lockte er die Krabbe vom Wasser weg, so gut er konnte. Ich hatte euch ja bereits erzählt, dass es nicht sein kann, dass er nicht schwimmen kann, denn er ist schließlich ein Ritter.

Ich unterstützte ihn dabei, sobald ich die Dorfbewohner in Sicherheit gebracht hatte, was aber leider eine Weile dauerte.

Kaum war ich fertig, sah ich meinen Herrn bereits in der Klemme stecken und eilte ihm natürlich zur Seite. Da wir die Krabbe nun in die Zange nahmen, krebste sie unzufrieden hin und her, bis sie ausscherte und ich mit einem gekonnten Rückwärtssprung auswich. Das Monster machte Stielaugen und fixierte mich, während der großartige Ritter Edelwin hinter ihm im Sand herumkrabbelte. Ich bin nicht daran gewöhnt, das Ablenkungsmanöver zu sein, tat aber mein Bestes, die Krabbe zu beschäftigen. Sie aus dem Gleichgewicht zu bringen stellte sich trotz meiner Erfahrung mit Spinnen als schwierig heraus. Zwar laufen beide Tierarten auf vier

Beinpaaren, aber die Gangart machte dann doch einen großen Unterschied. Nachdem ich zum zweiten Mal in Seetang gefallen war, weil ich nach hinten ausweichen musste, während ich zur Seite lief, gab ich meinen ultimativen Spinnenplan auf und sprang im Zickzack zurück. Wir kamen dem Wasser immer näher und als meine Füße nass wurden, erkannte ich mehrere Fehler: Erstens haben Krabben im Wasser einen Heimvorteil und zweitens war ich so außer Puste, dass ich ziemlich keuchte. Ich war bereits dabei, mein letztes Gebet zu sprechen, als mein Herr endlich sein Schwert in die Höhe reckte und mit heldenhafter Stimme und Pose rief:

»Halte ein, krasse Krabbe! Kein Krustentier kneift einfach meinen Knappen!« Dann rannte er auf das Krustentier zu und schlug ihm ein Bein ab. Für die nötige Wucht sorgte ein Stein, den er ans oberen Ende des Schwertes angebunden hatte. Da mein Herr die Krabbe nun wieder ablenkte, bekam ich endlich die Gelegenheit, mein neues Spielzeug auszuprobieren: Ich hatte einen dünnen Lederriemen einseitig mit Leim bestrichen. Ich nenne meine Erfindung Klebeband, weil es ein Band ist, an dem Sachen kleben bleiben. So schnell wie vorsichtig knüpfte ich eine Schlinge daraus, die ich um eine der Scheren warf, gerade als mein Herr das nächste Bein unbrauchbar machte. Am anderen Ende des Bandes hatte ich einen Stein befestigt, den ich nun so warf, dass sich das Klebeband mehrfach um die Schere wickelte und sie somit unbrauchbar machte. Dies wiederum gab meinem Herrn die Gelegenheit, die zur Seite kippende Krabbe mit seinem Schwert, oder besser gesagt, seinem Krabbhammer an der Unterseite zu treffen, wodurch er ihn ordentlich zerquetschte. Die Krabbe kippte endgültig um und blieb auf dem Rücken liegen.

Ich konnte es kaum glauben, wir hatten tatsächlich gewonnen! Schwer atmend und nach Seetang stinkend ließ ich mich in den weißen Sand fallen, während die Dorfbewohner aus ihrem Versteck kamen und jubelnd loslegten. Ein Teil von ihnen brach den Panzer der Krabbe weiter auf, um an das Fleisch heranzukommen. Einer von ihnen rannte zum Dorf, um das Rezept für das eingelegte Krabben-fleisch zu holen, das schon der fahrende Ritter damals benutzt hatte. Wieder ein anderer holte auf meine Bitte hin unsere Satteltaschen. Während Pegasus begann, einen Haufen Seegras zu fressen, fächelte Bob mich trocken. Ich nutzte die Gelegenheit und suchte nach meinem anderen Hemd. In der Zwischenzeit überprüfte mein Herr sein Schwert auf Schäden. Dabei sah er mich von der Seite her an.

»Mein lieber Berti, ich muss schon sagen, deine Fähigkeiten im Scheren-Samba sind wirklich einmalig. Doch ich fürchte, an deiner Kondition müssen wir noch ein wenig arbeiten. Du warst so rot im Gesicht wie eine in Chilisoße gekochte Krabbe.« Darauf konnte ich nicht viel erwidern, also schwieg ich lieber und hoffte, dass er das Thema bald wieder vergessen würde.

Schließlich und endlich war alles geklärt und wir gingen zur Strandbar, auf der unsere Getränke bereitstanden. Doch genau in dem Moment, in dem wir auf unseren Sieg anstoßen wollten, explodierte die Bar und ein Wirbel erschien in der Luft. Erschrocken sprangen wir zurück und ich erinnerte mich an das, was mir die Dorfbewohnerin erzählt hatte.

»Hinter dem Wirbel gibt es einen Drachen!«, rief ich meinem Herrn über das Knacken von Holz zu, als der Wirbel nach und nach größer wurde.

»Na dann, lass uns Drachen jagen!«, rief mein Herr und holte Pegasus und Bob herbei. Wir saßen auf und ritten in den Wirbel. Nicht ahnend, was uns dort erwarten würde.

Tod

OERFEL IST EIN LAND MIT LANGEN, KALTEN WINTERN UND KURZEN, WUNDERSCHÖNEN SOMMERN!

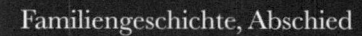

3

Familiengeschichte, Abschied

FSK 0

AVAS LETZTER SOMMER

© SUKI FEE

Ava schlug die Augen auf und hüpfte vor Aufregung aus dem Bett. Endlich war es wieder so weit! Endlich würde ihr Papa wieder zu ihr kommen! Wenn Papa da war, wusste sie, dass jetzt der Sommer anfing!

Schnell warf sie sich ein kurzes Kleid über, schlüpfte in ihre Sandalen und stürmte die Treppe runter. Um zur Küche zu kommen, musste Ava den Innenhof überqueren, aber heute machte ihr das gar nichts aus, weil das Gras schön grün war. Sie ließ sich hinein fallen und schloss genüsslich für eine Weile die Augen. In Oerfel waren die Sommer immer so unglaublich kurz, dass sie jede einzelne Sekunde davon auskosten musste.

Während sie die Wolken betrachtete, überlegte sie, was sie heute machen wollte, wenn ihr Papa endlich da war. Obwohl sie schon fünf Jahre alt war, musste sie es einfach genießen. Still drin sitzen und sticken üben konnte sie den ganzen Tag, wenn es kalt war und schneite. Aber jetzt, als die Sonne schien und das Gras spross, musste

sie wild herumtollen und den ganzen Tag spielen. Ein Brummeln in ihrem Bauch erinnerte Ava daran, dass sie sich etwas zu essen holen wollte, bevor sie zum Hafen lief. Also sprang sie wieder auf und rannte zur Küchenchefin, die ihr einen dicken Kanten Brot und ein großes Stück Blutwurst sowie eine Flasche Apfelsaft in die Hand drückte. Mit einer stürmischen Umarmung bedankte sich das kleine Mädchen und flitzte in vollem Tempo die Steinstufen den Berg hinab zum Hafen.

Geschickt kletterte Ava auf das letzte Stückchen Mauer, das die Treppe vom Hafen trennte, und fing an zu essen, den Blick starr auf den Horizont gerichtet.

Während langsam die Sonne immer höher stieg, dachte das Mädchen an den letzten Sommer mit ihrem Papa. Er hatte erschöpft und wütend ausgesehen und sich ziemlich viel über einen ihrer Brüder beschwert. Papa hatte zwei Familien. Eine hier und eine in dem anderen Königreich, das ihn angelogen hatte. Ava war noch zu jung, um die Zusammenhänge richtig zu verstehen, aber Papas alter König hatte ihn alleine gelassen, also diente er jetzt im Geheimen Onkel Andros. Deswegen konnte er nur so selten hierher zu ihr kommen. Oft wünschte Ava sich, dass er sie einfach mit zu ihren Brüdern nehmen würde, aber das ging nicht wegen ihrer Mama und Papas anderer Frau.

Im letzten Sommer war Papa auch viel beschäftigter als davor gewesen und hatte meistens nur abends ein paar Stunden Zeit für sie gefunden, aber das war in Ordnung. Hauptsache, er war überhaupt da!

Ava saß bereits eine ganze Weile auf der Mauer. Papa würde bestimmt bald kommen, aber ihr war so unerträglich warm, dass sie zu einer abgesicherten Bucht ganz in der Nähe lief, wo es kühler war. Wenn Papas Schiff endlich ankam, würde sie es von hier aus bestimmt hören können.

An der Bucht warf sie ihr Kleid über einen Stein, stellte ihre Schuhe daneben und sprang ins Wasser. Weil sie noch nicht besonders gut schwimmen konnte, hatten Papa und Onkel Andros ihr verboten, im Meer schwimmen zu gehen. Aber hier an dieser Stelle durfte sie es. Die Bucht war durch schwere Steine vom Meer abgeschirmt. Bei Flut lief das Wasser über die Steine und formte einen See, der warm wurde und fast austrocknete, bis das nächste Wasser kam. Außerdem war sie hier stärker vor der Sonne geschützt, da der Berg, auf dem die Burg stand, teilweise über die Bucht ragte. Jetzt, als die Flut gerade vorbei war, war das Wasser angenehm kühl, und Ava genoss jede Sekunde. Sie war so vertieft ins Baden und später ins Bauen einer Sandburg, dass ein erneutes Brummeln ihres Magens sie überraschte. So viel Zeit konnte doch noch gar nicht vergangen sein, oder? Schnell warf sie sich ihr Kleidchen wieder über und lief nach draußen, um den Stand der Sonne zu beurteilen.

Ava erschrak! Es war schon eine ganze Weile nach Mittag! Was, wenn sie ihren Papa verpasst hatte? Schnell lief sie wieder zum Hafen und suchte nach neuen Schiffen. Die Anlegestelle war nicht besonders groß, also stellte sie schnell fest, dass Papas Schiff noch nicht da war. Trotzdem suchte Ava noch zwei weitere Male, nur um ganz sicherzugehen. Erst danach ging sie enttäuscht zur Burg hoch, um sich aus der Küche etwas zu essen zu erbetteln. Sobald die Köchin ihr einen dampfenden Apfelkuchen in die Hand gedrückt hatte, machte sie sich auf den Weg zurück zu der Stelle, wo sie heute Morgen schon gesessen hatte.

Warum nur war Papa noch nicht da? Hatte es damit zu tun, dass Onkel Andros in letzter Zeit so beschäftigt war? Ava schüttelte den Kopf. Bestimmt nicht. Ihm musste etwas Wichtiges dazwischen gekommen sein, weswegen er sich verspätete. Vielleicht hatte es etwas mit ihren Brüdern zu tun. Ihre Brüder mochten ihren Papa bestimmt auch so gerne wie sie und wollten nicht, dass er zu ihr kam. Wie schon so oft versuchte das kleine Mädchen, sich ihre Brüder vorzustellen, aber außer ihren Namen wusste sie kaum etwas über sie. Naja, den Namen ihres jüngsten Bruders vergaß sie andauernd. Das lag aber daran, dass Papa ihn immer nur als »diesen Bengel« bezeichnete. Trotzdem würde sie ihren Papa heute nach ihm fragen, sobald er ankam.

Nach dem Essen ging Ava noch einmal kurz planschen und legte sich für eine Weile in den kühlen Sand. Als ihre Füße plötzlich nass und kalt wurden, sprang sie erschrocken auf und starrte entsetzt auf den Himmel. Es wurde schon dunkel! Ava musste eingeschlafen sein. Aufgeregt lief sie wieder zum Hafen, um zu schauen, ob Papa jetzt endlich angekommen war.

Tatsächlich! Dort war eine Karavelle! Mit klopfendem Herzen rannte sie los, stolperte im lockeren Sand und schnitt sich an einem Stein den Knöchel auf. Atemlos kam sie bei dem Schiff an und schaute zum Bug. Zwar konnte Ava noch nicht richtig lesen, aber wie der Name von Papas Schiff aussah, wusste sie. Und tatsächlich: Das hier war die Seebrise! Schnell kletterte sie auf die Mauer, auf der sie den halben Morgen gesessen hatte und versuchte, einen guten Blick auf das bunte Treiben des Ausladens zu bekommen. Instinktiv suchte sie nach dem Zentrum des Trubels und wurde dabei immer aufgeregter.

War er dort? Nein.

Vielleicht da? Auch nicht.

Aber da neben den Kisten? Nein, der war zu klein.

Dann aber sicher doch an der ersten Stelle? Doch nur jemand, der ihm ein bisschen ähnlich sah.

Je länger Ava suchte, desto verzweifelter wurde sie. Zwar konnte sie jemanden ausmachen, der Befehle gab, aber ihr Papa war das nicht. Er tauchte auch nicht auf, als das Dock sich langsam leerte. Vielleicht war er ja mit Onkel Andros noch in seiner Kajüte? Das musste es sein! Schnell sprang Ava von der Mauer und lief zwischen den vielen langen Beinen hindurch zum Schiff, wurde aber festgehalten, als sie ihren Fuß auf die Planke setzen wollte.

»Hey! Keine Kinder!«

»Aber mein Papa …«

»Ist nicht auf dem Schiff.« Ava versteinerte für mehrere Augenblicke, bevor sie sich entsetzt zu dem Mann umdrehte, der sie am Handgelenk gepackt hatte.

»Papa ist … nicht da?«

Der Seemann sah sie kühl an.»Ah, du bist die Kleine vom Chef. Nein, der hat gerade andere Probleme als ein verzogenes Gör.« Unsanft zog er sie vom Schiff weg bis zu den Treppen. »Husch mit dir nach oben. Spiel mit deinen Puppen und genieß den Sommer.«

Aber das konnte Ava nicht. Wenn ihr Papa nicht kam, gab es keinen Sommer. Und tief in ihrem Inneren wusste sie, dass es nie wieder einen geben würde.

DIE IDEE HINTER »SOMMER, STAND, WORKAHOLIC« ENTSTAND BEIM RUMALBERN MIT EINER FREUNDIN, WIE BESAGTER CHARAKTER WOHL IN BADEHOSE AUSSÄHE ...

4

Fantasy

FSK 6

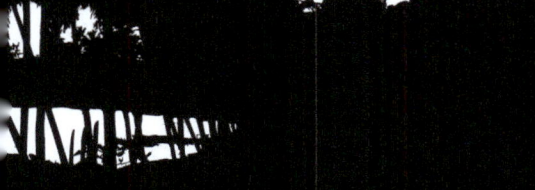

SOMMER, STRAND, WORKAHOLIC

© TONJA WOLF

Seteth streckte sich und rieb sich den Nacken. Obwohl der Tag noch jung war, brannte die Sonne erbarmungslos durch die Fenster seines Arbeitszimmers. Wie passend, dass man diese Zeit den »Monat der Goldenen Sonne« genannt hatte. Sollte dieser Sommer noch heißer werden, würde er doch dazu übergehen müssen, nachts zu arbeiten, wenn es innerhalb der Klostermauern aushaltbar war.

Er sah auf die Papiere, die sich vor ihm auftürmten, und seufzte. Es konnte nicht schaden, eine kurze Pause einzulegen und sich eine Erfrischung zu genehmigen. Dann könnte er seine Tochter auch fragen, was sie vorhin so dringend mit ihm hatte besprechen wollen.

Der Speisesaal war überraschend voll. Scheinbar hatte er beim Arbeiten die Zeit vergessen. Die Erzbischöfin saß allein an dem großen Tisch am Ende des Saals und winkte ihn zu sich. »Ich sehe, du machst also endlich Pause?«

Er hob die Augenbrauen und ließ sich auf seinem Platz an ihrer Seite nieder. »Hallo Theia, freut mich auch, dich zu sehen. Ist Linea nicht bei dir?«

»Nein, sie genießt den Tag.«

Eine Magd brachte einen reichlich gefüllten Teller, den sie vor ihm abstellte. Er nickte ihr dankbar zu und wandte sich dann wieder an die Erzbischöfin. »Inwiefern?«

»Sie ist mit Freunden nach Acuramar geflogen.«

Das Messer fiel mit einem Klappern auf den Tisch. »Sie ist bitte was?!«

»Sie verbringt einen Tag am Meer«, erklärte Theia ruhig.

»Ich habe das nicht erlaubt!«

»Stimmt, aber ich.« Er bildete sich ein Funkeln in ihren Augen ein.

»Wie kommst du dazu!? Sie ist nicht deine Tochter!«

Theia faltete ihre Hände und sah ihn mit geduldigem Blick an. »Nein, aber du warst beschäftigt und ich finde die Idee gut, dass sie sich etwas abkühlen kann.«

Er schnappte nach Luft. »Sie könnte sich auch hier im See abkühlen!«

»Nun, aber das Meer ist schöner, wie du sehr wohl weißt.«

»Das ist gefährlich!«

»Du musst dir wirklich keine Sorgen machen, ich habe einige Geweihte mitgeschickt. Sie ist in den besten Händen.«

»In wessen Händen?«, knirschte er mit den Zähnen.

»Ich habe Katrina geschickt, dann natürlich Zenya, immerhin war es ihre Idee, Darius, sein Knappe, Tarax …«

Seteth' Nasenflügel bebten. »Das ist nicht dein Ernst …« Er blickte sich um und senkte seine Stimme. »Du kannst meine Tochter doch nicht mit diesen Leuten gehen lassen! In ganz Tírnan gibt es keine weniger geeigneten Begleiter!«

Die Erzbischöfin setzte eine unschuldige Miene auf. »Ich weiß nicht, was du hast.«

Seteth schob seinen Stuhl ran und wandte sich zum Gehen.

»Möchtest du nicht aufessen?«

»Nein, ich nehme Carman und fliege dorthin!«

»Das hilft eurer Tarnung nicht wirklich«, warf sie leise ein, »ein großer Bruder würde-«

Er funkelte sie an. »Ein großer Bruder würde auch auf seine kleine Schwester aufpassen!«

Ihre Hand legte sich auf seinen Unterarm. »Verdirb ihr nicht den Spaß, Seteth.«

Er schob sie weg und würdigte die Erzbischöfin keines weiteren Blickes. Ansonsten hätte er vielleicht ihr triumphierendes Lächeln bemerkt.

Eilig hatte er einige Sachen zusammengepackt. Bücher, wichtige Papiere, Tinte und Schreibfedern. Er konnte auch arbeiten, während er auf Linea aufpasste. Was hatte Theia sich bloß dabei gedacht? Tarax stolperte nur so von einer Schwierigkeit in die nächste. Von Zenya ganz zu schweigen. Es wunderte ihn kaum, dass es ihre Idee gewesen war. Sie hatte nur Flausen im Kopf und seit Thea sie eingestellt hatte, sorgte sie dauernd für Probleme. Probleme, die er wieder richten durfte …

Da beruhigte es ihn kaum, dass auch Katrina, Theias oberste Leibwächterin, und Darius, ein äußerst zuverlässiger Geweihter, dabei waren. Immerhin hatte dieser sich um seinen Knappen zu kümmern und Katrina war ausgebildet zu kämpfen, nicht Zenya und Tarax im Auge zu behalten, dass die beiden nicht wieder Unfug anstellten und sich und alle anderen in Gefahr brachten.

Nein, diese Aufgabe würde mal wieder ihm zufallen.

Seine Wyvern begrüßte ihn freudig und ließ sich zügig satteln. Sie schien zu merken, dass er nicht in der Stimmung für Ärger war und verzichtete ausnahmsweise darauf, um Fisch zu betteln. Er trieb sie zur Eile an und lenkte sie Richtung Acuramar.

»Linea, wirf' zu mir!« Zenya riss die Arme hoch. Das klare, kühle Meerwasser spritzte nur so umher.

Das Mädchen nahm ihre Kraft zusammen und schleuderte den Ball durch die Luft. Zenya warf sich ins Wasser, aber Linea konnte sehen, dass sie den Ball nicht erreichen würde. Sie hob ihre Hand, die weiß aufleuchtete und den Ball in Zenyas Arme trieb.

»Hey! Magie zu nutzen, ist unfair!« Tarax verschränkte seine Arme.

»Nur weil du keine beherrscht?« Katrina grinste ihn spöttisch an.

Der Geweihte gab ein beleidigtes Schnauben von sich.

»Darius, fang!«, rief Zenya.

Er fing den Ball ohne Probleme. »Gut, bist du dran, Soligo.«

Sein Knappe nickte begeistert und machte sich bereit. Der Ball flog, doch Soligo hielt plötzlich inne. »Ist das eine dunkle Wolke am Himmel?«

Tarax stöhnte. »Schlimmer … Wir erleben gleich unser persönliches Donnerwetter.«

Darius runzelte die Stirn. »Ich kenne nur einen Wyvern in der Gegend. Was macht Lord Seteth hier?«

»Uns unseren freien Tag verderben!« Zenya zog eine Grimasse.

»Hattest du deinem großen Bruder nicht Bescheid gesagt?«, wandte sich Katrina an Linea.

Das Mädchen senkte den Blick und knetete ihre Hände. »Also … Ich wollte ihn fragen …«

»Aber?«

»Er war zu beschäftigt.«

Tarax verschränkte die Arme. »Also glaubt dein Bruder jetzt, wir hätten dich entführt?«

Zenya seufzte. »Großartig, dann hat Lord Griesgram einen weiteren Grund, sauer zu sein.«

»Lady Theia hat es mir erlaubt!«, warf Linea ein.

»Als ob sich Lord Großmeister mit zwanzig Titeln etwas sagen ließe …«, murmelte Tarax.

Er erntete einen Rippenstoß von Darius. »Er ist immer noch unser Großmeister!«

»Überlasst das mal mir.« Katrina winkte mit beiden Händen und stieg aus dem Wasser.

Noch bevor die Wyvern gelandet war, sprang Seteth von ihrem Rücken und stapfte durch den Sand. »Linea, ist alles in Ordnung?«

Tarax äffte den Ordensmeister stumm nach und Darius warf ihm dafür einen bösen Blick zu.

»Alles in bester Ordnung«, lächelte Katrina. »Wir spielen Wasserball, willst du mitmachen?«

Seteth ließ seinen strengen Blick über die Geweihten schweifen und blieb dann bei Linea hängen. Er schloss die Augen. »Nein, danke. Ich wollte nur sicherstellen, dass es meiner kleinen Schwester gut geht.«

Katrina musterte ihn zweifelnd. »Mir als Leibgarde steht ein solches Urteil sicher nicht zu, aber findest du nicht, dass deine Roben mit Mantel und Stiefeln nicht etwas warm für einen Tag am Strand sind?«

»Ich komme zurecht«, antwortete er knapp. »Spielt ruhig weiter, ich setze mich in den Sand und werde arbeiten.«

Tarax und Zenya verdrehten synchron ihre Augen. »Arbeiten am Strand … Da ist aber jemand in seine Arbeit verliebt.«

»Oder seine Arbeitgeberin …«

Seteth schien das nicht gehört zu haben und marschierte zu seiner Wyvern, die ihn mit großen Augen ansah. Doch als er gerade nach ihren Satteltaschen greifen wollte, sprang sie einen Schritt zurück und er griff ins Leere. »Carman …«

Sie brummte und wich ihm erneut aus. Nach dem dritten Versuch ließ Seteth seine Hand sinken. »Lässt du mich jetzt bitte meine Dokumente rausholen? Wie soll ich sonst arbeiten?«

Die Wyvern knurrte ihn an und stellte ihre Flügel auf.

»Wie wäre es mit gar nicht?«, schlug Katrina vor. »Du musst ja nicht mit ins Wasser kommen, aber entspann' dich doch wenigstens einen Tag. Davon bricht in Tírnan schon kein Krieg aus.«

Carman brüllte zustimmend.

»Fein.« Seteth seufzte frustriert und wandte sich seiner Wyvern zu. »Darf ich dir wenigstens den Sattel abnehmen? Ich schwöre dir auch im Namen der Heiligen, dass ich nichts aus den Taschen hole.«

Damit gab sich die Wyvern zufrieden. Sobald Seteth ihr den Sattel abgenommen hatte, sprang sie mit einem großen Satz in die Luft, um sogleich ins Meer zu tauchen.

Das Wasser spritzte zu allen Seiten und die Geweihten kreischten vor Überraschung und Freude.

Bis auf Seteth, der in seinen feinen Ordensroben dastand, die ihm völlig durchnässt vom Leib hingen. Er atmete tief durch. »Danke, Carman, ich hatte eigentlich erst heute Abend ein Bad nehmen wollen …«

Die Wyvern sah ihn verständnislos an und brummte.

»Carman hat Recht, komm ins Wasser, Bruderherz!« Linea winkte ihm zu.

»Nein! Diese Roben sind nicht fürs Baden gedacht.«

»Ich habe auch deine Badehose dabei!«

»Was? Warum das denn?«

»Nur so ….« Linea legte ihre Zeigefinger aneinander. »Du findest sie hinter den Dünen bei unseren Sachen.«

Seteth schnaubte resigniert und verschwand.

Tarax feixte. »Hättest du mir heute Morgen erzählt, dass ich unseren Großmeister in Badehose sehe … Ich hätte gleich 3 Monate Nachtwache darauf gewettet.«

Katrina zuckte mit den Achseln. »Auch Seteth ist für Überraschungen gut und für seine Schwester tut er alles.« Sie griff nach dem Ball. »Wer war dran?«

Tarax pfiff leise und verpasste den Ball, der ihn prompt im Gesicht traf.

»Was ist denn?«, feixte Zenya, bis sie seinem Blick folgte. Seteth stapfte auf das Wasser zu. Er trug tatsächlich nur eine dunkelblaue Badehose mit goldenen Verzierungen.

»Das ist nicht fair!«, murmelte Tarax. »Er sitzt den ganzen Tag am Schreibtisch, wie kann er so aussehen …«

»Eifersüchtig?« Darius grinste.

»Auf den? Niemals!« Tarax hob beleidigt den Kopf.

Zenya ließ ihren Blick über Seteth' Körper wandern. Sie würde niemals zugeben, dass Lord Spaßverderber-Schreiberling einen recht ansehnlichen Körper unter seinen Roben verbarg. »Wie fanatisch muss man sein, um das Symbol eines Heiligen auf der Brust zu tragen?« Einer ziemlich muskulösen Brust. Aber dennoch …

»Spielst du mit?« Linea sah ihn bittend an. »Sonst sind die Teams nicht fair.«

Seteth sah sie an. »Ihr seid sechs.«

»Sieben!«, verbesserte Linea und Carman brüllte zustimmend.

Seufzend watete er ins Wasser. »Also schön.«

»Super! Katrina, Carman und wir beide gegen Tarax, Darius, Soligo und Zenya!«, rief Linea.

Seteth nickte nur und nahm seinen Platz ein.

Tarax hatte sich den Ball wiedergeholt und grinste, als er ihn von einer Hand in die andere warf. »Fang, Zenya!«

Die junge Frau streckte sich, verfehlte den Ball aber knapp. »Mensch, Tarax, lern werfen!«, beschwerte sie sich.

Carman schnappte nach dem Ball und brummte zufrieden. »Sehr gut!«, lobte Linea. »Jetzt wirf ihn zu mir.«

Die Wyvern legte ihren Kopf an und ließ ihn dann vorschnellen, um den Ball zu werfen.

Das Mädchen fing ihn mit beiden Händen. »Bruderherz!«

Seteth war es gewohnt, auf den Spitznamen zu reagieren und warf sich in die Wellen, um den Ball zu erreichen.

»Das nenn' ich Einsatz …«, murmelte Tarax.

»Weniger reden, mehr spielen!« Katrina lachte, die den Ball in diesem Moment gefangen hatte und an die Wyvern abgab.

Zenya versuchte, an den Ball zu gelangen, doch Carman hob ihren Kopf hoch und schleuderte den Ball los.

Mit einem Seitenblick auf den jungen Knappen griff Seteth ins Leere.

Der Junge warf sich vor ihm ins Wasser. »Ich hab ihn!« Strahlend präsentierte Soligo den Ball.

»Sehr gut.« Seteth nickte ihm anerkennend zu.

Katrina hob schmunzelnd ihre Augenbrauen, sagte aber nichts.

Während sie spielten, wanderte die Sonne über den wolkenlosen Himmel. Es war Darius, der schließlich den Ball fing und aufs Wasser legte. »Ich brauche eine Pause.« Sie eilten zu den Wasserschläuchen und nahmen gierige Schlucke.

»Ich werde mich jetzt in die Sonne legen«, verkündete Katrina und breitete ihren Umhang auf dem weichen Sand aus.

»Das ist langweilig«, beschwerte sich Tarax. »Schlafen kann ich auch im Kloster!«

»Dann lasst uns einen Sandwyvern bauen!«, schlug Linea vor.

»Einen Sandwyvern?«, fragte Soligo.

»Naja, wie eine Sandburg nur eben in Wyvernform!« Sie deutete auf Carman.

Die Wyvern brüllte zustimmend.

»Ich bin dabei!«, verkündete Tarax. Auch Zenya schloss sich ihnen an, während Darius es sich im Schatten gemütlich machte.

Seteth setzte sich neben Katrina und beobachtete, wie seine Tochter und die anderen sich daran machten, so viel Sand wie möglich zusammenzuschieben.

Carman war ihnen dabei eine große Hilfe. Mit ihrem Schwanz türmte sie den Sand auf, den Tarax und Zenya festklopften. Linea nutzte ihre Magie, um Wasser zu holen, und Soligo formte aus dem feuchten Sand die Schnauze eines Wyvern. »Sieht doch fast echt aus!«, verkündete er stolz. »Nur die Flügel werden schwierig.«

Linea überlegte kurz. »Wir können es versuchen.«

Immer mehr Sand schichteten sie zusammen und formten angelegte Flügel, Beine und einen Schwanz, der sich um den Sandwyvern legte.

Zufrieden traten sie zurück. »Sieht fast aus wie Carman«, befand Tarax.

Die Wyvern brummte zufrieden und stupste ihren Sandgefährten liebevoll mit der Schnauze an.

»Sie mag ihn«, stellte Linea fest. »Nur schade, dass wir ihn nicht mit ins Kloster nehmen können.«

»Das nicht, aber wir können auf ihm reiten!« Grinsend reichte Soligo Linea eine Hand. »Kommst du?«

»Nicht dass der Sandwyvern kaputt geht …« Besorgt musterte das Mädchen ihr Kunstwerk.

»Wir beide sind doch leicht.« Soligo zwinkerte ihr zu.

»Na gut, wenn du meinst.«

Seteth machte eine hastige Handbewegung.

»Alles in Ordnung?« Katrina sah ihn aus einem halbgeöffneten Auge an.

»Natürlich.« Er wischte sich die Stirn. »Es ist nur … warm.«

Die beiden Kinder erklommen den Sandwyvern und nahmen auf seinem Rücken Platz. Ihr Kunstwerk hielt stand. Nicht ein einziges Sandkorn kullerte hinab.

Linea warf ihrem Vater einen wissenden Blick zu. Stumm formten ihre Lippen ein »Danke«.

Die Sonne begann bereits zu sinken, als ein Knurren das Treiben unterbrach.

»Wessen Magen war das?« Seteth sah in die Runde.

»Meiner«, gestand Katrina und streckte sich lachend. »Ich denke, es ist Zeit zum Essen.«

Schnell waren die Aufgaben verteilt. Zenya, Tarax und Darius sammelten Holz für ein Lagerfeuer und holten das geräucherte Fleisch und die Brote. Linea fing mit Carmans und Soligos Hilfe Fische und Katrina und Seteth kehrten mit einigen Beeren und Nüssen zurück, die sie im Wald gesammelt hatten.

Die Geweihten setzten sich rund um das Lagerfeuer in den Sand und ließen es sich schmecken. Die Wyvern hatte sich hinter Seteth und Linea gelegt und fraß von ihrem Reiter gebratenen Fische.

Zufrieden seufzend lehnte sich Zenya zurück. »Das war ein gutes Essen. Fast wie im Söldnerlager.«

»Für ein richtiges Lagerfeuer fehlt noch etwas.« Alle Augen richteten sich auf Seteth, der ein kleines Bündel hervorholte und öffnete. In dem Tuch lagen zwei Dutzend daumengroße weiße Beeren.

»Was ist das?«, fragte Darius neugierig.

Seteth nahm eine Beere und spießte sie mit dem Ende eines Stocks auf. »Samhrafeoir Caormon Milis.«

Die Geweihten starrten ihn an.

»Das sind Sumpfbeeren«, erklärte Linea. »Wenn man sie übers Feuer hält und wartet, bis sie goldbraun sind, schmecken sie himmlisch!« Sofort steckte sie selbst eine weiße Beere an einen Stock.

»Natürlich muss Lord Besserwisser damit angeben, dass er die alte Sprache spricht …«, zischte Tarax Zenya zu.

Sie nickte nur, probierte aber neugierig eine der Beeren. »Die sind wirklich gut!«

Katrina schüttelte ungläubig den Kopf. »Ich habe noch nie von den Sumpfbeeren gehört. Du kannst einen wirklich überraschen.«

Ein zufriedenes Lächeln stahl sich in Seteth' Gesicht. »Die alten Schriften enthalten viel Wissen.«

»Sehr viel leckeres Wissen!« Soligo griff sich eine weitere Beere.

»Das war ein richtig schöner Tag!« Linea lehnte sich an Carman und kraulte ihre Schnauze. Die Wyvern brummte zufrieden.

Katrina musterte Seteth. »Und war ein freier Tag so schlimm? Ein Nachmittag ohne Arbeit?«

»Nun …« Er mied ihren Blick. »Es hätte durchaus unerfreulichere Möglichkeiten gegeben, den Tag zu verbringen.«

Zenya und Tarax warfen sich vielsagende Blicke zu.

»Das heißt, du kommst jetzt öfter mit?« Lineas Augen strahlten.

»Ich überlege es mir.« Seteth sah seine Tochter streng an. »Aber beim nächsten Mal frag mich einfach direkt, ob ich mitkomme, und schmiede keinen Komplott mit der Erzbischöfin.«

WENN MENSCHEN ETWAS NEUES ENTDECKEN, DENKEN SIE SICH NEUE WÖRTER AUS. WYVERN VERKETTEN IHNEN BEKANNTE WÖRTER, UM DINGE ZU BESCHREIBEN.

5

Fantasy

FSK 6

SOMMER, SONNE, FLÜGELDRACHE

© TONJA WOLF

Carman schlug mit den Flügeln. Die Luft kühlte sie etwas ab. Obwohl sie sich in ihrem Nest vor dem Licht-hell-groß verstecken konnte, war es sehr warm. Wie alle Flügeldrachen mochte sie Wärme lieber als Kälte, aber die Hitze störte sie. Sie dachte daran, wie gern sie mit ihren beiden Flügellosen zum Wasser-groß-mit-Sand fliegen würde. Wasser war kühl und man konnte darin toll spielen. Sie fingen immer Fische, die sie gemeinsam fraßen. Klein-Flügellos brüllte dann immer vor Freude und---

Ein leises Grollen entwich Carman, als sie den Geruch von Flügellos-aufgeplustert wahrnahm. Sie sträubte ihre Flügel und streckte den Kopf aus dem Nest, die Zähne gebleckt.

»Carman!« Klein-Flügellos kam angesprungen und ihre Stimme besänftigte Carman ein wenig. Carman konnte den Fisch riechen, den sie bei sich trug. Klein-Flügellos war eine gute Jägerin. Wann immer sie Carman besuchte, brachte sie Fisch oder etwas Fleisch mit. »Schau mal, was ich dir mitgebracht habe!«

Behutsam leckte Carman den Fisch von Klein-Flügellos' Vorder-pranke und ließ sich die Schnauze kraulen. Sie brummte behaglich, bis ihr erneut der Geruch von Flügellos-aufgeplustert in die Nüstern stieg. Dieses Mal kräftiger. Carman brüllte. »Komm nicht näher!«

Flügellos-aufgeplustert besaß die Dreistigkeit, ihre Warnung zu ignorieren und sich neben Klein-Flügellos zu stellen.

Carmans Schweif peitschte durch das Trocken-grün in ihrem Nest.

»Ganz ruhig, Carman. Das ist nur Theia! Sie ist eine Freundin.«

Sie schnaubte. Was auch immer dieses Wort für die Flügellosen bedeutete, Klein-Flügellos und Flügellos-Begleiter mochten Flügellos-aufgeplustert. Aus welchem Grund auch immer.

»Hallo Carman.« Flügellos-aufgeplustert hielt ihr vorsichtig die Hand entgegen und ließ sie schnuppern.

»Ich kenne deinen Geruch«, brummte sie. Der wird sich auch nicht ändern.

Klein-Flügellos streichelte sie weiter. »Wir sind gekommen, weil wir deine Hilfe brauchen.«

Neugierig drehte Carman ihr den Kopf entgegen. ›Hilfe‹ bedeutete, dass sie mit den Flügellosen fliegen sollte.

»Es geht um Seteth«, fügte Flügellos-aufgeplustert hinzu.

›Seteth‹ war der Name, auf den Flügellos-Begleiter hörte. Sie senkte ihren Kopf ein wenig.

»Du weißt doch, dass er viel zu viel arbeitet!«, fing Linea an.

Carman brummte zustimmend. ›Arbeit‹ war der Ort, an den Flügellos-Begleiter ging, wenn er nicht bei ihr war. Sie mochte Arbeit nicht, weil sie dann in ihrem Nest blieb. Wenn Flügellos-Begleiter zu ihr kam und von diesem ›Arbeit‹ erzählte, war er oft müde und schlecht gelaunt. »Fliegt Flügellos-Begleiter mit mir?«

Klein-Flügellos bewegte den Kopf auf und ab. Zustimmung. »Ja! Wir wollen ihn ans Meer locken, aber dafür musst du mitmachen!«

Carman brüllte glücklich. Sie wollte unbedingt ans Wasser-groß-mit-Sand. Flügellos-Begleiter flog oft mit ihr an ein Wasser-groß-mit-Sand. Manchmal nahmen sie Klein-Flügellos mit und jagten Fische. Es war immer schön mit den Beiden zusammen zu sein.

»Linea und einige Geweihte werden sich gleich auf den Weg machen«, erklärte Flügellos-aufgeplustert. »Sie werden alles Nötige mitnehmen, ich werde mit Seteth sprechen und du wirst ihn nach Acuramar bringen und dafür sorgen, dass er sich dort erholt.«

Die Wyvern unterdrückte ein Grollen. Die Flügellose konnte fragen, aber nein, sie bestimmte!

»Machst du das für uns?« Klein-Flügellos sah sie mit großen Augen an.

»Für dich und Flügellos-Begleiter«, bestätigte sie brummend.

Carman wartete geduldig und beobachtete, wie das Licht-groß-hell über den Himmel flog. Endlich konnte sie Flügellos-Begleiter wittern. Sie begrüßte ihn freudig und stupste ihre Schnauze in seinen Bauch. Sie spürte seine Sorge und drückte sich an ihn. »Ich bin für dich da.« Ausnahmsweise verzichtete sie auch darauf, um Fisch oder eine andere Leckerei zu bitten.

Seufzend strich er ihr über den Kopf. »Theia hat Linea mit den Geweihten gehen lassen!«, beschwerte er sich. »Ich muss auf sie aufpassen.«

»Wir werden auf sie aufpassen!«, brummte Carman, während Flügellos-Begleiter den Flügellos-Begleiter-Sitz auf ihren Rücken legte.

»Flieg' so schnell du kannst!«, bat er, doch Carman hätte diese Worte nicht gebraucht.

Durch den Wind war es angenehm, zu fliegen, obwohl sie so nah an dem Licht-hell-groß waren.

Carman kannte den Weg gut, denn sie waren schon einige Male dorthin geflogen. Sie passte ihren Flug nur den gelegentlichen Hilfen von Flügellos-Begleiter an, merkte aber, dass er mit seinen Gedanken nicht bei ihr war. Das spornte sie zusätzlich an.

Schon von weitem konnten sie eine Herde von Flügellosen im Sand sehen. »Da unten sind sie!«, rief Flügellos-Begleiter. »Carman landen, bitte!«

Sie glitt in einen sanften Sinkflug, doch noch bevor ihre Beine den Sand erreicht hatten, sprang Flügellos-Begleiter von ihrem Rücken. »Ich bin noch nicht gelandet!«, beschwerte sie sich, doch er stapfte schon durch den Sand auf die anderen Flügellosen zu.

Carman setzte auf dem Sand auf und beobachtete die Flügellosen im Wasser. Sie jagten keinen Fisch, das konnte sie sehen. Schade! Sie würde es ihnen beibringen müssen.

Stattdessen hatten sie ihre bunten Felle abgelegt und spritzten im Wasser. Bisher hatte sie dieses Verhalten nur bei Klein-Flügellos gesehen.

»Spielt ruhig weiter, ich setze mich in den Sand und werde arbeiten«, brüllte Flügellos-Begleiter den anderen Flügellosen zu und kam dann auf sie zu.

Die Wyvern fixierte ihn. Als er seine Vorderpranke ausstreckte, um an den Flügellos-Begleiter-Sitz zu greifen, machte sie einen Satz nach hinten und knurrte.

»Carman …« Er versuchte es nochmal, doch sie wich ihm aus.

»Lässt du mich jetzt bitte meine Dokumente rausholen? Wie soll ich sonst arbeiten?«

»Du gehst nicht wieder nach Arbeit!«, knurrte sie und stellte ihre Flügel auf.

»Wie wäre es mit gar nicht? Du musst ja nicht mit ins Wasser kommen, aber entspann' dich doch wenigstens einen Tag. Davon bricht in Tírnan schon kein Krieg aus«, brummte Flügellos-Beschützerin.

Carman brüllte zustimmend, auch wenn sie nicht jedes Wort verstanden hatte. Diese Flügellose war schlau und Flügellos-Begleiter sollte auf sie hören.

»Fein.« Sie hörte den Frust in Flügellos-Begleiters Stimme, aber sie ließ sich nicht erweichen. Heute war ein Tag, den sie zusammen am Wasser verbrachten. »Darf ich dir wenigstens den Sattel abnehmen? Ich schwöre dir auch im Namen der Heiligen, dass ich nichts aus den Taschen hole.«

Carman musterte ihn und als sie sich sicher war, dass er es ernst meinte, ließ sie es zu. Jetzt musste sie Flügellos-Begleiter nur noch überzeugen, mit ins Wasser zu kommen. Ihr kam eine gute Idee. Als er noch neben ihr stand, sprang sie in die Luft und ging in einen Sturzflug ins Wasser. Das kühle Wasser auf ihren Schuppen fühlte sich gut an. Sie kam wieder an die Oberfläche und hörte die Flügellosen vor Freude brüllen.

Nur Flügellos-Begleiter brüllte nicht vor Freude, sein nasses Fell hing von seinem Körper. »Danke, Carman, ich hatte eigentlich erst heute Abend ein Bad nehmen wollen.«

Sie sah ihn verständnislos an. »Das Wasser ist gut, also komm.«

»Carman hat Recht, komm ins Wasser, Bruderherz!« Klein-Flügellos ermutigte ihn ebenfalls.

Nach einer kurzen Diskussion verschwand er. Carman brüllte ihm hinterher. »Keine Sorge!« Klein-Flügellos strich ihr über die Schnauze. »Wir haben fast gewonnen! Du musst nur mit Ball spielen!«

»Was ist Ball?«

Klein-Flügellos zeigte ihr ein braunes Ei. »Du musst versuchen es zu bekommen und dann zu uns werfen!«

Vorsichtig schnupperte Carman an dem Ei. Sie konnte keinen Eiling darin riechen. »Ist das ein Ei?«

»Wir haben den Ball aus Leder gemacht«, erklärte Klein-Flügellos.

Also kein Ei. »Gut, dann spiele ich mit«, brummte sie.

Klein-Flügellos warf ihr das Tierhaut-Ei zu und Carman fing es mit dem Maul.

»Sehr gut, Carman! Jetzt wirf zu mir!«

Sie tat, wie Klein-Flügellos gesagt hatte, und bald schon spielten alle Flügellosen mit.

Carman brüllte freudig, als Flügellos-Begleiter zum Wasser kam. Er hatte sein nasses Fell abgelegt und die anderen Flügellosen brummten darüber. Doch Carman interessierte sich nur für Klein-Flügellos, die ihn bat, mitzuspielen. »Sonst sind die Teams nicht fair!«

»Ihr seid sechs«, widersprach er.

»Sieben!«, verbesserte Klein-Flügellos und Carman brüllte zustimmend.

»Ich spiele auch mit dem Tierhaut-Ei!«

Seufzend watete er ins Wasser. »Also schön.«

Carman durfte mit Klein-Flügellos, Flügellos-Begleiter und Flügellos-Beschützerin spielen. Sie hatte verstanden, dass die anderen Flügellosen ihre Gegner waren und das Tierhaut-Ei nicht bekommen durften. Sie schwamm durch das Wasser und wann immer sie konnte, schnappte sie nach dem Tierhaut-Ei. Ihre Größe half ihr dabei und Klein-Flügellos brüllte jedes Mal vor Glück, was sie zusätzlich anspornte.

Das Licht-groß-hell flog weiter über den Himmel, bis sie Pause machten. Carman folgte den Flügellosen aus dem Wasser und Klein-Flügellos spritzte ihr Wasser-nicht-salzig ins Maul.

»Lasst uns einen Sandwyvern bauen!«, schlug Klein-Flügellos vor. Carman war begeistert. Mit ihrem Schwanz schob sie den Sand zu einem großen Haufen zusammen. Die beiden kleinen Flügellosen formten aus dem Sand eine Schnauze.

Immer wieder sahen sie zu Carman und nahmen sich an ihr ein Beispiel, um der Wyvern aus dem Sand einen Gefährten zu bauen.

»Sieht fast aus wie Carman!«, brummte ein Flügelloser.

Carman betrachtete den Sandwyvern. Er hatte vielleicht die Größe eines Fluglings, aber sie stupste ihn liebevoll an. Sie legte sich neben den Sandwyvern in den Sand und sah den beiden kleinen Flügellosen zu, wie sie vorsichtig auf den Sandwyvern kletterten. »Sandwyvern kann aber nicht fliegen«, brummte sie und breitete ihre eigenen Flügel aus. Vielleicht würden die beiden mit ihr und Flügellos-Begleiter zurückfliegen. Sie ließ nicht jeden auf ihrem Rücken sitzen, aber bei Flügellos-Jungen machte sie eine Ausnahme, vor allem wenn dieses Flügellos-Junge mit Klein-Flügellos spielte. Dann würde sie ihnen zeigen, wie man auf einem echten Wyvern flog, der nicht aus Sand war.

Carman freute sich, als sie endlich Fisch jagen durfte. Flügellose jagten Fisch immer mit Stöcken und warteten darauf, dass sie die Fische in ihren Klauen hatten. Doch als Flügeldrache konnte sie sich aus der Luft ins Wasser stürzen und musste nur ihr Maul öffnen.

Flügeldrachen jagten normalerweise nur für Nestlinge. Fluglinge konnten für sich selbst jagen, aber Carman hatte gelernt, dass Flügellose füreinander jagten. Die meisten Flügellosen waren keine guten Jäger, aber sie saßen auch lieber auf Vierbeinern-schnell als sie zu fressen. Dabei könnten die Flügellosen auch Flügeldrachen begleiten. Dumme Flügellose.

Aber weil Klein-Flügellos und Flügellos-Begleiter zu dieser Herde gehörten, schnappte sie mit ihren Klauen Fische aus dem Wasser und warf sie auf den Sand, bis sie genug hatten.

Die Flügellosen kauerten sich in den Sand um ein Heiß-hell-knisternd. Carman legte sich zu ihren beiden Flügellosen und erlaubte ihnen, sich an sie zu lehnen. Klein-Flügellos streichelte ihr die Schnauze und Flügellos-Begleiter gab ihr leckeren Fisch. Das musste sie den Flügellosen lassen. Sie

wussten, wie man Fisch mit dem Heiß-hell-knisternd noch leckerer machte.

Flügellos-Beschützerin wandte sich an Flügellos-Begleiter: »Und war ein freier Tag so schlimm? Ein Nachmittag ohne Arbeit?«

Carman drehte ihren Kopf. Flügellos-Begleiter brummte etwas, aber sie spürte sein Zögern.

Klein-Flügellos brüllte glücklich: »Das heißt, du kommst jetzt öfter mit?«

»Ich überlege es mir. Aber beim nächsten Mal frag mich einfach direkt, ob ich mitkomme, und schmiede keinen Komplott mit der Erzbischöfin.«

Carman stieß ihn auffordernd mit der Schnauze an. »Du bist zu oft bei Arbeit. Ich will wieder zum Wasser-groß-mit-Sand!«

Flügellos-Begleiter kraulte ihre Schnauze. »Versprochen, Carman.«

DER FLUSS DER ZEIT KANN SELTSAM
SEIN - MAL LANGSAM UND MAL
SCHNELL. WER KENNT ES NICHT, WENN
UNLIEBSAME DINGE EWIG DAUERN
UND DER SPASS IM FLUG VERGEHT.

6

DER KLANG DES SOMMERS

© SAKURA KUROMI

Langsam lief es meinen Rücken hinab. Ich konnte ganz genau spüren, wo es gerade war. Die Spur, die es zog, fühlte sich ein wenig feucht und alles andere als angenehm an. Unwirsch wischte ich mir mit meinem Oberteil den Schweißtropfen und dessen Spur von meinem Rücken. Nicht, dass es einen Unterschied machen würde. Mein Top selbst klebte bereits unangenehm auf meiner feuchten Haut. Warum musste es auch so heiß sein?

Mit einem unzufriedenen Seufzen blickte ich auf das Buch und das Heft, die beide aufgeklappt vor mir lagen. Wer auch immer Hausaufgaben über die Sommerferien erfunden hatte, schmorte hoffentlich auf alle Ewigkeit in der Hölle und musste dabei selbst noch arbeiten …

Frustriert legte ich den Kopf auf meinen Armen ab. Wie sollte sich jemand so konzentrieren?! Aber ich war wohl auch selbst Schuld daran. Nahezu jeden Tag spielten meine Freunde und ich draußen, genossen das Wetter und unternahmen all die Dinge, die für uns zu einem Sommer dazu gehörten. Egal ob wir uns nun im Schwimmbad abkühlten, uns im Kino einen tollen Film ansehen, bei jemanden Zuhause mit deren Familie grillten, oder einfach nur durch den Ort schlenderten und das Wetter genossen. Wann immer es regnete, oder ich aus sonst einem Grund zu Hause blieb, setzte ich mich an meine Hausaufgaben.

Ursprünglich hatte ich mir einen genauen Plan ausgearbeitet. Oder eher meine Hausaufgaben in kleinere Päckchen verpackt, die ich auf die einzelnen Wochen verteilte. Ich nahm mir fest vor, mich an diesen Plan auch zu halten … doch … Wie es nun einmal üblich war, gingen die guten Vorsätze schneller den Bach herunter, als man es wahrhaben wollte.

Da setzt man sich an den Tisch, holt seine Schulsachen heraus und will gerade anfangen, als es auch schon an der Türe klingelt und die Freunde da stehen. Wie soll man da denn nein sagen?

Sicher hatte ich einige Sachen bereits brav abgearbeitet, doch blieb mir nur noch etwas mehr als eine Woche. Wenn ich mich nicht jeden Tag an eines meiner geplanten Päckchen setzte, würde ich am letzten Ferientag wieder verzweifelt von den unerledigten Hausaufgaben verschüttet werden. Ein weiterer stressiger Tag; eine weitere schlaflose Nacht … Nur um dann bei den Kontrollen zu versagen, da in dieser kurzen Zeit nichts davon hängen bleiben konnte …

Also biss ich in den sauren Apfel und verfluchte innerlich das gute Wetter. Ich sollte mich konzentrieren und arbeiten und doch … Das Top, das an mir klebte; die Hitze, die dafür verantwortlich war, und das laute Zirpen der Zikaden … All das hielt mir den Sommer nur geradezu vor die Nase. Einen wundervollen Tag, den ich erst genießen konnte, wenn ich mit meiner Aufgabe fertig war …

Wenn ich ganz ehrlich war, war es eigentlich nicht einmal so viel. Ein Kapitel in meinem Schulbuch lesen und am Ende eine Seite mit Fragen dazu beantworten. Doch meine Gedanken schweiften unaufhörlich ab – wurden fortgetragen von den Eindrücken des Sommers...

Eine Reihe heller Töne lässt mich aufblicken. Das Papier des Windspiels dreht sich munter und lässt bei jedem Anschlagen an das Glas den so vertrauten Ton erklingen. Verantwortlich dafür ist eine frische Sommerbrise, deren sanfte Berührung ich auch sogleich auf meiner Haut spüre.

Wenn ich die Augen schloss, hörte ich sogar das leise Säuseln der Blätter und konnte das Rauschen der Felder vernehmen. Ich konnte regelrecht vor mir sehen, wie sie sich in der sanften Brise wiegten... und dann noch das weiter entfernte, aber alles untermalende Brausen. Fast schon spürte ich die Wärme der Sonne auf meiner Haut, roch den salzigen Geruch des Meeres …

Doch als ich meine Augen öffnete, saß ich wieder an dem kleinen Tisch vor meinen Hausaufgaben.

Es gehörte eindeutig verboten, seine Hausaufgaben auch noch mit in den Urlaub nehmen zu müssen. Doch war ich daran leider selbst Schuld. Hätte ich mich an meinen Plan gehalten, hätte ich die meisten Sachen abgearbeitet und meine Schulsachen lägen nun zu Hause in meinem Zimmer. Doch als die Zeit immer weniger wurde und die Hausaufgaben kaum abnahmen, klang es irgendwie logisch, sie mitzunehmen … Im Urlaub waren

meine Freunde nicht da, um mich abzulenken. Nur meine Familie …
Meine Familie, die vermutlich gerade am Strand den Sommer
genoss …

Ein frustriertes Seufzen entfuhr mir. Meine Gedanken spielten mit
der Idee, mein Schulbuch einfach aus dem Fenster zu werfen. Ohne
es konnte ich immerhin keine Hausaufgaben machen. Aber das war
reine Fantasterei. Das ging nicht. Ich würde nicht nur massig Ärger
bekommen, sondern vermutlich nur zusätzlich dazu verdonnert
werden, das ›verlorene‹ Buch zu finden …

Widerstrebend wandte ich mich also wieder den Seiten des Buches
zu. Um was ging es noch einmal? Meine Gedanken waren zäh wie
Honig und die Verlockungen des Sommers ebenso süß …

Süß? Überrascht blickte ich auf und suchte mit meinen Augen den
kleinen Kühlschrank, der im Bungalow stand. Natürlich! Wassermelone!

Ich war bereits halb aufgestanden, als ich mich doch eines Besseren
besann. Würde ich jetzt von meinen Hausaufgaben aufstehen, würde
ich sie heute sicher kein zweites Mal anfassen. Dann hätte ich zwar
heute meine Ruhe, aber morgen die doppelte Arbeit …

Nein … ich musste das heute fertig machen! Mein Blick wanderte
unsicher zur Uhr. Es war noch immer Morgen, auch wenn die Zeit für
das Mittagessen bald da war.

Wenn ich mich doch nur endlich darauf konzentrieren könnte …
Dann wäre ich vor dem Essen fertig und hätte den gesamten Mittag
für mich und den herrlichen Sommertag …

Ich könnte im Meer schwimmen, am Strand Sandburgen bauen,
durch die wehenden Felder schlendern, die Kühle des nahe gelegenen
Waldes genießen oder es mir einfach nur mit einem Buch im Schatten
eines Baumes gemütlich machen – solange es sich dabei um meine
Romane und keine weiteren Schulbücher handelte!

Ein schiefes Lächeln erschien auf meinem Gesicht.
Belustigt über meinen eigenen Gedankeneinwurf.
Danach folgte ein weiteres Seufzen. Es half
einfach nichts. Je länger ich es vor mir her schob,

umso mehr des Tages würde ich verlieren … Und meinen Urlaub wollte ich für diese dummen Aufgaben ganz sicher nicht opfern!

Mit dem Elan der Verzweifelten nahm ich meinen Stift wieder auf und blickte resigniert zurück in das Buch. Wenn ich meine Gedanken im Zaum halten konnte, wäre ich in weniger als 30 Minuten frei. Nur 30 Minuten − und vielleicht nicht einmal das, wenn meine Konzentration brav mitspielte.

Unwillig folgte mein Blick den Anhäufungen aus Buchstaben; den Wörtern, die sich erst zu Sätzen und dann zu Absätzen zusammenfügten. Ich las und versuchte, dabei alles andere auszublenden.

Ich verbat mir, an den Wind zu denken, der das Windspiel im Hintergrund erklingen ließ. Ich schob das Gefühl meiner von Schweiß klebenden Kleidung in einen entfernten Winkel meines Gehirns und versuchte, so zu tun, als würde die Hitze nicht existieren … Als würde der Sommer nicht existieren. Bis ich fertig war, konnte er das auch genauso gut. Immerhin war er für mich bis dahin unerreichbar …

Gefangen in den Gedanken darin, nicht an den schönen Sommertag zu denken, stolperte ich plötzlich gedanklich. Gerade hatte ich erneut eine Seite umgeblättert, als dort nichts mehr kam … Nichts … Nur eine Überschrift für das nächste Kapitel.

Ratlos und etwas verwirrt blickte ich darauf. Anschließend flog mein Blick hinauf zu der Wanduhr. Wann waren die 20 Minuten verstrichen? Wann hatte ich das Kapitel gelesen? Ich erinnerte mich nicht wirklich daran, es gelesen zu haben … doch … wenn ich mir die Fragen ansah, zupfte etwas leicht in meinen Erinnerungen. Konnte das wirklich alles gewesen sein?

Irritiert las ich die Fragen durch und hatte in wenigen Minuten alle beantwortet. Nur einmal musste ich dafür im Buch zurückblättern, um etwas nachzuschlagen.

Noch immer überrascht, ließ ich mich nach hinten fallen, so dass ich nun auf meinem Rücken lag und die Decke musterte. Ich wusste, dass die Aufgabe kurz war. Wusste, dass ich nicht lange dafür brauchen würde … und doch … Trotz allem hatte es mich so viel Überwindung gekostet …

Warum das wohl so war? Die Aufgabe erschien mir kaum lösbar. Ein riesiger Berg ohne Aussicht auf ein Ende … und dann … dann war es auf einmal wie im Flug an mir vorbeigezogen. Ratlos schüttelte ich meinen Kopf. Warum kam einem etwas so Einfaches nur so unmöglich vor?

Ein leises Klingeln erfüllte die Luft im Raum mit seinem Wohlklang und mein Blick flog zurück zu dem kleinen Windspiel. Am Anfang hatte ich es furchtbar nervig gefunden. Bei jedem kleinen Windstoß und jeder Brise erklang das glashelle Klingeln. Ich fand es nervig und störend. Aber nun …

In den letzten Tagen hatte ich es lieb gewonnen. Das leise Klingeln, das eine sanfte Brise ankündigte, die nur Augenblicke später über meine Haut strich. Eine leise und klangvolle Erinnerung an den Sommer mit all seinen schönen Seiten …

Erneut schloss ich meine Augen und versank einige Minuten gänzlich in den Geräuschen, die durch das offene Fenster strömten. Das stete Branden der Wellen, das Rauschen der Felder und das Säuseln der Blätter … lachende Kinderstimmen und immer mal wieder das laute Platschen der kleinen Kinder-Pools, die in vielen Gärten standen und in denen die mehr oder weniger kleinen Kinder eine Abkühlung genossen.

Apropos Abkühlung!

Rasch setzte ich mich auf, was leider sogleich von einem kurzen und leichten Schwindel begleitet wurde. Okay, so eilig war es nun auch wieder nicht. Fast lachte ich über mich selbst, während ich wartete, bis mein Kreislauf mich wieder eingeholt hatte.

Danach stand ich auf und lief zum Kühlschrank. Bereits beim Öffnen stieg mir das unverkennbare Aroma der Wassermelone in die Nase. Wir hatten sie am Vorabend vom Buffet mitgenommen. Eine großzügige Scheibe auf einem Teller für jeden von uns. Zufrieden nahm ich mir meine Portion heraus und trug sie zu dem Tisch, an dem ich zuvor noch gearbeitet hatte.

Schnell klappte ich Buch und Heft zu und räumte beides zusammen mit dem Stift in meine Tasche, die auf dem Boden neben mir stand. Danach galt meine ganze Aufmerksamkeit der saftigen und süßen, roten Frucht vor mir. Genüsslich nahm ich einen Bissen und schloss die Augen. Ich spürte die Kühle in meinem Mund, das Fruchtwasser, das meinen trockenen Hals benetzte und die Süße, die sich auf meinen Geschmacksknospen ausbreitete.

Das war genau das Richtige nach der ›Qual‹ meiner Hausaufgaben. Fast schon musste ich einmal wieder über mich selbst lachen. Ich wusste, dass es bei weitem nicht so dramatisch gewesen war … aber dennoch hatte es sich so angefühlt.

Ich aß langsam und ließ mir Zeit; genoss jeden einzelnen Bissen davon. Doch viel zu schnell war das Stück gegessen und nur einige Kerne auf dem Teller und die Rinde waren davon noch übrig geblieben. Ein sanftes Lächeln lag in meinem Gesicht als ich den leeren Teller anblickte.

Wie seltsam Zeit doch ist … Erst erscheint uns eine kurze Aufgabe unendlich lang und dann wiederum fühlt sich eine größere Zeitspanne an, als sei nicht mehr als ein Augenblick vergangen. Wenn ich das doch nur umkehren könnte … Dann wären meine Hausaufgaben im Handumdrehen erledigt und jede Kleinigkeit des Sommers könnte ich eine gefühlte Ewigkeit lang genießen.

Leise lachte ich, ehe ich den Teller von den Resten leerte und in die Spüle stellte. Mein Blick schweifte dabei ein weiteres Mal zu der Uhr an der Wand. Ob es sich noch lohnte, loszugehen? Oder wäre meine Familie jeden Augenblick zurück? Unsicher stand ich nun da und blickte abwechselnd aus dem Fenster und zur Tür.

Da erklang wieder das leise Klingeln des Windspiels und ich spürte fast sofort wie sich eine zufriedene Stille in mir ausbreitete. Vielleicht sollte ich mir zu Hause selbst eines kaufen und aufhängen … Sanft blickte ich zu der kleinen Glaskugel mit dem buntbemalten Papier, das im Wind tanzte.

Bevor ich mich auch nur bewusst dazu entschieden hatte, trugen mich meine Füße zurück zum

Tisch. Doch ich setzte mich nicht daran, sondern legte mich wie zuvor schon einmal auf den Boden. Ich spürte die Kühle dessen auf meinem feuchten Rücken selbst durch mein Top hindurch. Zuvor hatte mich mein verschwitzter Körper noch geekelt, aber nun fühlte ich mich überraschend erfrischt. Sicher war der Boden nicht so kühl, aber doch genug, dass ich es wahrnahm. Ebenso wie die sanfte Brise, die den Geruch von Sonne, Sommer und dem Meer mit sich trug. Der Geruch all der Möglichkeiten, die mich nach dem Essen erwarten würden.

Langsam schloss ich meine Augen. Während ich auf dem Boden lag und dem Windspiel lauschte, schweiften meine Gedanken unaufhörlich weiter ab – davongetragen von der leichten Sommerbrise. Sie nahm mich mit auf eine Reise; zeigte mir all die Dinge, die ich hörte und später sehen konnte; wenn ich mich denn zu dieser Sache entschied. Doch im Moment erlebte ich sie alle gleichzeitig, während meine Gedanken auf Wanderschaft waren.

Sie liefen durch die sich sanft wiegenden Felder, genossen die Kühle unter den Bäumen des Waldes, deren Blätter leise säuselten; spürte die Wellen des Meeres an meinen Beinen und den weichen Sand unter meinen Füßen … Ich hörte die Musik der Zikaden, welche immer wieder melodisch von einem leisen, glasklaren Klingen untermalt wurden … Sie alle begleiteten mich auf meiner Reise. Die Reise meiner Gedanken, die mich schon bald fort und in einen friedlichen Traum vom Sommer trugen …

7

SOMMERGEWITTER PART I

 SHARWYN

»Mamaaaaaa, es ist so heiß!«, nölte das Mädchen vom Fußboden aus, sämtliche Gliedmaßen von sich gestreckt.

»Und wenn du es mir noch fünfmal sagst, ich werde sicher nicht spontan zu einer Schneehexe.«

»Warum denn nicht, fehlt ja nur noch der Schnee.« Zwischen den dunkelbraunen, wirren Haarsträhnen blitzten weiße Zähne als Zeichen eines Grinsens auf.

»Pass auf, sonst verwandele ich dich in eine Kröte!«, kam es von ihrer Mutter zurück, die ebenfalls grinste, sich etwas Schweiß von der Stirn wischte und einen Schluck ihres eisgekühlten Wassers trank.

Sämtliche Eiswürfel im Glas waren bereits unter den wachsamen Augen der kleinen Hannah geschmolzen und hatten die Außenseite des Glases mit Kondensation bedeckt.

»Ich hab nichts gegen Kröten … Die schwitzen aber auch bei so nem Wetter.«

Ihr Blick fiel auf die Terrassentür, deren Vorhänge beinahe vollkommen zugezogen waren.

»Ich könnte natürlich losmarschieren und Eis einkaufen, wenn ich hier fertig bin …«

»Aber?« Hannahs Blick richtete sich skeptisch auf ihre Mutter, sie kannte diesen Ton.

»Aber dann könntest du mitkommen und mir bei den Einkäufen helfen.«

Es folgte ein geräuschvolles Stöhnen des Mädchens, das sich auf den Bauch rollte und anschließend vor sich hin grummelte.

»Also nein?«

»Neeeeeeeeeein!«

Auf den Lippen ihrer Mutter zeichnete sich ein wissendes Grinsen ab. Sie hatte es sich bereits gedacht, schließlich kannte sie ihre Tochter.

Für einige Momente legte sich ein Schweigen über den Raum. Einzig die Geräusche von der Arbeit ihrer Mutter, das Schleifen von Metall auf Stein, war zu hören.

Tock.

»Hast du das gehört?« Hannah richtete sich beinahe kerzengerade auf.« Tock, tock, tock.

»Mhm …« Auch ihre Mutter blickte von ihrer Arbeit hoch und ließ ihren Blick zur Terrassentür wandern, wo sich das Geräusch der kleinen Wassertropfen mehrte, welche auf die Scheibe prasselten. Sofort sprang das Mädchen auf, eilte zum Vorhang und riss ihn übermotiviert zur Seite, um das Schauspiel anzusehen.

»JA! Endlich!« Noch immer voller Elan öffnete sie die Tür, durch deren Glasscheibe mittlerweile kaum noch Sonne fiel, weil diese durch dunkle Wolken vom Himmel verdrängt wurde. Sofort peitschten ihr die ersten Tropfen in ihr Gesicht und verteilten sich auf den Boden.

Unter großem Jubel eilte sie raus in den Garten und blieb dort auf dem nassen Gras stehen, breitete die Arme aus und genoss die Abkühlung durch Wind und Regen. Ihre Mutter hatte ihren Arbeitsplatz mittlerweile verlassen und stand im Türrahmen, ein Lächeln auf den Lippen, das eine Mischung aus Erleichterung und Genuss ausdrückte.

»Komm schon Mama!« Mit nackten und mittlerweile klitschnassen Füßen rannte Hannah zurück zur Terrasse, ergriff dort den Arm ihrer Mutter mit beiden Händen und zog sie in den Garten.

Binnen weniger Sekunden war auch sie völlig durchnässt und wurde ordentlich durchgepustet. Wie ein wildgewordener Wichtel, eine manische Hexe oder auch einfach wie ein fröhliches Kind hopste und sprang sie durch den Garten, ohne jegliche Sorgen und bis auf die Knochen durchnässt.

Kurz stand ihre Mutter wie nicht abgeholt im Regen, dann begann sie zu lachen. Sie zog ihre Hausschuhe aus, warf sie zurück durch die Tür in das Wohnzimmer und schloss sich ihrer Tochter an. Wie Rumpelstilzchen um sein Feuer tanzt, so tanzten die beiden über das nasse Gras, teils jeder für sich, teils gemeinsam. Erst nach einigen Minuten des Tanzens, des schallenden Gelächters und der Ausgelassenheit, als die ersten Wolken wieder langsam zu brechen begannen

und die ersten zögerlichen Sonnenstrahlen Hannahs Gesicht berührten, kamen sie zum Stillstand.

Auch ihre Mutter, welche sich mittlerweile etwas erschöpft auf der Terrasse niedergelassen hatte, wurde von den ersten Sonnenstrahlen geblendet. Sie streckte die Hand in Richtung ihrer Tochter aus.

»Wie wäre es, wenn wir uns das Eis von Papa stibitzen? Auf meine Verantwortung.« Sie grinste breit ob der Idee, das heilige Eisfach von Hannahs Vater zu plündern, der sich wahrscheinlich nach einem Arbeitstag bei dieser Hitze schon danach sehnte.

»Aber nur ein paar Bällchen, sonst bekommen wir von ihm Eisverbot.«

Es folgte ein Nicken ihrer Mutter, die ihr unumgänglich zustimmte. »Wie wäre es dann mit einem Kakao mit Vanilleeis?«

»Au, ja,« gab sie begeistert zurück, ergriff die Hand ihrer Mutter und stapfte … oder vielmehr tropfte zusammen mit ihr zurück durch die Tür, um sich dieser kleinen Köstlichkeit hinzugeben.

Als ihre Mutter, vorwärts gezerrt von ihrer energischen Tochter, noch einen letzten Blick nach draußen warf, erkannte sie, dass die Wolken sich wieder bereits lichteten. Sieben Minuten. Der ganze Spaß hatte sieben Minuten angehalten. Mit einem amüsierten Schmunzeln auf den Lippen ging sie in Richtung Küche. Was ein paar Regentropfen und ein wenig Zeit nicht alles ausmachen konnten.

DIESE GESCHICHTE IST VON EINEM MEINER SOMMERHOBBIES INSPIRIERT: LAGERN AUF MITTELALTERMÄRKTEN. UND ICH HABE DAFÜR MAL ETWAS NEUES AUSPROBIERT.

8

DER DIEB

Mürrisch starrte ich auf den Teller vor mir. Die ganze Zeit über hatte ich mich schon auf mein Essen gefreut. Der Geruch nach Feuer und Rauch, der immer über den Lagern hing und noch den Duft von Gebratenem mit sich trug, ließ mir das Wasser im Mund zusammen laufen. Doch der Teller war leer …

»Alle einmal an den Tisch. Wir brauchen eine Notfallbesprechung!« Ich scheuchte alle unsere Lagermitglieder aus ihren Ecken hervor. Nur langsam kamen sie an den Tisch in der Mitte des Lagers. Hermes lag bereits brav daneben. Den Kopf hatte er auf den Pfoten abgelegt.

Ein leises Schnarchen drang durch das übliche Klirren von Schwertern im Hintergrund zu mir durch. Astrid lag immer noch im Gras und döste. Ungeduldig trat ich zu ihr und stieß sie leicht mit dem Fuß an.

»Was ist denn los?«, fragte sie gereizt und gähnte herzhaft.

Anklagend deutete ich auf den leeren Teller. »Jemand hat das letzte Stück Fleisch gegessen. Das hatten wir eigentlich für mich reserviert! Wer war es?«

»Wuff!«, machte Hermes.

Die anderen sahen sich alle etwas ratlos an. Astrid setzte sich immer noch verschlafen auf.

»Wer von euch war denn überhaupt im Lager?«, fragte ich, nachdem keine Antwort kam. Keiner hob die Hand. »Was habt ihr denn alle gemacht?«

Der erste, der vortrat, war Robin, einer unserer beiden Bogenschützen. »Also, ich war zusammen mit Yves beim Bogenschießen. Wir sind beide definitiv unschuldig. Wir waren noch nicht einmal im Lager. Die Sonne hat so schön geschienen und es waren gerade keine Kinder am Schießplatz. Da dachten wir beide, das ist DIE Gelegenheit, um etwas zu trainieren. Also haben wir unsere Bögen genommen und sind zum Schießplatz gegangen. Da war dann doch noch ein Junge, der versucht hat, ein paar Pfeile zu schießen. Wenn wir mal ehrlich sind, war er wirklich nicht gut. Deswegen haben Yves und ich erstmal beschlossen, ihm das Bogenschießen beizubringen.«

»Robin«, versuchte ich ihn zu unterbrechen. »Ich muss das gerade nicht alles hören …«

Doch der Bogenschütze redete einfach ohne Pause weiter. »Dieser Junge, ich sags dir, dafür, dass er am Anfang nicht mal ansatzweise die Zielscheibe getroffen hat, wurde er dann doch noch ganz gut. Immer noch kein Profi. Aber wie sag ich immer: ›Üben macht den Meister!‹ Das hab ich auch dem Jungen gesagt. Solange er weiter übt, wird er irgendwann besser werden. Er hat es wirklich irgendwann geschafft, die Zielscheibe sogar in der Mitte zu treffen. Naja, aber da Yves und ich gute Bogenschützen sind, dachten wir uns, zeigen wir ihm einfach mal, wie die Profis schießen. Also haben wir beide angefangen zu schießen. Und ich muss sagen: Wir waren beide wirklich gut. Der Junge wollte dann aber wissen, wer denn der Bessere sei. Wir alle wissen, dass ich das bin. Aber Yves hat behauptet, er sei der Bessere. Das konnte ich natürlich nicht auf mir sitzen lassen: Deswegen haben wir einen kleinen Wettbewerb daraus gemacht. Wer aus der größten Entfernung immer noch die Mitte trifft, hat gewonnen. Und eigentlich war von Anfang an klar, wer gewinnen wird. Ich! Ich natürlich! Auch wenn Yves das gar nicht gerne tut, muss er jetzt endlich zugeben, dass ich der Bessere von uns beiden bin.«

Ich seufzte leicht. »Okay, nette Geschichte, das hilft uns gerade aber nicht weiter. Ihr beiden wart also nicht im Lager. Wie sieht es mit den anderen aus?« Mein Blick wanderte über die anderen Lagermitglieder, die gelangweilt um den Tisch standen.

»Nein, ich war auch nicht im Lager.« Unser Barde Jaron trat vor.

»Was hast du dann gemacht?«, fragte ich.

»Wie Robin bereits gesagt hat, die Sonne hat so schön geschienen. Deswegen habe ich beschlossen, einen Spaziergang durch die Lager zu machen. Dafür habe ich natürlich meine Gitarre mitgenommen. Ich dachte mir, dass es bestimmt irgendwo einen schönen Ort gibt, um etwas Musik zu machen. Da habe ich dann eine so wunderbare Stimme gehört. Ein paar Lager weiter von hier ist ein junges Fräulein, das so schön singen kann. Ich musste mich einfach mit dazusetzen und sie mit meiner Gitarre begleiten. Ich habe sie gefragt, ob das für sie in Ordnung ist. Ihre Stimme war so lieblich und zart. Es war so gemütlich, mit ihr am Feuer zu sitzen und zu musizieren. Den anderen aus ihrem Lager schien das auch zu gefallen. Sie haben sich mit dazu gesetzt. Es sind sogar ein paar von den Besuchern stehen geblieben, um ihrer schönen Stimme zuzuhören. Am Ende haben wir sogar ein Duett gesungen! Ich würde sagen, unsere Stimmen haben ziemlich gut zusammengepasst.« Jaron begann, leise vor sich hin zu summen.

»Das hätte ich mir eigentlich auch denken können«, murmelte ich. Bevor er aber die Gitarre auspacken und das Singen anfangen konnte, hielt ich ihn auf. »Können wir bitte erstmal herausfinden, wer der Täter ist?«

Enttäuscht hörte Jaron mit der Summerei auf und legte seine Gitarre wieder auf die Seite. Ich setzte mich an den Tisch. Sofort war Hermes bei mir und legte seinen Kopf auf meinem Schoß ab. Mein Blick fiel als Nächstes auf Louisa.

Sofort hob sie abwehrend ihre Hände. »Ihr wisst, dass ich es nicht gewesen sein kann. Ich war doch bei dem Turnier dabei. Ich musste da schon früher hin, um mich darauf vorzubereiten. Es dauert ja immer eine Weile, bis ich die ganze Rüstung anhabe. Eigentlich ist es heute ja viel zu heiß für die Rüstung, aber was tut man nicht alles für die Bespaßung der Besucher. Und das Turnier hat mal wieder so viel Spaß gemacht! Da war die Hitze nicht mehr wichtig. Nur hat Jakob schon wieder die Choreografie vergessen. Aber inzwischen sind wir ja ein ziemlich gut eingespieltes Team. Wir haben einfach auf unsere eigene Art weiter gekämpft. Den Zuschauern ist es vermutlich nicht mal aufgefallen, dass wir improvisiert haben. Denen reicht es ja normalerweise, wenn man eine gute Show hinlegt. Bonuspunkte, wenn es cool aussieht und noch ein paar obendrauf, wenn es noch dazu lustig ist. Jakob und ich haben gute Lacher geerntet. Ich glaube, es hat den Zuschauern besonders gut gefallen, als ich Jakob mit einem Sprungangriff zu Boden geschmissen habe. Das ist zwar nicht besonders realistisch, aber was solls, Hauptsache es hat ihnen gefallen. Leider sehen die meisten nicht, dass die anspruchvollsten Techniken oft nicht unbedingt die sind, die am coolsten aussehen. Aber es kann trotzdem auch Spaß machen, einfach unrealistischen Blödsinn mit dem Schwert anzurichten.«

Bewundernd sah Paul zu Louisa auf. Seine Augen leuchteten, während sie erzählte. In seinen Händen hielt er ein kleines Holzschwert, das er zu schwingen begann. »Das Turnier war so toll. Da waren so viele Ritter und Pferde. Und sie haben alle gekämpft. So … Puff … Krrr … Und Louisa hat den anderen so umgeworfen … Weeee Bumm! Dann lag er da. Oh, und dann war da noch der große schwarze Ritter. Der war total böse! Der hat alle immer von hinten mit dem Schwert gehauen, auch wenn er das eigentlich nicht darf …« Während der Junge aufgeregt erzählte, sprang er mit seinem Holzschwert durch die Luft und versuchte, alles nachzumachen, was er zuvor bei dem Turnier beobachtet hatte.

Seine Mutter Ramona deutete auf ihn. »Wie du siehst, haben Paul und ich uns das Turnier angeschaut. Du weißt ja, er ist noch zu jung, um alleine über den Markt zu laufen. Und er wollte unbedingt Louisa zugucken. Es hat ihm sehr viel Spaß gemacht. Nach dem Turnier durften die Kinder noch zu den Rittern und die Schwerter mal in die Hand nehmen.«

»Nun, das löst immer noch nicht mein Problem. Wer von euch war denn überhaupt im Lager?« Ich sah zwischen allen hin und her. Astrid gähnte herzhaft, Robin und Yves zuckten nur mit der Schulter, Jaron klimperte nun doch auf seiner Gitarre und Paul hüpfte weiterhin mit seinem Schwert durch die Gegend.

»Sollte Astrid nicht eigentlich Lagerwache halten?«, fragte Ramona schließlich.

Nun wanderten alle Blicke zu Astrid. Diese schüttelte nur müde den Kopf. »Ich habe geschlafen. Die Sonne war so angenehm warm und ihr wisst doch, wie müde ich mittags immer bin.«

»Ihr wollt mir also sagen, dass keiner hier wach oder im Lager war und aufgepasst hat?« Fassungslos wanderte mein Blick über meine Lagergenossen.

»Ja, ich glaube, genau das wollen wir dir sagen«, sagte Yves schulter-
zuckend.

Ich holte einmal tief Luft. »Mal angenommen, ihr alle sagt die
Wahrheit … Wer war dann der Übeltäter?«

Nun wanderten alle Blicke zu Hermes. Dieser hatte immer noch
seinen Kopf unschuldig auf meinem Schoß abgelegt.

»Wuff!«, machte Hermes.

„EINMAL PISTAZIE UND SCHOKOLADE
IN DER WAFFEL. ODER, ACH WAS,
MACH GLEICH ZWEI DRAUS."
-GIORNO GIOVANNA

9

ODYSSEYA DEL PISTACCIO

© KRIS CANE

Sonnenlicht und Lärm. Das waren die Dinge, die Markus an diesem Tag aus den Träumen rissen. Schlaftrunken tastete er nach seinem Handy, dessen Wecker mit klassischem Rasseln vor sich hin lärmte.

9 Uhr.

Moment mal, er war im Urlaub. Warum hatte er sich den Wecker überhaupt nochmal gestellt? Nach kräftigem Augenreiben konnte er endlich entziffern, welchen Namen er dem morgendlichen Störenfried vor etwa vier Tagen verpasst hatte:

›Pistazieneis‹

»Stimmt … Da war ja was …«, brummte er verschlafen in sich hinein. Langsam, aber sicher kam ihm das Gespräch mit Antonio wieder in den Sinn.

***

Seit einem guten Monat hatte er diese einwöchige Romreise schon geplant. Alles, von Sehenswürdigkeiten über einen Flug bis hin zu einem guten, aber günstigen B&B am Kolosseum, war dabei gewesen. Und am Samstag vor der Abreise war er noch einmal in Antonios Restaurant, dem ›Casa del Sole‹, gewesen, um den gebürtigen Römer etwas über das Sehenswerte der Stadt auszufragen. Er kannte Antonio gut. Und Antonio kannte ihn gut. Bestimmt seit der 2. Klasse waren die beiden unzertrennlich.

»Ah, du willst also meiner Heimat eine kleine visita abstatten? Meraviglioso, Marco!«

»Ja, ich glaube jeder sollte die Ewige Stadt einmal gesehen haben, Antonio.«

»Ah, si, naturalmente, mio amico! Und du willst bestimmt wissen, was es Schönes in Roma zu sehen gibt?«

»Ganz genau. Du hast doch sicher ein paar Geheimtipps für mich, oder?«

»Worauf du wetten kannst, Marco.« Antonio stellte Markus sein übliches Tonic Water hin und setzte sich zu ihm an die Bar.

»Primo, da wäre das Viertel San Lorenzo.«

»Mhm …« Schon hatte Markus das Viertel auf seinem Handy aufgerufen. »Das Studentenviertel?«

»Si, mio amico! Schöne Streetart gibts da! Dann gäbs noch die Passeggiata del Gelsomino. Kleine Promenadenbrücke mit gutem Ausblick.«

»Notiert.«

»Und natürlich noch ein kulinarischer suggerimento.«

»Bin ganz Ohr. Kulinarische Tipps von dir nehm ich immer gern, weißt du doch!«

Besonders, weil Antonio über drei Jahre die Geheimnisse verschiedenster römischer Restaurants angesammelt hatte. L'essenza di Roma, die Essenz Roms, nannte er stolz seinen geistigen Schatz.

»Gelato. Al. Pistacchio, Marco.«

»Was, Pistazieneis?«

»Si. Alle reden sie immer nur über Pizza, immer nur Pizza, Marco. Aber Eis, gelati, können sie in Roma am besten!«

»Aha.«

»Wenn du's schaffst, besorge dir eins bei den Fassi! Einen Monat durfte ich bei denen lernen, und oh, Marco, oh, hab ich gelernt!«

***

Pistazieneis stand also heute an. Das kam ihm ganz gelegen bei den bereits 25 Grad, die sein Wetterbericht für draußen anzeigte. Nach einer lauwarmen Dusche (kühler wurde das Wasser nicht) und einem ausgiebigen Frühstück stand Markus auf dem Bürgersteig, von dem aus ihn der Anblick des Kolosseums begrüßte.

Das Pistazieneis war natürlich nur sein erstes Ziel heute. Das würde schließlich nicht länger dauern als eine knappe Stunde. Ein paar kleinere Sehenswürdigkeiten würde er heute auch noch abklappern. Mit der Karte auf seinem Handy bewaffnet machte er sich auf dem Weg zur Gelateria Fassi, die nun schon über 140 Jahre im Gelati-

Geschäft war. Und das Eis dort war trotz des hohen Ansehens anscheinend nicht sonderlich teuer.

Sein etwa dreißig-minütiger Fußmarsch führte ihn durch die lauten, aber dennoch charmanten Straßen Roms. Ab und an wich er in kleinere Seitengassen und auch einen Park aus, um Fotos zu schießen. Er musste immerhin seinem Ruf als Tourist gerecht werden.

Und seine Eltern wollten, dass er möglichst viel Bildmaterial mit nach Hause brachte.

Sie hatten ihm auch einen alten Reiseführer mitgegeben, den sie einst verwendet hatten. Dieser war leider weder gut noch hilfreich. Über die ersten paar Suchergebnisse, wenn man ›Rom Sehenswürdig-keiten‹ eingeben würde, ging er jedenfalls nicht hinaus. Die vergilbten Seiten fielen außerdem schon fast auseinander.

»Danke für den Wisch …«, seufzte Markus, als er in die Via Principe Eugenio einbog.

Er erkannte sein Ziel bereits an der Schlange vor dem Laden. Die Gelateria Fassi war anscheinend schon früh am Morgen gut besucht. Und obwohl sie von außen schon größer wirkte, führte die Menschen-kette bereits aus ihr heraus. Mit immer neuen Leuten, die sich ihr anschlossen. Markus sorgte schnell dafür, dass er sich anstellte.

Mit einem Andrang hatte er gerechnet. Aber nicht mit so einem! Touristen-Familien, Kinder, sogar eine ganze Schulklasse glaubte er zu erkennen. Das konnte ja was werden … und bei nunmehr 32 Grad schwüler Hitze.

Ganze dreißig Minuten später betrat er erst den Laden, dessen Gründungsjahr stolz über der Eingangstür prangte. Es war auf einen Schlag so kalt, dass Markus in seinem durchgeschwitzten T-Shirt ein kalter Schauer über den Rücken lief. Weitere dreißig Minuten dauerte es, bis die Schlange sich endlich durch die Gelateria gezogen hatte.

»Benvenuto, cosa vuoi?«, fragte der schlaksige junge Mann hinter dem gläsernen Tresen.

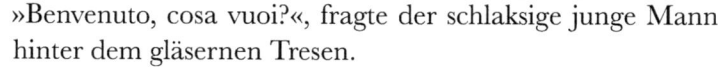

»Cioccolata e … pistacchio, per favore.« Italienisch zu verstehen war für Markus weniger ein Problem, als es zu sprechen. Aber etwas bestellen konnte er allemal.

»Ah, scusi, signore.« Der junge Mann deutet auf einen so gut wie leeren Metallkanister mit letzten Fetzen hellgrüner Eiscreme.

Verdammt. Markus war zu spät. Mit entschuldigenden Gesten ließ er den Verkäufer stehen und verließ die Gelateria wieder, nur damit ihm die Mittagshitze entgegenschlagen konnte wie in einem Pizzaofen.

Markus seufzte schwer. Er musste sich wohl oder übel eine neue Eisdiele suchen. Eine kleine Internetsuche im Schatten eines Baumes später war sein neues Ziel sicher. Über einige innerstädtische Sehenswürdigkeiten ging es auf den Weg zur Old Bridge Gelateria.

Es ging also wieder ans Sightseeing. In 32 Grad schwülster Hitze … Zumindest boten die Gassen etwas Schatten.

Sein Weg, immer hin zum ersehnten Pistazieneis, führte ihn an zwei ganz besondere Orte in Rom: zunächst, der Fontana di Trevi.

Wie immer war auf der Plaza vor diesem riesigen, mit Götterstatuen und kunstvollen Bögen verzierten Brunnen eine Menge los. Ein regelrechter Wust von Touristen aus aller Herren Länder. Während der Gott Oceanus und die Allegorien in ewiger Starre für jedermann über dem Wasserspektakel posierten, waren bestimmt Hunderte von Handys auf sie gerichtet.

Und nicht zu vergessen, die Straßenverkäufer.

Hartnäckige Geschäftsleute, über die Markus zum Glück noch online erfahren hatte. Noch schlimmer als Vertreter und Zeugen Jehovas zusammen seien sie, wie Landminen unter die Leute gemischt, um kleine Andenken oder billiges Plastikspielzeug zu verkaufen. Und sie waren immer in großen Menschenansammlungen.

Bevor er sich unter Zuhilfenahme seiner Ellenbogen und mehreren »Scusi« durch die Menge quetschen konnte, hatte sich auch schon so eine menschgewordene Touristenfalle an ihn geheftet.

»Eeeey, friend!«, quasselte der bunt gekleidete Italiener mit … naja, ›fescher‹ Sonnenbrille ihn mit wackligem Englisch an. Selbst bei dem

Tumult war die laute Stimme unüberhörbar. Der Mann könnte glatt Stadtschreier werden.

»Eh, scusi, non voglio … com … prare niente.« Markus versuchte so gut wie möglich sein Schul-Italienisch zusammenzuklauben. Oh, nein. Seine Antwort ließ den Verkäufer erst richtig heißlaufen. Ein Schwall Italienisch prasselte auf ihn ein, so schnell, dass selbst gebürtige Römer wie Antonio Schwierigkeiten gehabt hätten, mitzukommen. Mit beschwichtigenden Handgesten schob er das aggressiv angebotene Souvenir weg, doch es tauchte immer wieder vor seiner Nase auf, als wäre sie ein Plastikmagnet.

Mehr als überfordert duckte Marco sich kurzerhand in die Menge weg und verschwand die vollbesetzten Treppen zum Brunnen hinunter. Bloß weg von dem Typen. Erleichtert hörte er aus sicherer Entfernung jedoch schon das nächste »Eeeey, my friends!« Ein Glück. Sein Verfolger hatte ihn wohl schnell aufgegeben und zwei junge Damen angepeilt. Vielleicht waren die ja für ein paar überteuerte SPQR-Schlüsselanhänger zu haben.

Ein paar weitere gute Erinnerungsfotos waren geschossen, und über den beeindruckenden Piazza des Pantheons ging es weiter zur Eisdiele. Rein in das riesige Gebäude konnte er heute noch nicht. Erst übermorgen war es ihm vergönnt, sich das vor nun fast 1900 Jahren erbaute Kuppeldach von innen anzusehen. Daran zu denken, dass die vierzig Meter breite Kuppel nur mithilfe antiker Architektur erbaut werden konnte und heute noch stand. So etwas musste man einfach bestaunen. Und den Stress beim Kartenkauf würde es allemal wert sein.

***

Als er schließlich an der Old Bridge Gelateria ankam, die passenderweise an einer kleinen Brücke an den Mauern des Vatikans lag, klappte ihm die Kinnlade runter.
Es war geschlossen.

Verärgert wühlte Markus sein Handy aus der Hosentasche und suchte erneut nach der Eisdiele. Hatte er sich etwa bei seiner Suche verlesen?

Nein. Dort stand, es sei offen, er hatte sich nicht verguckt. Was war also los?

Ein Zettel an der Innenseite des Schaufensters in Zusammenarbeit mit einer Übersetzer-App verriet es ihm. »Geschlossen wegen Krankheit.« Und schon wieder hatte er kein Glück mit dem Pistazieneis. Wirklich seltsam.

Egal. Neues Ziel, neues Glück. Es gab schließlich viele gute Eisdielen hier in Rom. Schon bald war er wieder auf dem Weg. Diesmal zum San Crispino, das an der Piazza Barberini lag.

Es ging also zurück durch die Häuserblöcke und natürlich auch über Straßen. Das Über-Straßen-Gehen übrigens war in Rom tatsächlich gar nicht so einfach. Zumindest für Unwissende. So wie er einer war an seinem ersten Tag in der Ewigen Stadt.

Es gab, im Vergleich zu Städten wie Frankfurt oder München, eher wenige Ampeln und noch weniger Zebrastreifen. Der Verkehr floss und er hörte nur auf, wenn man sich durchzusetzen wusste.

Gerade kam eine Kolonne alter Ferraris durch die Straße, ein weiterer nicht gerade ungewöhnlicher Anblick für Rom. Natürlich hätte Markus warten können, bis die alten Herren in ihren polierten Schmuckstücken vorbeigefahren waren, aber er hob selbstbewusst die Hand. Die Oldtimer in ihren Oldtimern hielten keinesfalls an, aber sie wurden doch merklich langsamer.

Schon war er auf der anderen Seite, und die Ferrari-Kolonne konnte ohne Störung weiterfahren. So einfach war es. Würde man das in Deutschland versuchen, er wollte es sich gar nicht ausmalen.

Über eine der vielen Brücken des Tibers ging der Weg weiter, danach bog er scharf rechts ab, um nicht den wunderschönen Piazza del Popolo zu verpassen. Ein kunstvoller Obelisk von ganzen sechsunddreißig Meter Höhe wartete auf ein Foto-Shooting.

Zumindest seine Eltern wären mit den nunmehr fast 150 Fotos in seiner Galerie zufrieden.

Nur zur Sicherheit machte er auch an der Villa Medici für einige Fotos halt, bevor es endlich zum San Crispino ging.

Sobald er die Eisdiele sehen konnte, wäre ihm vor Wut fast sein Handy aus der Hand gerutscht. »Nein … Das ist doch ein dummer Witz!« Schon wieder waren die Türen einer Gelateria vor seiner Nase verschlossen. So langsam wurde es lächerlich. Aber ein Ruhetag des San Crispino war ausgeschlossen, darauf hatte er extra geachtet.

»Excuse me«, sprach er die nächstbeste Person an, die nach Tourist aussah.

»Ja bitte?«, antwortete diese, eine eher gedrungene Frau mit blonden, erschreckend offensichtlich gefärbten Locken, die aus ihrer Schirmkappe quollen. Auch sie schien aus irgendeinem Grund gereizt zu sein.

»Wissen Sie vielleicht, warum die Gelateria da geschlossen ist?«

»Ja, können Sie's denn auch nicht glauben? Nur gute Dinge hat mir die Agathe über diese Gelateria erzählt, aber nun, nun sehen Sie's ja selbst, mein Lieber, nun ist das dumme Ding doch tatsächlich zu! Nicht zu fassen, richtig?«

»Sie wissen es also auch nicht?«

»Was denn nun?«

»Warum geschlossen ist.«

»Ach, der Chef sei urplötzlich verschwunden oder sowas, wirklich eine Dummheit, sowas.«

»Und deshalb ist geschlossen? Gibt es denn keine Vertretung?«

»Wie Sie sehen, mein Lieber, gibt es die nicht!«

»Nicht zu fassen …«

»Meine Rede, mein Lieber! Wissen Sie, die Agathe sagt immer …« Markus verabschiedete sich schnell und türmte, bevor er sich anhören musste, was ›die Agathe immer sagt‹.

Nun etwas ziellos lief er die Via Tritone zurück, die er gekommen war, und ließ sich am Rand des gleichnamigen Brunnens, dem Fontana del Tritone, nieder. Gleich dreimal hatte er es nicht geschafft, ein verflixtes Pistazieneis zu kaufen. ›Ist es legal, so *viel Pech zu haben?‹*, fragte er sich. *›Gibt es nicht ein Maß an Unglück, an dem Feierabend ist?‹*

Als er so über sein Pech nachdachte, sah er einem Knirps zu, der von seiner Mutter eine 2€-Münze in die kleine Faust gedrückt bekam. Fest kniff er die Äuglein zu und warf sie etwas unbeholfen in den Brunnen. Im Wasser glitzernd trieb sie langsam auf den Beckenboden, hinab zu ihren bestimmt tausend Schwestern jeglicher Münzwährung dieser Welt. Es war wohl mehr als beliebt, eine Münze in den Tritonenbrunnen zu werfen. Sei es nun aus Aberglauben oder einfach nur aus dem Bedürfnis heraus, einmal einen Wunschbrunnen benutzt zu haben.

Das verführerische Glitzern brachte ihn auf eine Idee. Ja. Warum sollte er sich eigentlich nicht auch ein wenig Glück erwerfen? Zwar war er keinesfalls abergläubisch, aber das Pech, das er heute gehabt hatte, konnte nicht mehr irdisch sein.

Mit geschlossenen Augen und dem festen Gedanken an das Pistazieneis seiner Träume nahm also auch er eine Münze aus seiner Börse und schnippte sie mit einem metallischen Klingen in den Brunnen. Diese war schon im Münzmeer verschwunden, als er die Augen aufschlug. »Gut«, murmelte er, »mal sehen, ob's was bringt.«

***

Die Sonne ging langsam hinter den Häuserfronten unter. Und noch immer. Noch immer hatte er kein Glück gehabt mit den Eisdielen, mit einer nach der anderen, und aus immer lächerlicheren Gründen:

Eine, die er herausgesucht hatte, war in Wahrheit ein Café, das kein Eis mehr verkaufte. Eine verkaufte erst gar kein Pistazieneis wegen eines schweren Allergiefalls vor ein paar Jahren. Und vor der nächsten, die sogar als Geheimtipp angepriesen war, standen eine Menge Autos der Carabinieri. Und mit den Kräften des Verteidigungsministeriums wollte er nun wirklich nichts zu tun haben. Er war immerhin im Urlaub.

Inzwischen saß er in einem gemütlichen kleinen Lokal. Doch weder das rustikale Ambiente noch die ausgezeichneten Bandnudeln mit Pesto della Casa wollten ihn so richtig aufmuntern. Den ganzen Tag war er unterwegs gewesen. Das wäre natürlich auch so gewesen, wenn er nicht diesem verdammten Eis nachgejagt hätte. Aber jetzt war er auch noch so niedergeschlagen wie an dem Tag, an dem seine erste Freundin ihn verlassen hatte. Na gut, vielleicht war das übertrieben.

Das plötzliche Klimpern von Metall an Glas ließ ihn aufschrecken. Und tatsächlich, jemand wollte eine Rede halten. Der Besitzer und seine Frau standen gemeinsam in der Küchentür und strahlten über beide Ohren.

»Meine lieben Gäste!«, übersetzte die Frau die feurige Rede ihres Mannes. »Paolo, mein Ehemann seit schon mehr als 35 Jahren, feiert heute seinen 60. Geburtstag.«

Applaus brandete für das Geburtstagskind auf, und auch Markus stimmte mit müdem Klatschen ein. Wenigstens andere waren heute guter Dinge. War schließlich auch nicht schwer, wenn man nicht den Tag damit verbringt, einer Eissorte durch ganz Rom zu folgen. Der Gedanke wollte ihn einfach nicht loslassen.

»Und wie an jedem von Paolos Geburtstagen haben wir eine kleine Überraschung für unsere Gäste. Dieses Mal spendieren wir ein Dessert für alle Anwesenden.« Wieder Applaus. ›Wie nett von ihnen‹, dachte Markus bei sich. Wer weiß, vielleicht war seine Münze ja doch nicht umsonst im Tritonenbrunnen versunken. Ein Dessert war immerhin dabei rausgesprungen.

Umso baffer war er, als ein Kellner ihm ein hübsch verziertes Eis mit einer Waffelrolle vorsetzte.

»Wir waren so frei, bei den guten Fassi einen ganzen Kanister Pistazieneis zu bestellen. Und natürlich hoffen wir, es mundet, Signore e Signori.«

Pistazieneis. Er konnte es nicht glauben, Pistazieneis! Ungläubig tippte er die sahnige Masse mit dem Löffel an. Tatsächlich. Keine Fata Morgana. Echtes Pistazieneis. Langsam vergrub Markus das Gesicht in den Händen und begann zu lachen. Gleichzeitig musste er damit kämpfen, nicht loszuheulen.

»Mi scusi. Si sente bene, signore?«, fragte der Kellner, der besorgt neben ihm stand.

»Si …«, wimmerte Markus. Das wars. Fortuna hatte ihren Spaß mit ihm getrieben, einen ganzen Tag lang. Ihm wahrhaftig den Rest gegeben. Und trotz seinem matten Hirn, von der Sonne gebraten und zermartert vom Karte lesen, war er sich einem sicher:

Er hatte Antonio einiges zu erzählen, wenn er wieder zu Hause war.

Frische Sommer-
brise

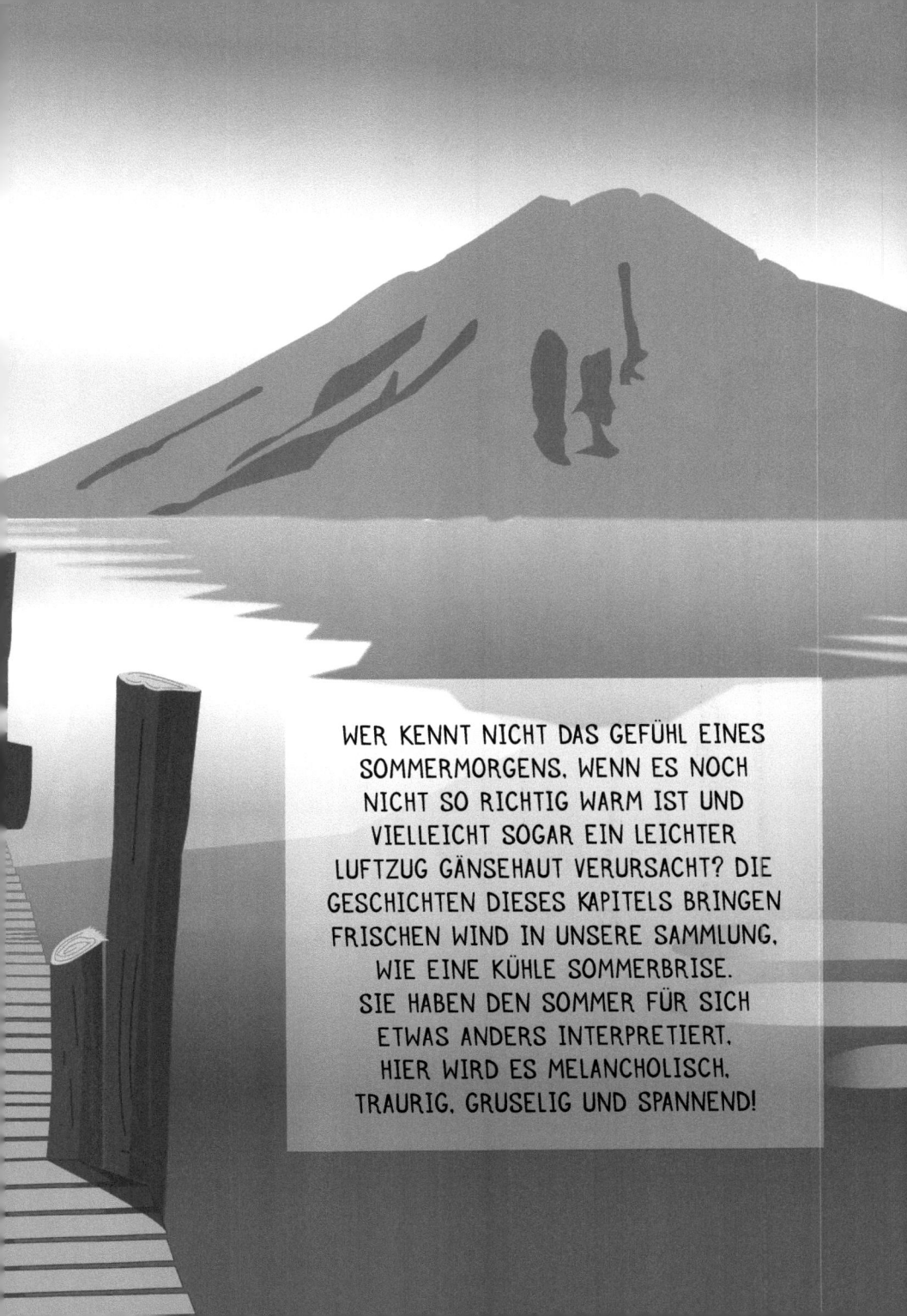

WER KENNT NICHT DAS GEFÜHL EINES
SOMMERMORGENS, WENN ES NOCH
NICHT SO RICHTIG WARM IST UND
VIELLEICHT SOGAR EIN LEICHTER
LUFTZUG GÄNSEHAUT VERURSACHT? DIE
GESCHICHTEN DIESES KAPITELS BRINGEN
FRISCHEN WIND IN UNSERE SAMMLUNG,
WIE EINE KÜHLE SOMMERBRISE.
SIE HABEN DEN SOMMER FÜR SICH
ETWAS ANDERS INTERPRETIERT,
HIER WIRD ES MELANCHOLISCH,
TRAURIG, GRUSELIG UND SPANNEND!

WÄRME KANN VIELE FORMEN ANNEHMEN. DOCH MANCHMAL BRAUCHT MAN ABSTAND UND ZEIT, UM SIE ERTRAGEN ZU KÖNNEN.

Contemporary

FSK 12

EISTAGE

© INA LINDAUER

Seit einem halben Jahr haben wir uns nicht gesehen. Der Sommer ist schon vorüber, auch wenn es sich wegen der anhaltend warmen Tage nicht so anfühlt. Wir hoffen so sehr, wieder etwas von dir zu hören.

Sommer. Hier im südlichsten Süden beginnt er gerade erst. Vor meinem Fenster wirbelt der Wind Schneeflocken auf. Wie lange habe ich auf den Sommer gewartet? Nicht, um dünn bekleidet in irgendein Meer zu springen, wie in einem früheren Leben, sondern um die Sonne zu sehen. Sonne! Dieses grelle, gleißende Etwas, vor dem ich einst geflohen bin. Ich kam hierher, um Heilung in der ewigen Nacht zu finden. Ruhe und Abgeschiedenheit, notwendiger Balsam für meine Seele. Mir war nicht klar, wie lang und dunkel der Winter sein kann. Wie sehr die Sehnsucht nach Licht mein ganzes Inneres ausfüllen würde. Wie schwach erscheinen mir die Frühlingsstürme von damals im Vergleich. Selbst das allgegenwärtige Grün hat nie solch eine Wirkung auf mich gehabt, mich den Sommer mehr erfühlen, mehr ersehnen lassen, als diese herzzerreißende Erwartung hier am Pol, der erste und einzige Sonnenaufgang nach dem Winter. Schon ewig zieht sich die Dämmerung, wird jeden Tag eine Winzigkeit heller. Diese Langsamkeit tut mir gut. Gibt mir die Zeit, die ich brauche, mich darauf einzustellen. Heute ist es so weit! Die Sonne wird über den Horizont steigen. Nur wenige Zentimeter zunächst, doch ihre Strahlen werden den Pol durchziehen und für das nächste halbe Jahr nicht mehr untergehen. Ich stelle mir die Wärme der Sonnenstrahlen vor: zaghaft und sanft, genau richtig, um nicht unter der Wärme zu vergehen, zu schmelzen und einzuknicken, sobald das Stützkorsett aus Eis zerfällt.

»Maya!«
Ihre Finger stoppten.

»Maya, kommst du?«

Schnell knallte Maya den Deckel ihres Laptops zu, als die Tür zu ihrem Zimmer aufgerissen wurde.

Elise Herbert hatte schon längst aufgegeben, auf ihre Antwort zu warten. Nicht, dass sie es nicht versucht hätte. Die ersten Wochen mit ihrer neuen Kollegin waren eine Tortur gewesen. Bei jeder Gelegenheit hatte sie versucht, ihr ein Wort, einen Laut oder auch nur eine Regung abzuringen.

»Hast du deinen Eltern geschrieben?«, fragte Elise aufgeregt, ihren Blick auf den verdächtig surrenden Laptop gerichtet. Elise griff nach dem Deckel des Laptops, doch Mayas Hand lag schwer auf ihm.

»Oh, okay, wenn du nicht magst, schau ich natürlich nicht. Sie haben mir gesagt, dass sie dir geschrieben hatten, deshalb dachte ich …« Elise suchte in ihrem Gesicht nach irgendetwas, was sie nicht fand.

»Gut, aber deshalb bin ich nicht hier. Es ist Zeit. Wir müssen zur Messstation. In Kürze geht die Sonne auf.«

Maya regte sich nicht, wartete, bis ihre Kollegin sich von dem Laptop entfernt hatte, ehe sie sich erhob.

»Sie würden sich freuen.«

Elises Worte fielen wie Steine in ihr Herz. Sie konnte nicht. Lange hatte sie gebraucht, um wenigstens zu der Form zu finden, die sie jetzt hatte. Worte schreiben ging. Doch sie jemandem zu übermitteln, war jenseits ihrer Möglichkeiten. Sie stand auf dünnem Eis. Jede Regung konnte zum Einsturz führen. Sie würde wieder in den dunklen Fluten der Verzweiflung versinken. Würde zurückgeworfen zu jenem Tag, als die Welt endete.

»Maya«, ein sanftes Rütteln an ihren Schultern zog sie zurück. »Tut mir Leid. Lass uns gehen.«

Ihre Gelenke knirschten, als sie Elise folgte, sich anzog, die doppelt gesicherte Tür hinter sich zuzog und in die graue Schneewelt hinaustrat.

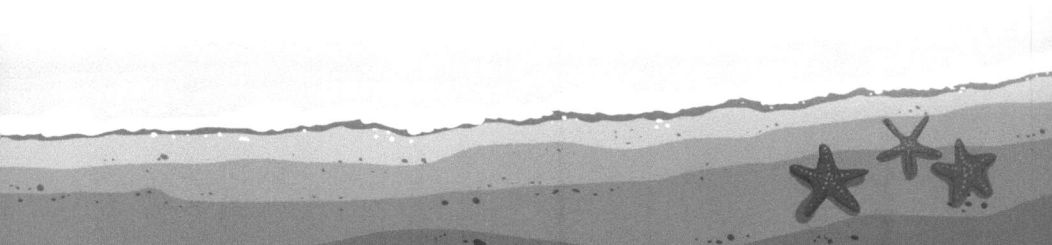

Der Schlitten mit den Instrumenten glitt hinter ihnen her. Es war nicht weit. Aufbauen. Warten. Abbauen. Dieselben Handgriffe immer wieder.

Die Routine gab ihr Halt. Hatte ihr erlaubt, sich Stück für Stück ihre Gedankenwelt zurückzuerobern. Sie konnte wieder klar denken. Die Nachrichten ihrer Eltern freuten sie. Die vielen kleinen Erzählungen aus der Heimat, die Geschichten des Alltags, die schönen Momente.

Es musste ermüdend sein, sie zu schreiben, ohne je eine Antwort zu erhalten. Gerne würde sie ihnen sagen, wie sehr sie sich freute. Doch sie hatte Angst. Angst, ihnen falsche Hoffnungen zu machen. Ihre Erwartungen zu wecken und zu versagen.

Sie zurrte das letzte Seil fest, welches die Geräte bei einem plötzlich einsetzenden Sturm schützen sollte, und starrte zum Horizont.

»Fertig!«, rief Elise. Ihre Schritte knirschten. »Gerade noch rechtzeitig.« Ihr Schulterklopfen wurde durch die dicke Schutzkleidung fast vollständig geschluckt. »Weißt du was? Lass uns auf der Bank vor dem Haus den Sonnenaufgang genießen!«

Maya zog den Schlitten hinter sich her, während Elise fast schon übermütig vorauslief.

»Ich hole nur noch etwas, mach es dir schon mal bequem.«

Weg war sie. Welche Bank auch immer Elise meinte, Maya sah keine, wusste auch nicht, wo hier eine sein sollte. Sie tat, was sie immer tat, wenn sie unschlüssig war: Sie floh in die Routine. Der Schlitten musste hinter dem Windschutz gesichert, die Werkzeuge verstaut werden.

Und nun? Maya starrte auf den Horizont, der immer heller wurde. Sie hatte weiterschreiben wollen. Seitenweise ihre Gedanken in Worte gießen wollen, die ihr nie über die Lippen kämen. Vorhin hatte sie so etwas wie Wärme erfasst, bei der Erinnerung an die Sommerzeit bei ihren Eltern. Auch wenn es letztlich sinnlos war. Jede Wärme würde wieder vergehen, während der Stunden, die sie auf den Sende-Button starrte, unfähig, diesen einen Klick zu tun, der die gekappte Verbindung wieder herstellen würde.

Die Tür klackte. Elise trat mit zwei dampfenden Tassen zu ihr und drückte ihr eine davon in die Hand.

»Hier! Ich habe heiße Schokolade mitgebracht! Wie kommt es, dass wir die in all den Monaten noch nie zusammen getrunken haben?«

Elise ließ sich auf den Schlitten fallen und grinste.

»Der gibt doch eine gute Bank ab, oder? Komm, setz dich zu mir. Der ist so groß, dass er die ganzen Kisten mit den Geräten tragen kann, da schafft er auch uns beide.«

Maya setzte sich langsam auf das andere Ende des Schlittens. Die Tasse schwappte leicht. Es war schwer, sie mit den dicken Handschuhen zu halten. Elise wärmte ihre Finger direkt an der Tasse, wobei ihr Gesicht so dicht über den dünnen Dampfkringeln hing, als würde sie in die Tasse hineingesogen werden. Der Gedanke an Hitze-flimmern über heißen Straßen zog durch Mayas Kopf.

»Weißt du, als Kind war ich oft Skifahren mit meinen Großeltern. Schnee und heiße Schokolade, das gehört seit jenen Tagen für mich einfach zusammen.«

Der Duft vor ihrer Nase weckte ganz andere Erinnerungen. Ein gedeckter Tisch im Garten, Obstkuchen und das Lächeln ihrer Mutter. Ihr Vater, der auf einer Liege im Schatten schnarchte. Ihr Bruder, der mit einem Milchbart von seiner Tasse abließ, um eine Weitere zu erbetteln. Ein Ziehen füllte ihren Bauch aus.

»Wenn du magst, kann ich dir helfen.«

Elise lächelte vorsichtig.

»Gib mir die Tasse. Mit den Handschuhen kannst du doch nicht trinken.«

Maya streifte die Handschuhe ab und umfasste die heiße Tasse mit ihren Fingern. Langsam näherte sie sich dem Getränk, wollte sich nicht verbrennen. Doch in kleinen Schlucken war es erträglich.

»Ich könnte dir mit deinem Laptop helfen«, sagte Elise unvermittelt. »Ich höre dich jeden Abend tippen.«

Elises Augen blickten ihr entgegen, grau in der Dämmerung. Auf einmal war ein Glitzern in ihnen zu sehen.

»Da, schau!«, rief Elise, streckte ihre freie Hand zum Horizont, als würde sie ihn fassen und zu ihnen heranziehen wollen. Einzelne Lichtstrahlen schoben sich über die Landschaft, brachten den Schnee zum Leuchten und rissen weiße Streifen in das Grau. Mayas Herz schlingerte, wie ein junger Vogel bei seinem ersten Flug. Es war wunderschön.

Sie sog die vom Duft der Schokolade durchzogene Luft tief ein. Das war die gleiche Sonne, die den Garten ihrer Eltern beschien, in deren Licht sie mit geschlossenen Augen gestanden und die Wärme mit jeder Pore ihrer Haut aufgesogen hatte. Sie wollte ihren Eltern berichten, dass die Sonne auch hier aufging. Ihnen zeigen, welche Wunder sie umgaben und dass sie sich keine Sorgen machen mussten. Ihnen danken für ihre Geduld und Unterstützung.

Ein Klumpen drückte ihren Hals zu, als sie an den Sendeknopf dachte. Eilig trank sie einen weiteren Schluck Schokolade, spürte der Wärme nach, die ihren Körper durchflutete. Heute würde sie es schaffen! Ihr Blick fiel auf Elise, die ihr Gesicht der Sonne entgegen reckte.

Mit klopfendem Herzen löste sie ihre Hand von der Tasse. Sie griff nach Elises Hand, die noch immer dem Horizont entgegenstrebte.

Danke, dachte sie, stellte sich vor, wie dieses Wort einem warmen Strom gleich ihre Hand entlang wanderte und zu Elise glitt. Elises Augen weiteten sich überrascht. Die Sonne erzeugte noch mehr glitzernde Punkte in ihren Augen, hob das weite Lächeln hervor, welches einer Antwort gleich auf Elises Gesicht erschien. Doch ansonsten passierte nichts. Die Welt drehte sich weiter. Ihr Herz schlug gleichmäßig. Ihr Kopf fühlte sich frei an.

Vielleicht fiel sie doch nicht in sich zusammen, nur weil das Eis schmolz.

11

Contemporary

FSK 12

EINFACH MEER SEIN

© ALEXANDRA FRANZE

Mit feuchten Augen starrte Jules auf den weiten, tiefblauen Ozean. Der weiße Sand zwischen ihren Zehen war noch von der Sonne aufgeheizt. Es war schon Nachmittag und die Sonne bahnte sich ihren Weg zum Horizont. Jules nahm einen tiefen Atemzug und die salzige Meeresluft erfüllte ihre Lungen.

Was machte sie nur hier? Sollte sie nicht eigentlich in der Arbeit sitzen? Sie hatte vorhin schon vor dem Bürogebäude gestanden. Nicht zum ersten Mal hatte sich Jules gefragt, ob der Job sie erfüllte. Aber sie brauchte die Sicherheit. Sie konnte doch nicht einfach kündigen, oder?

Ihre Beine hatten jedoch wie von selbst gehandelt. Sie konnte nicht mehr ins Büro. Sie konnte nicht noch weitere Stunden dort verbringen. Ihre Beine trugen sie fort. Fort vom Stress. Sie brachten Jules hierher, an den Strand von Ventura.

Als Kind war sie ständig hier gewesen. Egal, ob beim Surfen, Schwimmen, Volleyball spielen oder durch die Klippen klettern, und ihr bester Freund Aaron war immer an ihrer Seite gewesen. Damals hatte alles noch so einfach gewirkt. Nun war sie kaum noch an diesem wunderschönen Ort, der ihr ein Gefühl von Freiheit und Ruhe vermittelte. Wenn sie nicht bei der Arbeit war, dann war sie zu Hause und ruhte sich aus. Ihr fehlte jegliche Energie für weitere Aktivitäten.

Ihr Körper hatte wohl heute beschlossen, dass es so nicht mehr weitergehen konnte. Als sie am Strand ankam, waren kaum Menschen da. Aber das war für einen Mittwochvormittag nicht verwunderlich. Bevor sie ihre Schuhe ausgezogen und den Sand an ihren nackten Füßen gespürt hatte, schrieb sie Aaron noch eine Nachricht. Darüber, dass sie abschalten musste und nicht mehr so weitermachen konnte. Danach schaltete sie ihr Handy aus.

Seitdem saß sie hier, betrachtete die Wellen und sah zu, wie sie mit der Strömung brachen. Mal höher, mal flacher. Das Rauschen erfüllte sie und fegte ihren Kopf leer. Jules hatte jegliches Zeitgefühl verloren und ließ sich vom Geräusch treiben. Hin und wieder liefen Tränen über ihre

Wangen. Der Stress ließ sie langsam los und ihr Körper schüttelte ihn von sich.

Der Wind wehte durch ihre welligen, blonden Haare. Er fühlte sich erfrischend an und vertrieb die angestaute Hitze.

»Hier steckst du also«, hörte Jules eine vertraute Stimme neben sich sagen.

»War klar, dass du mich findest«, antwortete Jules. Ihre Augen waren immer noch starr auf das Wasser gerichtet.

»Du bist immer schon hierher gekommen, wenn dir alles zu viel wird.« Mit diesen Worten ließ sich Aaron neben Jules in den Sand fallen und stützte sich auf seine Handflächen. Sein Blick glitt zur Seite und betrachtete seine beste Freundin. Er hatte schon länger gemerkt, dass etwas nicht mehr passte. Aber Jules brauchte immer mehr Zeit, bis sie sich öffnete.

Am Anfang würde sie die Situation verdrängen. Als zweiten Schritt würde sie versuchen, damit allein klarzukommen. Wenn es gar nicht mehr ging, dann erst würde sie darüber sprechen. Aber es war lange nicht mehr so schlimm gewesen, dass sie sich zurückzog und nicht mehr erreichbar war.

»Willst du darüber reden?«, fragte Aaron, um Jules' Schweigen zu brechen.

»Ich konnte einfach nicht mehr. Ich konnte nicht mehr da rein gehen und … arbeiten«, schnaubte sie und ein leichter Hauch von Verachtung lag in ihrer Stimme, nicht gegenüber Aaron, sondern gegenüber ihr selbst.

»Verstehe …«, nickte Aaron. »Dann mach es nicht mehr.«

»Ja, genau … und dann?«

Aaron konnte einen leichten Zorn in der Stimme seiner besten Freundin erkennen.

»Es hilft dir nicht, dich kaputt zu arbeiten.«

»Es hilft mir aber auch nicht, ohne Geld dazustehen.«

»Das sind zwei verschiedene paar Schuhe, Ju«, antwortete Aaron und versuchte, Jules mit ihrem Spitznamen etwas zu besänftigen.

»Ach ja … dann erklär mal, du weiser Mann.« Mit diesen Worten bahnte sich ein leichtes Lächeln auf Jules' Gesicht.

»Naja, Geld bekommst du auch mit banaleren Jobs. Niemand muss zwingend Karriere machen und nur noch für die Arbeit leben.«

Stille kehrte ein. Jules wusste, dass Aaron recht hatte. Aber war das der richtige Weg?

»Wenn du alle Möglichkeiten hättest, was würdest du tun?«, stellte Aaron die Frage in den Raum.

»Ach, keine Ahnung … Warum ist Erwachsensein nur so kompliziert?«, jammerte Jules und ließ sich nach hinten in den Sand fallen.

»Findest du? Eigentlich ist es recht einfach. Du brauchst Geld und ein Dach über dem Kopf. Den Rest bestimmst du«, grinste ihr bester Freund.

Das erste Mal, seitdem Aaron bei ihr war, schaute sie ihn an. Seine grünen Augen strahlten und seine braunen lockigen Haare wehten ihm ums Gesicht. Ein warmes Kribbeln erfüllte sie. Schon immer hatte sie sich sicher und geborgen gefühlt, wenn sie bei Aaron war. Doch seit einigen Wochen fühlte sich das Kribbeln nach mehr an.

Kaum trafen sich ihre Blicke, musste Jules ebenso lächeln. Aaron verlor sich in ihren dunkelblauen Augen. Dieser Moment ließ Jules vergessen, in welche Situation sie sich gebracht hatte.

»Idiot … das sagst du so leicht«, beschwerte sich Jules und schubste ihn zur Seite.

»Hey … nur, weil du die Wahrheit nicht verkraften kannst«, lachte er. »Du wolltest halt einen anstrengenderen und härteren Weg gehen«, versuchte Aaron, seine Aussage zu beschwichtigen.

»Das habe ich ja toll gemacht.« Jules zwang sich zu einem Lächeln. Sie setzte sich wieder auf und ließ ihren Kopf auf ihre verschränkten Arme sinken.

Aaron legte fürsorglich einen Arm um sie und zog sie näher an sich. »Naja, jetzt geht es erstmal nur noch bergauf.«

»Bis mir das Leben wieder Steine in den Weg legt«, vollendete Jules Aarons Aussage pessimistisch.

»Na, mit dieser Einstellung bestimmt. So ist das Leben halt. Ohne Umwege und Hürden könnte es doch jeder meistern. Und für die besonders schlimmen Tage haben wir immer noch uns«, grinste er zuversichtlich.

Jules wusste, dass sie zumindest nie alleine sein würde. Lächelnd ließ sie ihren Kopf auf Aarons Schulter kippen und beide betrachteten wieder schweigend die Wellen. Die Sonnenstrahlen wärmten ihre Haut.

Aaron versuchte, so ruhig wie möglich zu bleiben und sich seine geröteten Wangen nicht anmerken zu lassen. Zu sehr genoss er gerade Jules' Nähe. Ihr Duft stieg ihm in die Nase und ließ seine Gefühle verrückt spielen. Doch er konnte nicht weitergehen. Jules brauchte nicht noch mehr Drama. Sie brauchte ihren besten Freund und nicht mehr. Während Aaron versuchte, seine Gefühle in den Griff zu bekommen, spielte Jules gedankenverloren mit den Schnüren von Aarons Hoodie.

»Jules?«, setzte Aaron eine Frage an.

»Mhm?«

»Ist vielleicht eine blöde Frage, aber ist alles gut? Du wirkst so abwesend.«

»Sorry, ich weiß auch nicht. Ich versuche gerade, nicht zu viel nachzudenken, bin aber recht erfolglos damit.« Ein schwaches Lächeln zeichnete ihr Gesicht.

»Glaub ich dir. Aber wir gehen jetzt einen Schritt nach dem anderen. Erstmal kündigst du und dann sehen wir weiter.«

Er spürte als Antwort nur ein leichtes Nicken an seiner Schulter. Krampfhaft versuchte er, etwas zu finden, das Jules aufbaute.

»Was würdest du gern als Nächstes tun?«, regte er Jules zum Nachdenken an. Doch er bereute seine Frage sofort, als Jules nach kurzer Zeit aufstand und die Umarmung löste. Sie ging einige Schritte auf das Meer zu und Aaron konnte sich nicht davon abhalten, sie von oben bis unten zu betrachten. Sie passte hier zum Meer, wie die Fische in den Ozean. Ihre Haare wehten über ihre Schultern und ihre Haut war gebräunt. Sie trug ein beiges Oversizedshirt und eine kurze Jeansshort, die fast darunter verschwand. Ihre tiefblauen Augen waren auf die Wellen gerichtet.

»Was hast du vor?«, fragte er vorsichtig und riss sie aus ihrer Starre.

Sie drehte sich zu ihm um und streckte die Hand nach ihm aus. Aaron folgte der Aufforderung und stellte sich neben sie. Sie verschränkte ihre Finger mit seinen und lächelte ihn von der Seite an. Sein Körper glühte förmlich durch diese Berührung. Er konnte den Blick nicht von ihr abwenden und keinen klaren Gedanken fassen.

»Bereit?«, fragte sie, ließ Aaron jedoch keine Zeit zum Antworten. Stattdessen rannte sie mit ihm an der Hand in die Wellen. Vor lauter Überraschung stolperte Aaron nur hinter ihr her und hatte keine Chance, dem kühlen Nass zu entkommen. Nach ein paar Metern ließ sie seine Hand los und sprang in die Fluten. Das Wasser umhüllte sie, ihre Kleidung klebte an ihr und als sie wieder auftauchte, strich sie sich ihre nassen Haare aus dem Gesicht.

»Du hast sie nicht mehr alle«, lachte Aaron, als er direkt neben ihr auftauchte.

»Das war das, was ich als Nächstes tun wollte.« Jules ließ sich auf dem Rücken treiben. Es war einfach nur befreiend. Der Ozean half auf seine ganz eigene Weise.

Als sie ihren Kopf wieder hob und sich im Wasser aufrichtete, stellte Jules überrascht fest, dass Aaron sie gedankenverloren anlächelte.

Ihre Blicke trafen sich und nur für diesen Moment wirkte alles so leicht. Einzig das Wellenrauschen füllte die Stille des Moments. Nur für diesen Moment wollte Jules auf ihren Bauch hören. Ihr nerviges Gehirn sollte nur einmal aufhören, sie zu belästigen. Sie überwand die wenigen Meter zwischen ihnen und kam Aaron immer näher. Nur Zentimeter trennten die beiden voneinander.

»Jules … was …?«, fragte Aaron leicht überrascht, wich aber nicht zurück.

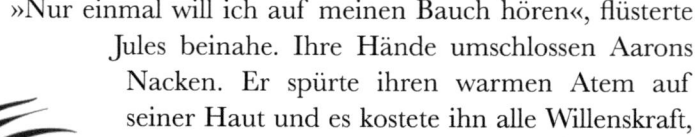

»Nur einmal will ich auf meinen Bauch hören«, flüsterte Jules beinahe. Ihre Hände umschlossen Aarons Nacken. Er spürte ihren warmen Atem auf seiner Haut und es kostete ihn alle Willenskraft, sich nicht in den Gefühlen zu verlieren. Mit einem letzten Blick in Aarons grünen Augen legte sie ihre Lippen auf seine. Ein Feuerwerk entzündete sich in Jules Bauch. Seit langem hatte sich nichts anderes mehr so richtig angefühlt. Aaron erwiderte den zärtlichen Kuss und ließ seine Hände um ihre Taille gleiten. Er zog sie enger an sich und intensivierte den Kuss. Jules' Hände fuhren durch seine nassen Locken und kraulten leicht seinen Kopf. Wie lange hatte sich Aaron das schon gewünscht?

Nach einer Weile lösten sie sich voneinander und sahen sich tief in die Augen. Aaron legte seine Stirn an ihre. »Du solltest öfter auf deinen Bauch hören.«

EINE MUTPROBE IN EINEM VERLAS-
SENEN SCHWIMMBAD. WAS KANN
DA SCHON SCHIEF GEHEN? SECHS
TEENAGER WERDEN ES HERAUS-
FINDEN.

DAS ALTE FREIBAD

© ANASTRELLE

25. Juli – 23:00 Uhr

Die Kühle der Nacht hatte sich über die brodelnde Hitze des Tages gelegt und die Luft um einiges erträglicher gemacht. Sanftes Grillenzirpen war durch das hohe Gras zu hören, doch war es so ziemlich das Einzige, was durch die Stille drang. Auf leisen Sohlen, sich immer wieder verstohlen umblickend, schlichen Mike und Jake durch die Dunkelheit. Lange hatten die Brüder warten müssen, bis ihre Eltern endlich geschlafen hatten, um in Richtung des alten Freibads aufbrechen zu können, wo ihre Freunde bereits warteten. Erst dann trauten sie sich, das Haus zu verlassen und in Richtung des alten Freibads aufzubrechen. Aber leise und vorsichtig. Zu groß war die Angst, noch von herumlaufenden Nachbarn erkannt zu werden, die bis spät in irgendwelchen Kneipen herumhingen.

Das Vorankommen der Brüder wurde durch ihre Vorsicht behindert. Ihre Herzen schlugen schneller und das Adrenalin rann durch ihre Adern, als sie durch die Nacht schlichen. Würden sie erwischt werden, hätten sie bestimmt monatelang Hausarrest. Und nicht nur das, ihre Freunde würden sie auslachen, würden sie als ›Angsthasen‹ brandmarken, wenn sie nicht auftauchten. Schließlich war es eine Mutprobe, die sie anzutreten gedachten.

Schon lange stand das alte Freibad leer und war seitdem immer weiter verfallen. Noch zur Zeit ihrer Eltern war es ein beliebter Treffpunkt im Sommer gewesen. Doch als es irgendwann wegen Baufälligkeit geschlossen worden war, wurde es jedem verboten, das Grundstück auch nur zu betreten. Anfangs hatte es dagegen noch viel Auflehnung von Seiten der damaligen Teenager gegeben. Doch nachdem die meisten Teenager von den örtlichen Behörden dort erwischt und unter Schande zurück zu ihren Familien gebracht worden waren, ebbte die Zahl der Aufrührenden immer weiter ab. Seitdem hatten die nun erwachsen gewordenen Teenager auch ihren Kindern verboten, sich auch nur in die Nähe des Geländes zu wagen. Und nun war dieses Freibad nichts mehr als eine Ruine. Ein Relikt vergangener Zeiten. Und damit war es perfekt! Ein Ort des

Gruselns, über den sich verschiedenste Dinge erzählt wurden. Einige wollten beim Vorbeigehen Schreie gehört haben, andere erzählten von geisterhaften Erscheinungen. Doch was wirklich innerhalb des Freibades vorging, war ein Geheimnis, das seit jeher hinter dicken Ketten verborgen war. Dieses gedachten die beiden Jungen mit ihren Freunden heute Nacht zu ergründen.

Die Mutprobe war schon eine geraume Zeit in Planung. Spät abends wollten sie sich alle am Eingang des Freibads treffen und sich dann einen Weg nach drinnen erarbeiten. Kurz vor Morgengrauen würden sie dann wieder aufbrechen und zurück in ihre Betten schleichen, damit niemand etwas merkte. Es war der perfekte Plan. Zumindest hofften sie das. Niemand würde ihr Fortgehen auch nur erahnen!

Schon von weitem sahen die Brüder ihre Freunde. Alle winkten sich zu, blieben aber ruhig, um die Stille nicht zu durchbrechen und auch ja niemanden anzulocken. Breites Grinsen war auf den Gesichtern der Jugendlichen zu sehen, als sie sich begrüßten. Sie waren aufgeregt, gespannt und irgendwie auch ein wenig besorgt. Doch versuchten sie alle, sich so cool wie möglich zu geben. Niemand wollte Blöße zeigen. Und so standen sie vor dem einstigen Eingang, der düster und bedrohlich vor ihnen lag. Dicke Ketten waren um die Drehtür geschlungen, während das Kassenhäuschen verfallen und gespenstisch daneben stand. Fast schon erwarteten die Jugendlichen, dass die Tür aufschwang und jemand daraus hervortrat und sie wieder zurück nach Hause schleifte. Doch es blieb still. Einzig der Wind umwehte das kleine Gebäude und entlockte ihm Klappern und Krächzen.

Kurz wurde alles untersucht, dann nahm Brad, ein hochgewachsener, breit gebauter Junge mit braunen Haaren, einen großen Bolzenschneider heraus, den er seinen Eltern gestohlen hatte, und begann die Ketten zu durchschneiden. Da diese härter als angenommen waren und keiner der Freunde jemals so etwas gemacht hatte, wechselten sie sich bei jeder Kette immer wieder ab, um sie schließlich aufbrechen zu können. Das benötigte allerdings eine geraume Zeit und führte mit jeder zerschnittenen Kette, die zu Boden rasselte, zu nur noch mehr Sorgen und Angst, die

wiederum zu Hektik führten. Doch schließlich hatten sie es geschafft! Die Ketten waren beseitigt und nur noch die Drehtür trennte die Freunde von ihrem Ziel. Grinsend sahen sie sich an. Dann blickten sie sich ein letztes Mal besorgt um, bevor sie schließlich, einer nach dem anderen, durch die Tür gingen. Doch auch diese setzte sich nur unter lautem Quietschen in Bewegung. Es waren diese Laute, die sie immer wieder panisch zusammenzucken ließen, durchdrang der schrille Klang doch erneut die tiefschwarze Nacht.

Doch schließlich hatten sie es geschafft und blickten sich halb erleichtert, halb noch deutlich aufgeregter an. Sie waren drin! Es gab kein Zurück mehr! Keine Ausreden, kein Halten. Jetzt galt es, sich ein gutes Versteck zu suchen, um dort die Nacht zu verbringen. Unter keinen Umständen konnten sie von Passanten beobachtet werden. Oder gar der Polizei, die auch weiterhin noch kleinere Kontrollrunden an diesem Ort vorbeifuhr und auch gerne Mal am anschließenden Parkplatz eine kurze Rast einlegte.

Brad ging zielstrebig und fast schon selbstsicher voran, während seine Freundin Annika sich besorgt an seinen Arm klammerte und ständig panisch umblickte. Dahinter liefen Mike und Jake, die sich immer wieder gegenseitig zur Seite schubsten, um sich Mut zu machen und alberner auszusehen, als sie sich fühlten. Das Schlusslicht bildeten Lars und Maggie. Lars ging einfach nur schweigend hinter allen her, während Maggie sich begeistert überall umsah. Sie war es auch gewesen, die alle für diese Mutprobe gewonnen hatte. Durch einige Videos war sie auf sogenannte ›Lost Places‹ aufmerksam geworden und hatte dann schließlich an das alte Schwimmbad gedacht und vorgeschlagen, es zu erkunden. Die anderen waren erst gar nicht so begeistert gewesen, es war ein verbotener Ort voller Geistergeschichten, aber schließlich hatten sie sich mitreißen lassen. Niemand von ihnen wollte als ängstlich oder gar uncool bezeichnet werden und so war der Ausflug geplant worden. Natürlich hatte er nachts stattfinden müssen. Wenn ihre Eltern davon erführen, wären sie erledigt.

26. Juli – 00:00 Uhr

Im Schatten des einstigen 10-Meter-Sprungturms hatten sie ihr Lager aufgeschlagen. Hatten ihre Schlafsäcke ausgebreitet und Snacks aus ihren Rucksäcken geholt. Dann hatten sie angefangen, sich Gruselgeschichten zu erzählen. Geschichten, die schon lange in der Stadt über das frühere Freibad kursierten. Geschichten, die ihnen Schauer über den Rücken trieben, die kleinen Härchen auf ihren Armen zum Aufstellen brachten und die Angst nur noch mehr schürten. Auch die Umgebung des düsteren Freibads trug nur noch mehr zu dieser Stimmung bei. Tiefe Risse zogen sich durch die gekachelten Böden. Auch im tristen Beton des Sprungturms waren einige zu finden. In den Becken des Schwimmbades befanden sich einige Zentimeter Brackwasser mit einigen Blättern darin. Leises Rauschen war zu hören, wann immer der Wind ein wenig stärker und das Wasser gegen den Beckenrand geschlagen wurde. Zudem hatte die Natur begonnen, sich den Ort zurückerkämpfen zu wollen. Überall wuchsen Pflanzen, die langsam, aber sicher aus dem Boden herausgeschossen waren und als kleine Stolperfallen für die Jugendlichen fungiert hatten. Nicht nur einmal war es vorgekommen, dass jemand gestolpert war und einen Schrei hatte unterdrücken müssen, als er das leichte Kitzeln eines Blattes über der Haut gespürt hatte. Auch Überreste alter Besitztümer lagen noch immer an manchen Stellen. Alte Dosen, vergessene Schuhe … Es hatte einen gewissen Charme und doch war alles, was die sechs Freunde fühlten, Sorge und Angst.

26. Juli – 02:00 Uhr

Sie hatten sich langsam in ihre Schlafsäcke gelegt und es war ruhig geworden. Es war nicht einfach, an einem solchen Ort einzuschlafen. Es war zu dunkel, zu leise, gleichzeitig zu laut und viel zu gruselig. Jederzeit könnte jemand vorbeikommen und sie fortjagen. Jederzeit könnte ein Mörder auf sie zurennen, wie in den Horrorstreifen, die sie sich so gerne ansahen. Immer wieder wurden sie von einem Rascheln, dem Rauschen des Wassers oder sonstigen Geräuschen der Nacht erschreckt und

doch schliefen sie langsam, einer nach dem anderen, ein. Es war kein tiefer Schlaf, kein wirklich erholsamer, aber immerhin trat er ein. Die Wecker waren schon gestellt und alle freuten sich schon, das Gebäude am nächsten Tag verlassen zu können.

26. Juli – 03:00 Uhr

Ein fast schon lautes Rumpeln ließ Mike erschrocken aus dem Schlaf hochschrecken. Er war noch recht schlaftrunken und nicht sicher, ob das Geräusch aus seinem Traum oder der Realität kam, und das machte ihm fast noch mehr Angst. Dann hörte er es erneut und saß sofort senkrecht in seinem Schlafsack. Beunruhigt blickte er sich um, doch nur Dunkelheit war zu sehen. Seine Freunde schliefen alle noch selig. War er sich sicher, dass er ein Geräusch gehört hatte? Vielleicht war es ja nur Einbildung, ausgelöst durch Angst? Er hatte sich bestimmt nur verhört. Sollte er sich einfach wieder hinlegen und weiterschlafen? Er wollte auch niemanden wecken. Die anderen würden ihn nur auslachen. … Bestimmt war es nichts! Das Ganze war lächerlich!

Zitternd legte er sich wieder zurück, doch seine Augen starrten in den sternenbehangenen Himmel. Wann hatte er zuletzt so viele Sterne gesehen? Mitten in der Stadt war das unmöglich. Zu viel Lichtverschmutzung. Aber hier war es stockfinster und so strahlten die Sterne wie nirgendwo sonst.

Langsam begann er sich wieder zu beruhigen, versuchte sich selbst in eine Sicherheit zu lullen, als er das Rumpeln zum dritten Mal hörte und nun endgültig beunruhigt war. Gänsehaut hatte sich auf seinem Körper gebildet und jedes kleine Bisschen Müdigkeit war von ihm abgefallen. Angespannt durchsuchte er die Dunkelheit mit seinen Augen. Warum war es auch so verdammt finster? Blindlings tastete er nach seinem Handy und schaltete die Lampe an, um weiter suchen zu können. Doch nichts. Das Licht verschwand nur in der endlosen Dunkelheit.

Vorsichtig, leise stand er auf. Niemand sollte wach werden, schließlich wusste er nicht einmal, was es war. Vielleicht war es ja ein Waschbär oder Marder oder so etwas, was sich hier eingenistet hatte. Er wäre einfach vorsichtig und dann würde schon alles gutgehen!

Langsam stieg er aus den Resten des Schlafsacks und begab sich in Richtung des Geräuschs. Besorgt darauf achtend, wohin er trat, sich ängstlich umsehend. Sein Herz pochte und kam ihm dabei fast noch lauter als seine Schritte vor, während er in jede kleine Ecke leuchtete und alles genau untersuchte. Doch nur das alte Freibad, der Schmutz, der Schimmel und der Dreck vergangener Tage grüßten ihn.

Statt sich zu beruhigen, wurde er nur noch unruhiger. Immer weiter kam er, lief an großen Becken voller Schmutzwasser vorbei, Sprungplattformen, Kinderbecken und Rutschen, sowie vielen Metern Tribünen, auf denen noch immer vereinzelt Badetücher, Flaschen und sogar Rucksäcke lagen. Und dahinter fand er nur den viel zu hohen Maschendrahtzaun, der das gesamte Bad umrandete. Verwirrt wollte er umdrehen und die andere Seite untersuchen, als ihm etwas auffiel. An einer Stelle, eine Stelle, die genau den Büschen vor dem alten Parkplatz des Freibades zugewandt war, befand sich ein langer Riss, den jemand dort hineingeschnitten hatte. Man konnte schon fast sagen, es war ein ganzes Loch und an der Stelle … ein Stück Stoff! War hier noch jemand? War hier eben jemand hereingekommen … oder war es schon länger da?

Nun zitternd näherte Mike sich der Stelle. Er beugte sich herunter und griff nach dem Stoff, doch helfen tat es ihm nicht. Trotzdem steckte er es ein und leuchtete alles ab. Tatsächlich! Auf dem Boden befanden sich Spuren. Als hätte jemand etwas hier langgeschleift. Die Erde war aufgewühlt, die Pflanzen waren zerdrückt.

Ohne weiter darüber nachzudenken, schlich er der Spur hinterher. Immer wieder waren Pflanzen umgeknickt, sodass die Verfolgung nicht schwer fiel. Aber je weiter er kam, desto mulmiger wurde sein Gefühl. Das war doch nicht richtig! Wer sollte hier etwas herumschleifen? Hatte sich hier ein Penner eingenistet? Aber wie sollte so jemand so ein Loch in den Zaun machen? Ob hier schon einmal

jemand eine Mutprobe gemacht hatte? Oder ob die Teenager von damals das schon gemacht hatten?

Schließlich stand er vor einem kleinen Betonhäuschen. ›Privat‹ stand über der Tür. Die Fenster waren mit kleinen, blauen Läden verziert, die wohl auch schon einmal bessere Tage gesehen hatten und die Tür … da waren Ketten dran. Beziehungsweise waren sie das einmal gewesen! Denn die Ketten hingen nur noch an Stücken herunter. Das dazugehörige Vorhängeschloss lag auf dem Boden.

Panik durchzuckte ihn, während er langsam zu einem der Fenster schlich und hineinblickte. Das Licht hatte er sicherheitshalber ausgeschaltet, sodass es kurz eine Weile dauerte, bis er wieder etwas sehen konnte. Dann spähte er durch die Dunkelheit und erstarrte. In diesem kleinen Haus lag jemand. Und über die Person beugte sich jemand. Lange Haare, dunkle Kleidung und … das Blitzen von irgendetwas. Dann drehte die Person sich um. Augen in Augen.

Schockiert stolperte Mike zurück. Unfähig zu schreien oder weiterzudenken. Das konnte nicht … nein, hier war so etwas unmöglich. Nein, einfach nein!

Und dann lief er. Rannte, so schnell er konnte, rannte zurück zu den anderen, er wollte weg! Musste weg. Egal ob sie ihm glaubten. Egal ob sie lachten, er musste weg!

26. Juli – 06:00 Uhr
Mehrere Streifenwagen hatten vor dem alten Freibad gehalten. Der Morgen hatte gerade erst den Tag eingeläutet und doch waren die Polizisten schon fleißig an der Arbeit, durchkämmten jeden Zentimeter und hofften, dass ihre schlimmsten Vorahnungen nicht eingetroffen waren …

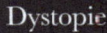

13

Dystopie

FSK 12

SOMMERGEWITTER PART II

Die Sonne brannte erbarmungslos auf den Sand und die Felsen nieder. Die alte Frau konnte sich glücklich schätzen, ein einigermaßen schattiges Plätzchen in einer kleinen Felsnische gefunden zu haben, während sie mit ihrem Feldstecher spähte. Bei diesem Wetter würden sich bei rapidem Feuer ihre Waffen verbiegen, abgesehen davon hatte sie nur wenig Lust, sich bei dieser Hitze mit Banditen, Mutanten oder Tieren auseinanderzusetzen.

Während sie weiterhin die alte Straße beobachtete und sich doch recht freute, dass es so langweilig war, begann ihr Funkgerät zu knistern. »Nah.. -Tte kommen!« Es folgte ein geräuschvolles Seufzen, das außer ihr sowieso niemand hören konnte, als sie das alte Gerät in ihre Hand nahm und daran herumfingerte.

»Ja, was gibt's?« Sie rollte die Augen und konnte sich schon vorstellen, von welcher Wichtigkeit ein Anliegen von Nicky, Ben oder einem der anderen war.

»Wir haben was für dich, Meldung ist gerade reingekommen.«

»Keine Raids heute. Was auch immer es ist, besorgt es euch selbst. Wortwörtlich.«

Unterdessen begann sich auf der Straße etwas zu rühren, das einen Teil ihrer Aufmerksamkeit von dem Gespräch auf diese Vorkommnisse lenkte.

»Keine Raids heute.«

Unter dem Geknister erkannte sie Nickys Stimme.

»Wir haben einen Wetterbericht bekommen.«

»Und? Lass dir nicht alles aus der Nase ziehen, sonst sterbe ich hier an Altersschwäche.«

Es mischten sich noch mehr Stimmen unter die von Nicky. Sie konnte es nicht genau verstehen, konnte sich aber denken, wer es war.

»Wenn Ben mich wieder eine alte Schachtel genannt hat, darf er sich auf meine Rückkehr freuen.«

Auf der Straße näherte sich ein Fahrzeug. Es sah nach einem simplen Pick-Up-Truck aus, der einige Güter geladen hatte. Was genau in den Kisten war, konnte die alte Frau aber nicht erkennen.

»Schon klar.« Nicky lachte am anderen Ende, dann wurde ihre Stimme ernster. »Es wird regnen, in ein paar Minuten soll es eine volle Dusche geben.«

Hannah schloss die Augen und atmete tief durch. »Habe verstanden, wir sehen uns später.«

Ohne das Fahrzeug weiter zu beachten, verstaute sie ihren Feldstecher und das Funkgerät in ihrem Beutel und zog dafür eine Plane, ein altes Tarp, heraus. Sie begann, es notdürftig über der Felsspalte aufzuspannen, um ihren Schutzraum noch etwas zu vergrößern. Währenddessen verdunkelte sich der Himmel rapide. Hannah quetschte sich so weit wie möglich in den Spalt und drückte ihre Ausrüstung fest an sich, kurz darauf kamen die ersten Tropfen auf dem Boden an. Dann mehr. Es prasselte auf ihre Plane, den kargen Sandboden und die Felsen. Jedes Mal von einem kleinen Zischen begleitet.

Die gealterte Hannah wusste nicht genau, woran es lag. Manche sprachen dieses Phänomen den Bomben zu, die dieses Chaos verursacht hatten. Einige richteten die Finger auf die massive Umweltverschmutzung, die es zu ihren jüngeren Tagen gegeben hatte. Wieder andere – die Sorte von Menschen, die sie aktiv mied – schrieben es als ‚Gottes Strafe‘ ab. Es war ihr relativ egal, wer oder was dafür verantwortlich war, wichtig war nur, dass dieser Regen ätzend und teils radioaktiv war.

Kurz spielte sie mit dem Gedanken, sich sämtliche Kleider vom Leib zu reißen, diesen alten Körper den Elementen auszusetzen und wie früher im Regen zu tanzen, um auf eine Art und Weise zu sterben, die sie an die alte Welt erinnerte. Doch etwas hielt sie zurück. Ob es diese Erinnerungen waren, die sie nicht beschmutzen wollte, der Gedanke an ihre Mutter, die immer gewollt hatte, dass sie lebte, oder die anderen im Leuchtturm, die sie aufgenommen und beschützt hatte … Sie wusste es nicht. Sie betrachtete einfach das Schauspiel der fallenden Regentropfen für die nächsten Stunden. Ohne Tränen, ohne Regung, ohne Trauer.

Tod

WIE SO OFT IN MEINEM SCHREIB-
PROZESS, ENTSPRANG AUCH DIESE
GESCHICHTE EINEM SONG. IN DIESEM
FALL, ARCTIC MONKEYS' »THERE'D
BETTER BE A MIRRORBALL«

14

Thriller

FSK 16

ABSCHIED IN NIZZA
© STEFAN EMMERICHS

Der Anblick, der sich ihnen bot, glich einem Gemälde.

Nachdem die Sonne den ganzen Tag die Straßen und Plätze von Nizza aufgeheizt hatte, senkte sie sich nun dem Horizont entgegen. Dabei färbte der glühende Feuerball den Himmel und das Meer in ein tiefes Orange und Lila. Keine einzige Wolke war zu sehen, nur eine leichte Brise wehte über die Terrasse des Hotels.

Der Kellner ging voran und führte das Pärchen durch den Außenbereich zu ihrem reservierten Tisch.

Als Tony über die Terrasse und zwischen den umstehenden Tischen hindurch ging, den Ausblick auf das hübsche Städtchen genoss, wusste er, dass es die richtige Entscheidung gewesen war, dieses Hotel für ihren Urlaub zu buchen. So nannten sie beide es, Urlaub. Doch sie wussten auch, dass es eigentlich weit mehr als das war.

Eine Flucht … und ein Neuanfang.

Von dem malerischen Ausblick ließ er seinen Blick zu der Frau wandern, die sich an seinem rechten Arm eingehakt hatte und auf die Bucht schaute. Bis vorhin hatten auch die anderen Gäste ihren Blick über die Terrasse gerichtet, doch jetzt, als sie beide an den Tischen vorbeigingen, drehten einige der männlichen Gäste die Köpfe nach Claire um. Verübeln konnte Tony es ihnen nicht. Ihr Abendkleid fiel so elegant über ihre Hüften, dass er dem Drang widerstehen musste, sie nicht gleich wieder zurück auf ihre gemeinsame Suite zu tragen. In seinem beigen Sommeranzug kam er sich dagegen fast etwas unpassend gekleidet vor.

»Hier wären wir. Ihr Tisch.«

Der Kellner mit weißem Hemd, schwarzer Hose und stocksteifer Haltung, blieb stehen und legte ihnen die Karten, die er unterm Arm getragen hatte, auf den Platz. Der Tisch lag direkt an der steinernen Brüstung der Terrasse und bot einen fantastischen Blick auf die untergehende Sonne.

»Ich komme dann gleich wegen der Getränke.«

Tony zog Claire den Stuhl zurück, damit sie sich setzen konnte. Dann nahm er seinen Fedora ab und legte ihn neben sich auf den Tisch.

»Wonach ist mir denn heute?«

Claire schlug die Karte auf und ließ ihren Blick über die Getränkeauswahl wandern. Sie entschieden sich für eine Flasche Weißwein und nachdem sie ihre Bestellung aufgegeben hatten, ließ Tony seinen Blick über die Terrasse schweifen und betrachtete die anderen Gäste. Sie befanden sich in gehobener Gesellschaft. Die Anzüge und Kleider um sie herum machten einen teuren Eindruck. Bei den Gästen um sie herum handelte es sich vermutlich größtenteils um Geschäftsleute und Künstler.

»Ist das da hinten nicht diese Schauspielerin?«, fragte er und wies an Claire vorbei.

»Wer?«

Claire drehte sich um und betrachtete die anderen Menschen.

»Da drüben an dem großen Tisch, die Frau mit dem roten Kleid. Ich glaube, sie heißt Elisabeth Malone oder so.«

»Kann sein, mir kommt sie nicht bekannt vor.« Sie grinste. »Willst du rübergehen und nach einem Autogramm fragen?«

Tony lachte. Im gleichen Moment kehrte der Kellner mit ihrem Wein zurück. Dabei fiel Tonys Blick kurz auf einen Mann, der zwei Tische weiter in seine Zeitung vertieft war. Das aufgefaltete Blatt verdeckte seinen gesamten Oberkörper. Aber etwas an der Haltung des Mannes kam Tony bekannt vor.

»Haben Sie schon gewählt?«, fragte der Kellner. Sie gaben ihre Bestellung für das Essen auf, dann wandten sie sich ihrem Wein zu. Sie tranken beide ein paar Schluck und Tony sah zu ihr herüber. Jetzt war der perfekte Moment, um es zu tun …

Doch da erhob sich Claire plötzlich von ihrem Stuhl.

»Was ist?«, fragte Tony und wollte ebenfalls aufstehen, doch sie lächelte und wies ihn an, sitzen zu bleiben.

»Ich gehe nur einmal schnell für kleine Mädchen, das Essen dauert ja sicherlich noch eine Weile.«

Während sie die Terrasse entlang ging, streifte sie mit der Hand seine Schulter. Eine Berührung, die ihm eine Gänsehaut verpasste. Nun gut, dachte er sich, dann musste der Ring, den er in die Brusttasche seines Jacketts gesteckt hatte, eben noch etwas länger warten.

Er nahm noch einen Schluck von dem Wein und wandte sich wieder dem Ausblick auf die Bucht zu. Er war so in das Bild der Abenddämmerung vertieft, dass er nicht bemerkte, wie der Mann zwei Tische weiter seine Zeitung zusammenfaltete und mit wenigen Schritten bei ihm war. Bevor Tony wusste, wie ihm geschah, saß der Mann ihm gegenüber.

»Guten Abend, Tony! Bitte, bleib ruhig sitzen.«

Als er den Mann erkannte, musste er sich beherrschen, nicht sofort aufzuspringen und die Flucht zu ergreifen. Doch das Aufsehen, welches das erregt hätte, hielt ihn davon ab. Das und die Waffe, die sein Gegenüber in seinem Schoss hielt und auf ihn richtete. Einen Moment saßen sich die beiden Männer schweigend gegenüber, keiner wagte es, einen Muskel zu bewegen.

Schließlich lehnte sich Tonys Gegenüber in dem Stuhl, in welchem zuvor noch Claire gesessen hatte, zurück und schlug die Beine übereinander. Die Waffe hielt er unter die Tischplatte, Tony hatte sie ja jetzt gesehen.

»Schön ist es hier. Willst du so den Rest deines Lebens verbringen, Tony?« Er deutete mit einer leichten Kopfbewegung auf den Wein. »Hier in Nizza?«

»Was willst du hier, Sam?«, zischte Tony. Es gelang ihm nicht, die Panik in seiner Stimme zu unterdrücken. »Wie hast du …?«

»Hey, jetzt bloß nicht emotional werden, das passt nicht zu dir, Tony!«

Tony klammerte sich mit den Fingern an die Armlehnen seines Stuhls und starrte seinen ehemaligen Freund an.

»Ich bin hier, um mich mit dir zu unterhalten«, sagte Sam kühl. »Und um diese Angelegenheit zu Ende zu bringen.«

»Ich habe dir aber nichts zu sagen, Sam!«, erwiderte Tony. Sam grinste kurz und sah ihm tief in die Augen. »Ach wirklich? Nun, ich dachte, du könntest mir vielleicht wenigstens folgende Frage beantworten: Warum? Warum einfach alles, wofür wir die letzten Jahre gearbeitet haben, wegschmeißen? Für das hier, Sonnenuntergänge, Wein und Claire? Nach allem, was der Don und ich für dich getan haben?«

Tony lächelte matt und streckte die Hand nach seinem Weinglas aus. Dann drehte er es langsam in den Fingern und trank einen Schluck. Er hatte sich jetzt wieder unter Kontrolle. Er wusste, dass Sam nicht schießen würde, solange sie noch hier saßen. Tony konnte die Ungeduld und die Wut in Sams Augen sehen, doch es war ihm egal.

»Du hast dir die Antwort auf deine Fragen soeben selbst gegeben«, sagte Tony, nachdem er das Glas abgesetzt hatte. »Sonnenuntergänge, Wein, Claire … und Frieden. Die eine Sache, die mir der Don nie geben konnte. Und Claire … ich konnte ihr dieses Leben nicht länger antun. Du warst mir die letzten Jahre ein treuer Freund, Sam. Doch sieh es ein, auch du bist nur eine seiner Marionetten. Wie viel hat er dir gezahlt, um mich ausfindig zu machen?«

»Klappe, Tony!«, zischte Sam. Er lehnte sich nach vorne, hielt den Arm mit der Waffe weiterhin unter dem Tisch. »Wenn dir unsere Freundschaft wirklich etwas bedeutet hätte, dann wärst du nicht einfach ohne ein Wort mit dem Geld abgehauen! Aber das spielt jetzt keine Rolle mehr, steh auf!«

»Und dann?«

»Wirst du mich zu dem Wagen begleiten, der zwei Blocks weiter in einer Seitenstraße steht? Ein Stück außerhalb der Stadt gibt es einen Strand, dort bringen wir es zu Ende.«

»Nur wir beide?«

Sam nickte. »Nur wir beide.«

»Wie in alten Zeiten«, sagte Tony. »Und Claire?«

»Wenn du tust, was ich sage, wird ihr nichts geschehen. Also, Tony, wärst du so freundlich und würdest mich zum Wagen begleiten?«

Tony nickte. Er glaubte Sam. Selbst jetzt, wo sie beide Feinde waren, wusste er, dass er sein Wort halten würde. Er sah noch ein letztes Mal über die Brüstung und zu der untergehenden Sonne. Dann schob er seinen Stuhl zurück und stand auf.

»Dann bringen wir es hinter uns.«

Der Strand lag abgelegen in einer kleinen Bucht, umgeben von hohen Klippen. Die Stadt war nicht mehr zu sehen, nur der Blick auf den weiten Ozean. Es war ein guter Ort, das musste er Sam lassen. Die Bucht lag so abgelegen, dass es keine Augenzeugen geben würde, und der Blick über den Sand auf die Welle und den Sonnenuntergang war ähnlich malerisch wie vom Hotel aus.

Ein schöner Ort, um zu sterben.

Sam blieb einige Meter von ihm entfernt stehen und zog die Pistole aus seinem Jackett. Er entsicherte die Waffe, dann richtete er sie auf Tony.

»Irgendwelche letzten Worte?«

Doch Tony sagte nichts, sah nur zu den Klippen auf, deren weiße Felsen in das orangenfarbene Licht des Sonnenuntergangs getaucht wurden … und lächelte matt. Seine letzten Worte hätten ihr gegolten.

Er schloss die Augen, lauschte den Wellen und dachte dabei an sie.

Dann erklang der Schuss und hallte von den hohen Felsen wider. Tony zuckte zusammen, doch der Schmerz der Kugel, die ihn durchbohren sollte, blieb aus. Stattdessen sah er, wie Sam die Waffe in den Sand fallen ließ und sich mit der anderen Hand an den Hals fasste, dort wo ihn die Kugel gestreift hatte. Eine rote Flut ergoss sich aus aus seiner Wunde und tropfte auf den weißen Sand. Tony sah zu den Felsen auf.

Dort stand sie, sein Schutzengel, und senkte die Waffe langsam.

Sam kippte vornüber in den Sand und blieb liegen. Mit langsamen Schritten ging Tony auf seinen einstigen Freund zu und kniete sich neben ihn. Er streckte die Finger nach der blutigen Hand aus, die im Sand lag, und hielt sie fest.

»Mach's gut, Sam. Jetzt haben wir beide unseren Ausweg gefunden.«

Als Antwort bekam er nur ein leises Gurgeln, als das Blut Sams Lungen füllte und das Leben langsam aus seinen Augen wich.

Als das Pärchen wieder zum Hotel zurückkehrte, war die Sonne bereits ganz hinter dem Horizont verschwunden. Nur das letzte bisschen Abenddämmerung leuchtete noch am Himmel wie die Erinnerung an ihr früheres Leben. Eine Erinnerung, die, wie das Tageslicht selbst, schon bald verschwinden sollte.

Reise in magische Welten

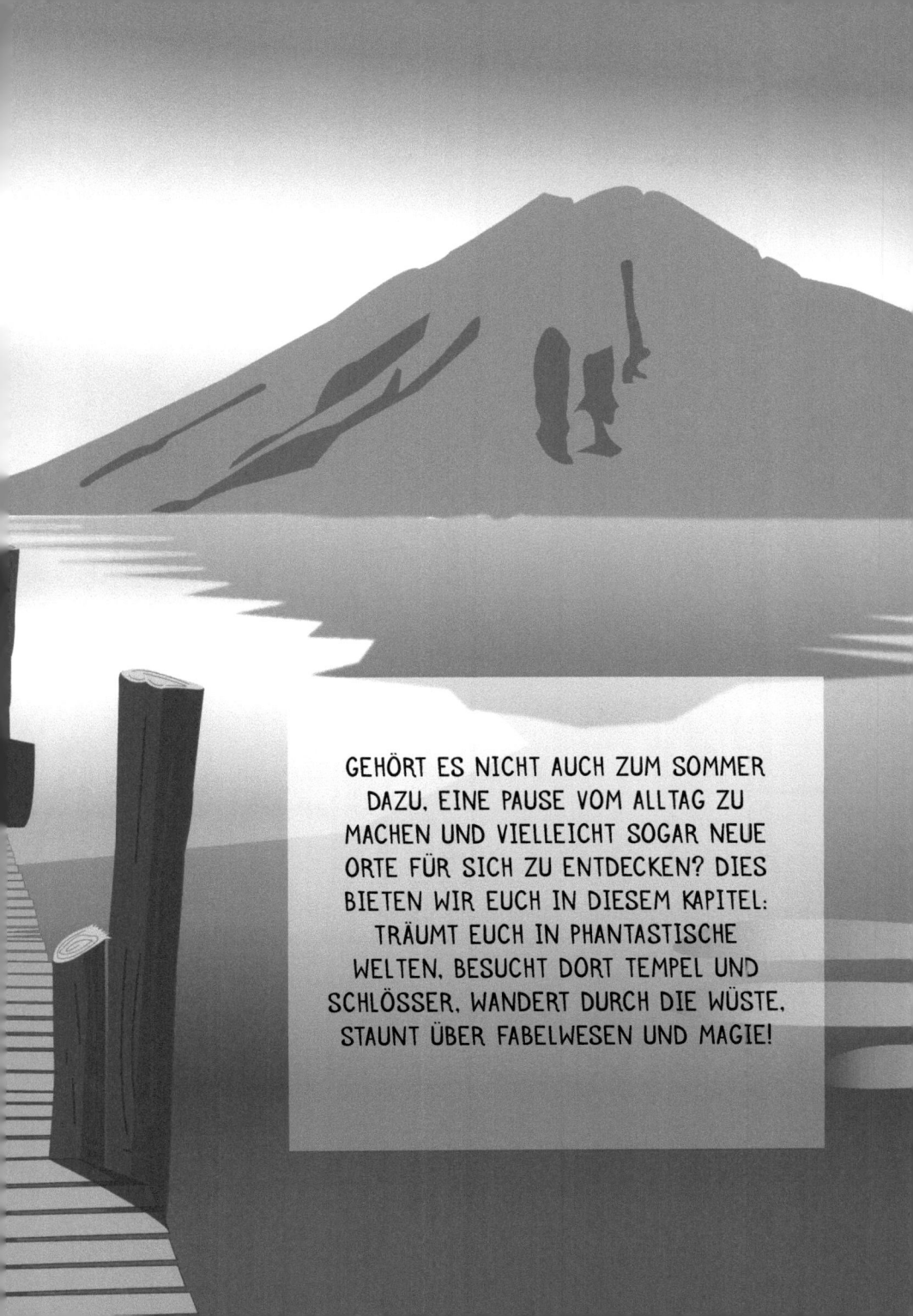

GEHÖRT ES NICHT AUCH ZUM SOMMER
DAZU, EINE PAUSE VOM ALLTAG ZU
MACHEN UND VIELLEICHT SOGAR NEUE
ORTE FÜR SICH ZU ENTDECKEN? DIES
BIETEN WIR EUCH IN DIESEM KAPITEL:
TRÄUMT EUCH IN PHANTASTISCHE
WELTEN, BESUCHT DORT TEMPEL UND
SCHLÖSSER, WANDERT DURCH DIE WÜSTE,
STAUNT ÜBER FABELWESEN UND MAGIE!

WIE WAR DAS NOCHMAL MIT
VOLLMOND, FEENZIRKELN UND
BEISSENDEN KATZENWESEN?

15

Fantasy

FSK 12

MIAU

© CEL SILEN

Vor drei Minuten war noch alles normal gewesen. Da war ich noch nicht auf einem toten Frosch ausgerutscht, in einen Feenzirkel gefallen, durch ein Portal gesunken und von einem katzenartigen Wesen gebissen worden.

»Hey!«

Das Katzending zog seine Fänge aus meiner Hand, kreischte mich an und verschwand im Unterholz.

»Was zur Hölle?«

Ich betrachtete den Biss. Die kreisrunde Wunde blutete nicht, leuchtete aber lila. Doch ein größeres Problem eröffnete sich, als ich aufsah. Statt des weißen Sandstrands und des strahlenden Sonnenscheins, auf die ich zugelaufen war, erstreckte sich nun blauer Sand unter einem violetten Himmel. Die Bäume um mich herum trugen Blätter von schwarz über rot bis, irritierenderweise, grün. Und da, ganz oben am Himmel, stand das Portal offen, durch das ich gefallen war. Wie ich hier unten heile aufgekommen war, blieb mir ein Rätsel.

Das Katzenwesen miaute. Die Wunde pulsierte.

»Hey, komm zurück! Was ist das hier?«

Das Unterholz raschelte. Ich sprang auf und sah mich nach etwas um, mit dem ich mich verteidigen konnte. Da war nichts außer meiner Strandtasche mit einem Handtuch und Flip-Flops. Großartig.

Große, violett leuchtende Augen blickten mich durch einen Busch an. Ich zog das Handtuch hinaus und knotete es zusammen, als ob das etwas bringen würde.

Die Katze leckte sich über Mund und Nase. Im nächsten Moment saß sie auf einem Ast, knapp über mir. Ihr tiefschwarzes Fell bewegte sich ohne den Hauch einer Brise. Jetzt, da ich darauf achtete fiel mir erst auf, wie frisch es hier war. Auf meinen bloßen Armen und Beinen hatte sich Gänsehaut ausgebreitet. Die Shorts und das Bikini-Top halfen auch nicht viel. Es musste hier gute zwanzig Grad kälter sein als oben.

Das Wesen hüpfte zum nächsthöheren Ast. Hinter mir raschelte etwas im Gebüsch. Was auch immer es war, ich wollte es nicht sehen.

Bestimmt war es eine gute Idee, dem Katzenwesen zu folgen … vielleicht auch nicht. Der Baum, auf dem es saß, war groß. Ich sah daran hoch … Noch höher …

Er reichte bis zum Portal! Ohne einen weiteren Gedanken zu verschwenden, sprang ich an den Baum und versuchte, daran hochzuklettern. Betonung auf »versuchte«. Den ersten Ast konnte ich mit den Fingerspitzen erreichen, wenn ich mich streckte. Aber nur knapp. Und dies war leider der erste Baum, den ich hochkletterte. Aber so schwer konnte es ja nicht sein. Ich band mir das Handtuch um die Schultern.

Das Katzenwesen beobachtete mich mit einem Blick, der nur als herablassend beschrieben werden konnte.

»Du könntest mir auch helfen, weißt du?« Ich sprang erneut zum Ast, griff ihn, zog mich ein paar Zentimeter hoch, und rutschte ab. Meine Hände taten weh.

Das Wesen legte sich hin und leckte seine Pfote ab.

Nach ein paar Minuten, die ich mit und ohne Handtuch erfolglos versuchte, den Baum zu erklimmen, miaute das Wesen erneut. Es klang amüsiert, aber vielleicht bildete ich mir das auch ein. Das Pulsieren der Wunde nahm ich kaum wahr.

»Na warte«, sagte ich eher zu mir selbst, visierte die Katze an und sprang. Dieses Mal bekam ich den Ast besser zu greifen und konnte mich hochziehen. Geschafft! Nummer eins von … ich sah hoch und seufzte … zu vielen.

Die Katze streckte sich gemächlich, aber nun war ich auf dem Baum und das Tier hatte noch eine Rechnung zu bezahlen.

Ich sprang förmlich auf ihren Ast zu. Sie erschreckte sich und sprang weiter nach oben.

»Was willst du eigentlich von mir? Hast du das Portal aufgemacht?«

Von oben starrte sie mich an. Es wirkte, als hätte sie ihre Augenbrauen hochgezogen.

»Nicht dein Portal, ja? Dann hast du nur deine Chance genutzt?« Ich zog mich den nächsten Ast hoch und betrachtete die Wunde. Das Leuchten war verebbt und sie tat nicht weh. Zwar hatte ich keine Ahnung, wie diese Welt funktionierte, aber der Schmerz würde sich schon noch melden. Da machte ich mir keine falschen Hoffnungen.

Eine Pfote streckte sich in meine Richtung, Krallen eingefahren. Es sah aus, als würde sie mir auf den Kopf hauen wollen.

»Was soll denn das jetzt werden?«

Sie sah hoch und ich folgte ihrem Blick. Das Portal wurde kleiner. Rapide. Dann stoppte es.

»Oh, scheiße.«

Ich legte einen Zahn zu, kam aber kaum schneller voran. Meine Hände waren wund von der rauen Rinde, meine Knie aufgescheuert. Außerdem ging ich nicht oft genug ins Fitnessstudio, um sowas hier ohne Probleme zu meistern. Ich biss die Zähne zusammen. Verdammter Mist. In der Ferne schrie etwas und klang als hätte man Möwengekreische durch den Fleischwolf gejagt. Widerlich. Hier wollte ich wirklich nicht bleiben.

Die Katze sprang voran, zeigte mir, welche Äste ich nehmen musste. Gerade als ich das Gefühl hatte, ich käme dem Loch näher, knackte es. Ich sackte nach unten. Es knackte erneut, keine Zeit zu reagieren. Ich fiel. Mir blieb die Luft weg. Schwarze Blätter streiften meine Schultern, meine Hände griffen ins Leere. Ich kam auf. Weit war ich nicht gefallen, aber ich atmete schwer und wagte kaum, mich zu bewegen. Von hier hatte ich allerdings auch einen wunderbaren Blick auf das Portal, das sich in diesem Moment erneut ein gutes Stück schloss. Sollte es das noch einmal, wäre ich hier gefangen.

Ich richtete mich auf. Mein Rücken tat weh. Egal. Darüber konnte ich mir später Gedanken machen.

Die Katze miaute über mir. Es sah fast so aus, als wäre sie ernsthaft besorgt. Das Pulsieren breitete sich nun über die ganze Hand aus und zog den Arm hoch.

»Guck nicht so, das ist doch alles deine Schuld.«

Sie miaute energisch. Offenbar vertrat sie eine andere Meinung. Mein ganzer Körper kribbelte. Bestimmt der Schock.

Ich seufzte. »Sorry.« Für den Absturz konnte sie vermutlich nichts. Ich rappelte mich auf und kletterte weiter. Immer weiter. Jeder Griff, jeder schmerzende Muskel erinnerte mich nur daran, dass ich zu langsam war. Ich musste das Portal aufhalten, wenn ich es hindurch schaffen wollte.

»Hey.«

Das Katzenwesen, das gerade zum Sprung angesetzt hatte, hielt inne und sah mich an. An ihr vorbei sah ich das Portal wabern. Gleich würde es sich schließen.

»Geht das Portal langsamer zu, wenn jemand oder etwas hindurch geht?« Ich wusste nicht einmal, woher diese Idee kam, sie war einfach da und fühlte sich richtig an.

Das Wesen zögerte. Es leckte sich die Nase ab. Blinzelte.

»Das ist ein ja, oder?«

Ich knotete das Handtuch ab. Die Katze verstand wohl, was ich vorhatte, denn ihre Augen wurden groß. Nur gingen ihr langsam die Ausweichmöglichkeiten nach oben aus.

Ich kniff die Augen zusammen. Sie sprang, ich ebenfalls. Ich breitete das Handtuch aus. Wir trafen uns in der Mitte. Ich kam mit den Füßen auf einem Ast auf, ein fauchendes Bündel in der Hand. »Das ist die Revanche für den Biss!«

Ich nahm die Enden des Handtuchs und warf so stark ich konnte. Das Portal begann sich zu schließen. Die Katze im Handtuch flog hindurch und das Wabern endete. Einen Augenblick später erklang Miauen, das mir noch ein paar mehr Bisse versprach. Aber das war ein Problem für Zukunfts-Ich.

Ich kletterte die letzten paar Äste nach oben, darauf bedacht, schön nah am immer dünner werdenden Stamm zu bleiben. An der Spitze angelangt konnte ich das Portal anfassen. Der Rand fühlte sich an wie Eis – nass und glatt. Ich klammerte mich daran. Eine letzte Anstrengung meiner müden Muskeln reichte gerade so, um mich hindurchzuziehen.

Schwer atmend legte ich mich auf den Boden. Unter mir warmer Sand, über mir der Himmel.

Mein Himmel. Mittlerweile war der Mond aufgegangen. Vollmond. Ich hörte, wie sich das Portal schloss.

Ich wollte sagen: »Gott sei Dank.«

Heraus kam: »Miau.«

16

Fantasy

FSK 12

DER TANZ DES SOMMERBALLS

© DUNKEL

Sie kam die Treppe zum Saal hinab und ich erhob mich von meinem Stuhl. Langsam in ihre Richtung tretend, streckte ich meine Hand aus. Ihre leicht geröteten Wangen verrieten mir, dass sie genauso nervös vor diesem Moment war wie ich. Als wir uns gegenüberstanden, nahm ich ihre Hand, verbeugte mich leicht und sah in ihre eisblauen Augen.

»Du siehst wunderschön aus! Ich danke dir, dass du mir die Ehre erweist, meine Begleitung für den heutigen Abend zu sein, Vanay.«

»Nicht der Rede wert. Dein Anzug steht dir auch sehr gut!«

Wir drehten uns zur Menge und mit einer kurzen Handbewegung forderte ich die Gäste auf, sich zu erheben. Mit dem Blick über die Leute schwebend, hörte ich der lauten Stimme zu, die uns, die Letzten der heute eintreffenden, ankündigte. »Prinz Silas und seine Begleitung, Madam Vanay.«

Die Menge verbeugte sich vor uns und ich wusste, dass dies ein großer Tag sein würde, um mich in meinem Königreich zu behaupten. Als sie sich aufrichteten, traten Vanay und ich langsam auf das Podest. »Daran werde ich mich nie vollständig gewöhnen, aber wenn ich schon den Schein einer Begleitung waren muss, bin ich froh, dass du es bist«, flüsterte ich leise auf dem Weg.

Der Saal schimmerte bunt durch die farbigen Juwelen im Kronleuchter. Die Sonne stand so hoch, dass durch den gesamten Raum Licht flutete. Alle wussten, dass sich der Saal drinnen später verändern würde und die Juwelen dann die Wand verzieren würden, doch nun war es noch zu früh dafür.

Ich drehte mich zur weiterhin stehenden Menge.

»Sehr geehrte Gäste, ich danke jedem Einzelnen, der heute anwesend ist und hoffe, es wird jedem eine Freude sein, diesen Abend hier genießen zu dürfen. Wir alle wissen, dass dies der erste Sommerball seit Jahren ist. König Lias hat diese Tradition geliebt. Ich bin mir sicher, er wird heute zu uns herabblicken und ich kann mit Stolz sagen, dass ich dankbar bin, diese Tradition nun fünf Jahre nach seinem Tod wieder aufleben zu lassen. Mit der Unterstützung meines Beraters, meiner Leibwache und meiner bezaubernden

Begleitung dieses Abends habe ich Tag und Nacht an der Planung dieses Balls gesessen. Ich hoffe, der Abend wird genauso magisch, wie wenn mein Vater den Abend ausrichten würde. Vielen Dank.«

Mit diesem Satz beendete ich meine kurze Rede, denn ich brauchte nicht viele Worte, um zu zeigen, dass ich alle willkommen hieß. Ich neigte meinen Kopf kurz und sah dann zu den klatschenden Gästen, die sich nach und nach setzten. Ich wusste, dass noch einiges auf mich zukommen würde diesen Abend. Zusammen setzten wir uns an die für uns bestimmten Plätze.

Ich war froh, den Tisch klein gehalten zu haben. Die Tafel umfasste genau fünf Plätze, in der Mitte saßen Vanay und ich, rechts daneben Nathan und seine Begleitung Skylar und links neben mir meine Leibwache Emilio. Wir hatten einen guten Überblick über den gesamten Raum und mussten auch nicht fürchten, dass sich jemand von hinten näherte, ohne dass wir es bemerkten.

Ein Blick auf Emilio verriet mir, wie angespannt er war. Es hatte schon länger keinen großen Auftritt gegeben, bei dem ich weder Schwert noch einen sichtbaren Dolch bei mir trug. Bei einem Überfall würde mein Leben also vollständig in seiner Hand liegen. Langsam und unauffällig legte ich meine Hand aufmunternd auf seine Schulter und sprach leise zu ihm: »Entspann dich. Es wird alles gut gehen.« Ich sah, wie er leise aufatmete und sein vorher aufgesetztes Lächeln sich zu einem echten wandelte.

Die Angestellten des Abends brachten wenig später jedem Anwesenden einen Teller Suppe als Vorspeise. Eine sanfte Maronensuppe mit einem Hauch Zitrone war genauso umgesetzt worden wie bestellt.

Vanay bemerkte wohl meine Zufriedenheit und lächelte schelmisch. »Das möchte ja auch sein, dass dieser Koch das hinbekommt, wie du es wolltest, Silas. Immerhin bekommt er auch viel Geld für seine Künste und er soll der beste Koch des Königreichs sein.«

»Ob er sein Geld verdient hat, werden wir herausfinden, wenn der Hauptgang auch so gut war. Aber du hast recht, er hat es so umgesetzt, wie ich es mir vorgestellt

habe.« Mein Blick verengte sich etwas. Ich hatte hohe Ansprüche an den Koch, doch mein Vater hatte ihn für würdig gehalten, dieses Essen zuzubereiten, und er hätte sich gewünscht, dass ich ihn erneut auswähle.

Nachdem wir das Essen beendet hatten, war ich tatsächlich mehr als zufrieden. Die bestellten Kartoffeln mit feinstem Rinderfilet und einer Pfeffersauce hatte der Koch mit Trüffeln und einer Prise Basilikum sogar noch verfeinert. Beim Nachtisch wurde ihm die freie Wahl gelassen, uns zu zeigen, was er konnte, solange es ein wenig an das Vorherige anknüpfte.

Uns wurde nicht genau verraten, was es war, doch aus dieser Art Pudding schmeckte ich ganz klar Zitrone und Minze raus. »Der Koch hat sich selbst übertroffen.« Ich überblickte die Menschen und bemerkte, dass mir wohl alle zustimmen mussten mit dieser Meinung, denn ich sah kein unzufriedenes Gesicht oder hörte einen schlechten Kommentar über das Essen. Der Bedienstete, der meinen Teller abräumte, beugte sich kurz zu mir herunter.

»Entschuldigen Sie die Störung, Prinz Silas, doch der Koch bittet Sie darum, mir zu sagen, wie Ihnen das Essen gefallen hat und ob alles zu Ihrer Zufriedenheit war.« Der Mann war sichtlich nervös, mich zu stören. Die meisten Bediensteten hatten viel Ehrfurcht vor mir, denn sie wussten, dass ich sehr hart strafte, wenn mir etwas nicht passte. Doch zu seiner offensichtlichen Überraschung wandte ich mich freundlich und mit einem leichten Lächeln zu ihm.

»Richte dem Koch mein Kompliment und einen Dank von mir aus für das gute Mahl. Er darf sich nun ausruhen und sofern er einen Anzug dabei hat, lade ich ihn ein, sich zu uns zu gesellen. Er hat genug gearbeitet. Sein Geld bekommt er morgen.« Darauffolgend, mit einem kurzen Verneigen und den leeren Tellern des letzten Ganges in der Hand, verschwand er.

Eine gewisse Zeit lang ließ ich die Gäste gemütlich plaudern und unterhielt mich mit meinen Tischgenossen. Bis Nathan ernst wurde, als er auf seine Uhr schaute und dann auf mich. »Silas, es ist Zeit für den Eröffnungstanz. Die Gäste können nicht noch länger nur herumsitzen und sich unterhalten. Die Musikanten spielen die ganze Zeit sehr gute Symphonien, aber es ist wichtig, dass Ihr den ersten Tanz macht.«

Ich nickte nur stumm und erhob mich von meinem Platz. Die Gäste wurden still, als sie mich bemerkten. Sie erwarteten wohl alle, dass ich noch Worte an sie richtete, doch das blieb aus. Ich sah zu Vanay. »Darf ich um diesen Tanz bitten?« Ich bemühte mich, ein Lächeln aufzusetzen, denn ich hasste tanzen, aber eine spitze Freude war ebenfalls in meinen Augen ablesbar.

Vanay nahm meine Hand und ich führte uns auf die große Tanzfläche. Eine Hand an ihrer, die andere auf ihr Schulterblatt gelegt, wartete ich auf die ersten Töne der Melodie der Eröffnung. Langsam schritten wir übers dunkle Parkett dahin und auf eine elegante Drehung folgte die nächste. Ich blickte ihr in die Augen und bemerkte die Röte in ihren Wangen. Ein wenig irritiert, aber auch glücklich über diesen Moment führte ich sie um mich herum und zurück in meinen Arm. Unsere Blicke trafen sich immer wieder, auch wenn ich stets den gesamten Saal im Auge behielt. Immerhin wollte ich sie nicht irgendwo gegen laufen lassen.

Wir waren im Einklang mit der Musik und unserer geübten Schrittfolge. Doch dieser Moment fühlte sich für mich ganz anders an als jede Übung. Jeder Schritt ließ mich mehr darin aufgehen, sie zu führen. Ich war sicher genug, dass sie ohne zu zögern jeder meiner Weisungen folgen würde, dass ich sie nun sanft mit beiden Händen an der Hüfte ein wenig in die Luft hob und wir uns gemeinsam drehten, bevor ich sie wieder auf dem Boden absetzte.

Ich beobachtete sie bei diesem Tanz jetzt ganz genau. Dabei bemerkte ich jetzt erst, wie sehr sie sich Mühe gegeben hatte mit ihrem Erscheinungsbild. Ein dunkelgrünes Kleid, welches die Farbe Ihrer Augen unterstrich. Sie trug dazu passende Ohrringe, und auch die Kette ihrer Mutter, die sie nie abnahm, wirkte, als wäre sie genau für diesen Abend gemacht worden.

Als sie eine alleinstehende Drehung von mir weg ausführte, zog ich sie erneut zu mir ran. Für unser eigentliches Verhältnis ein Stück zu dicht, doch es störte uns nicht. Im Gegenteil, ich war der Meinung, Zufriedenheit und Glück in ihrem Blick zu erhaschen. Sie schaute anders als sonst. Nicht frech, aufmüpfig oder ernst, kein Hauch von albern, ängstlich oder nachdenkend. Ihr Blick war warm, offen und dankbar.

Die leuchtende Abendsonne tauchte mit einem Mal den Saal in sanftes Orange, welches zu einem tiefen Rot wurde. An den Wänden spiegelten sich nun bunte Sprenkel wider. Die Juwelen am Kronleuchter ließen die Punkte rot, grün, blau, sogar grün und lila werden. Ich wusste, dass dies das Zeichen war, welches das Finale unseres Tanzes einleitete, doch wir wollten nicht aufhören. Unsere Füße taten die letzten Schritte, ein letztes Mal drehte ich sie ein und ein letztes Mal zog ich sie heran. Doch bevor wir zum Stehen kamen, zog ich sie mit ihrem Gesicht zu mir und merkte, dass sie genau wusste, was ich vorhatte. In unseren Übungen hatten wir entschieden, diesen Gedanken zu streichen, weil es sich falsch anfühlte, doch in diesem Moment hätte es nicht perfekter passen können.

Doch ich wusste, dass sie das nicht gewollt hätte, und damit blieben wir langsam stehen. Ich verneigte mich ein letztes Mal vor ihr und gab ihr dabei einen sanften Kuss auf die Hand. Sie verneigte sich ebenfalls vor mir und wir hörten den Applaus, der uns entgegenkam.

»Ich danke dir für diesen Tanz, Vanay«, waren meine ersten Worte, als wir uns aufrichten.

»Ich habe zu danken, mein Prinz.« Ihre Wangen waren immer noch errötet, doch wir wussten, dass es ein wunderbarer Tanz war. Ich nahm ihre Hand und wandte mich an die Menge. »Vielen Dank für eure Geduld! Die Tanzfläche ist nun eröffnet.«

17

EIN SOMMERTAG
IM KLEINEN TEMPEL
© SOERBUDDHA

In den Wäldern des Hochgebirges von Tibet lebt Soerbuddha mit seinen Freunden in einem von ihm gebauten Tempel. Zu den Mitbewohnern gehören Instant, der Tempelwächter, die Tempelhexe, Jester, die kleine satanistische Fledermaus mit einem Zahn, und der kleine Lotusdrache.

Mit seiner ZurDir, einer Zeit- und Dimensionenmaschine, lebt gezwungenermaßen auch Maun bei diesem Chaoshaufen.

Unsere heutige Erzählung spielt an einem heißen Sommertag. Zu Gast sind der großartige Ritter Edelwin mit seinem Knappen Berti aus den Geschichten der Autorin SukiFee.

Kamilah Layla-amar, die gerne mal durch einen Raumriss durch die Zeit reist, stammt aus der Welt von Ina.

»Ach so, und ich bin eure Erzählerin und Einhornpflegerin Mosdine. Aber nun viel Spaß bei der Kurzgeschichte ein Sommertag im Tempel.«

Früh am Morgen hat Soerbuddha seine Arbeit erledigt und sitzt unter seinem Lieblingsbaum. Der kleine rotschimmernde Lotusdrache liegt zusammengerollt im Schatten neben dem Buddha und schläft. Es herrscht angenehme Stille.

Die Ruhe im Tempel wird auf einmal durch ein annäherndes Motorrad erheblich gestört, das nun vor dem Tempeltor anhält. Es ist ein sehr kleines Bike, vielleicht würde es sogar in ein Puppenhaus passen. Soerbuddha lächelt beim Anblick der Fledermaus. Er beobachtet ganz genau, was sie macht. Die satanistische Fledermaus mit einem Zahn zieht ihren Motorradhelm aus, nachdem sie ihr Bike zum Baum geschoben hat. Sie wirkt ein wenig genervt.

»Bei diesem Wetter kann ich nur nachts durch die Gegend fahren«, seufzt sie und fügt hinzu: »Ich verziehe mich in meine Höhle. Wehe jemand stört mich.«

Unsere kleine Fledermaus liebt es, tagsüber unterwegs zu sein, doch diese Hitze macht es ihr unmöglich. Sie verschwindet ins Gebäude und schlurft die Treppe hinab durch den Keller, in ihr Gewölbe.

Sie pellt sich aus ihrer Motorradkleidung und hängt sie neben sich an die Decke. Fotos ihrer Maschine kleben an der Wand, die sie sich sehnsuchtsvoll anschaut, ehe sie nach einem Buch greift.

»Was sollte man auch anderes machen, bei solchen Temperaturen? Seit Tagen ist es schon so brütend heiß und heute soll es sogar noch wärmer werden. Die Luft steht und kein Wind weht. Bei dem einen oder anderen ist die Laune dementsprechend angespannt«, kommentiert die Erzählerin, »aber ich muss natürlich wieder arbeiten und euch von diesem Tag berichten. 'Augen auf bei der Berufswahl', sagte mein Lehrer stets, und er scheint recht gehabt zu haben.« Leicht genervt fährt sie mit der Schilderung fort.

Ein leises Klopfen ist aus der ZurDir zu vernehmen, zumindest dann, wenn es ruhig genug ist und nicht wieder irgendeine Fledermaus mit einem Motorrad die ganze Stille zunichte macht. Dazu gesellt sich ein schwaches Hämmern aus der Ferne. Das wiederum gehört zum Tempelwächter, der seit Tagen an einem Projekt arbeitet. Davon lassen sich aber Soerbuddha und der Lotusdrache nicht stören und dösen unbeschwert weiter.

Maun versucht mal wieder, die Fehler der letzten Reise zu beheben. Der jung aussehende Mann mit etwas mehr Bauch und braunem kurzen Haar trägt wie immer einen dunkelblauen Mantel. Er liegt unter der Steuerkonsole der ZurDir und hält in der rechten Hand seinen geliebten Multifunktionsschraubenschlüssel. Warum er bei der Arbeit und sogar beim Schlafen seinen Anzug nicht auszieht, frage ich mich seit langem. Wir könnten uns ja mal bei ihm erkundigen, aber seine Antwort würde wieder einmal »Ja« lauten. Maun ist ein Mann der knappen Antworten, sofern er überhaupt zuhört und nicht mit den Gedanken sonstwo hängt. »Ja« ist bei ihm Standard. Wie er sich damit schon in ganz schöne Schwierigkeiten gebracht hat, erzähle ich euch vielleicht wann anders.

»So, das hält jetzt hoffentlich, heute muss sie fertig werden. Dieses Wetter erträgt niemand! Ich will endlich raus! An den Strand oder in die Arktis, alles ist besser als bei dieser Hitze in den Bergen zu bleiben. Im Reiseführer stand: ›Tibetisches Hochgebirge idyllisch und nie eine Hitzewelle.‹ Ha ha, ja. Von wegen! Bei dieser andauernden Wärme und viel zu hohen Luftfeuchtigkeit an diesem Ort festzusitzen, ist mehr als unangenehm. Ich habe das Gefühl, das Universum ärgert mich.«

Ein Blitz erhellt den Raum. »Na nu? Was war das denn jetzt?«, fragt sich Maun und schaut unter dem Steuerpult hervor, an dem er Reparaturmaßnahmen durchführt. Er erblickt eine sehr gut gekleidete junge Dame. Unser Freund schätzt sie, durch die Erfahrung seines langen Lebens, auf vielleicht 16 Jahre.

»Ha ... Ha ... Hallo, wie komm ... komm ... kommen Sie hier rein?«

Das junge Mädchen schaut ihn verblüfft an.

»Wo bin ich hier und wer sind Sie? Es ist unhöflich, in meiner Gegenwart zu stottern. Das verbiete ich mir.« Sie spricht in einem sehr überheblichen Ton.

Mosdine fällt vor Schreck der Kugelschreiber herunter, als sie das hört.

»Ich bin entsetzt! Der Autor und ich distanzieren uns von der Aussage dieser jungen Dame. Ich wünsche mir mehr Akzeptanz. Das Maun für sein Stottern nichts kann, sollte klar sein. Aber leider kommt so eine Situation im Leben eines Menschen mit Handicap oft vor. Wir wollen nichts beschönigen, sondern an dieser Stelle darauf hinweisen, dass es verletzend ist. Bitte nehmt Rücksicht aufeinander.«

»Ich bin Maun und das ist meine ZurDir!«, erwidert er harsch aber höflich. »Und w ... w ... wer sind Sie üb ... über ... überhaupt?«

Er durchbohrt sie mit seinen Blicken. Unser Freund lässt sich nicht in seinem eigenen Zuhause herumkommandieren oder schikanieren. Kamilah schaut noch verwirrt, wie sie überhaupt an diesen Ort gelangen konnte.

›Jemand, wie ich, der zum Hochadel gehört, kann mehr Respekt verlangen. Aber das kann man von diesem Bauern wohl nicht erwarten‹, schießt es ihr durch den hübschen Kopf.

Manchmal passiert es, dass sie durch einen Riss im Raum auf kurze Distanz reist. Nun ist sie in einem Zimmer, das ihr mit seinen vielen metallischen Rohren und seinen Tischen mit Knöpfen und Dingen unwirklich und fremdartig vorkommt.

»Gnädiger Herr, ich bin Kamilah Lalya-amar, ich erwarte, dass Sie mich mit dem Respekt ansprechen, den ich verdiene. Ich muss mich ja nicht von jedem Dahergelaufenen so behandeln lassen. Seien Sie froh, dass ich nicht weiß, wo ich bin. Sonst hätte ich schon längst meine Wachen gerufen und Ihnen gesagt: »Ab mit seinem Kopf.«

»So. Mal ehrlich, bis jetzt waren zwar die Tempelgeschichten verwirrend und sehr unwirklich, eher an den Haaren herbeigezogen. Aber dass der Autor diese Person hier reingelassen hat, uff, da bin ich echt sprachlos. Na gut, ich werde nur dafür bezahlt, die Geschichte zu erzählen, also weiter im Text.«

Hochnäsig und arrogant schmeißt sie ihm unverfroren ihre Meinung an den Kopf. Seine ZurDir, sein Reich, das kann er sich nicht bieten lassen.

»Ha ... Ha ... Hallo ... das ist meine ZurDir in der Sie auf ... auf ... aufgetaucht sind. Bitte mäßigen Sie ... Sie sich. Wenn Sie sich benehmen, dürfen Sie gerne mein Gast sein. Ich würde mich freuen, wenn Sie mir berichten können, woher Sie kommen oder besser noch, von wann, und wieso Sie hier sind.«

Verwirrt schaut sie ihn an. Ist er vielleicht doch kein Bauer, sondern ein Adeliger? Sie ändert ihren Tonfall, in der Hoffnung, dadurch eher das zu bekommen, was sie begehrt: Klarheit und einen Weg wieder in ihr geliebtes Zimmer.

»Mein Herr, vor mir entstand ein Riss im Raum und irgendwie bin ich hier gelandet. Normalerweise liegen meine Reiseziele näher. Oder zumindest auf demselben Planeten. Wo auch immer ich hier bin. Ich habe auch noch nie solche Kleidung gesehen, diese vielen Streifen sind für mich recht irritierend. Daher schließe ich daraus, dass ich nicht nur den Ort gewechselt habe, sondern auch das Land und vielleicht sogar das Jahr? Wo bin ich?«

»Tja am Arsch der Welt. Also ich meine für mich ist dieser Platz Horror. Mit meinem Schätzchen hier«, er deutet auf die ZurDir, »würde ich gerne weiterreisen. Weg von hier. Doch jedes Mal, wenn ich es versuche, lande ich an diesem Ort. Wie ein Bumerang. Derzeit versuche ich, es wieder in Gang zu bringen. Wir sind im 21. Jahrhundert und der Ort befindet sich irgendwo in Tibet. Nach Ihrer Kleidung zu urteilen, kommen Sie aus der Vergangenheit oder aus einem Paralleluniversum.«

»Heute muss ich aber viel kommentieren und erklären«, unterbricht die Erzählerin genervt die Geschichte, als sie bemerkt, dass Maun nicht mehr stottert. *»Manchmal, wenn Maun sich zu sehr aufregt oder Selbstgespräche führt, kann es vorkommen, dass er flüssig redet.«*

Sie unterhalten sich noch eine Weile. Er erklärt ihr die ZurDir und sie reden über Welten und Ansichten.

So langsam verwandelt die angestaute Hitze diesen Raum in einen Backofen.

Beide beschließen daher, die ZurDir zu verlassen, und treten angeregt diskutierend ins Freie. Maun erklärt ihr, was eine Klimaanlage ist und was der Fortschritt für eine Erleichterung darstellt. Kamilah bezweifelt, dass die Erfindung gut für die Umwelt sei. Warme Luft in kalte zu verwandeln, das könne ja nur mit schwarzer Magie geschehen.

Kaum aus der Tür getreten, ziehen sie durch ihre Lautstärke direkt die Blicke der Anwesenden auf sich. Wie es oft mit Gruppen so ist, wenden sie sich allerdings wieder ihren eigenen Gesprächen zu und ignorieren die Streithähne.

Derweil versucht Soerbuddha zwei Personen, die nicht zum Tempel gehören, in einem ruhigen Ton zu erklären, dass der Lotusdrache nicht gefährlich ist und sie ihn bitte in Ruhe lassen sollen.

»Papa zeigs denen«, fiept der Drache ängstlich.

Die Tempelhexe hat einen knallroten Kopf. Niemand bedroht ihr Kind. Sie seufzt. Der Buddha ist wieder einmal viel zu sanftmütig und redet so geschwollen, als wäre er in der Vergangenheit. Der schwarze Rauch über ihrem Haupt bildet langsam eine kleine Wolke.

Vor den dreien steht ein Mann in glänzender Rüstung und mit wehendem Umhang. Auch ohne Luftzug weht er, wie auch immer das funktioniert.

Der Mantel weht trotzdem, denn die Geschichte braucht das, ansonsten können wir diesen großartigen Ritter Edelwin nicht episch genug darstellen. Er steht da wie ein Held, wie man sich eben so einen Abenteurer vorstellt.

Selbstredend befinden sich neben ihm ein weißes Ross und ein Knappe. Dieser ist klein und schmächtig. Der großartige Ritter Edelwin ist ein Held, wie er im Buche steht. Doch das zu erklären, würde die Zeit sprengen, weshalb ich mich kurzfassen muss: Er ist einfach anders, ein Held, nicht so wie alle anderen.

Mosdine unterbricht die Szene.

»Ich habe gerade noch einmal mit dem Autor Rücksprache gehalten. Da die Geschichte für das junge Publikum geeignet sein soll, überspringen wir die Diskussion. Wenn das ein Comic wäre, würden die Sprechblasen an dieser Stelle zensiert werden.

Das sähe vermutlich so aus: #$%§#.«

Hinter dem Gebäude tritt der Tempelwächter auf die streitende Meute zu. Er spricht in einem ruhigen, aber festen Ton:

»Es bringt doch nichts, es sind mindestens 40 Grad im Schatten und ihr schlagt euch die Köpfe ein. Kommt mit, der Pool ist fertig und gefüllt. Ich habe gerade die Bar gezimmert und die Liegestühle aufgestellt, also kommt und chillt mit mir.«

Die Hexe hört die liebliche Stimme des Tempelwächters und fließt dahin. Die dunkle Rauchwolke über ihrem Kopf verschwindet.

»Lasst meinen Lotusdrache in Ruhe und wir feiern stattdessen eine Sommerparty. Ich mache die Cocktails!« Ihre Worte klingen bestimmt und versöhnlich zugleich.

Als Soerbuddha dies vernimmt, wird ihm Angst und Bange. Er erinnert sich sofort an das Erlebnis, als er ein von ihr gemixtes Getränk zu sich nahm. Er war tagelang nicht er selbst. Deshalb spricht er langsam und diplomatisch:

»Geht hin und feiert. Ich bleibe hier und meditiere.«

Er setzt sich wieder unter seinen Baum, der Lotusdrache kuschelt sich an ihn und schläft gleich ein.

Der Ritter und sein Knappe schauen verwirrt, aber was ist besser als eine Drachenjagd? Klar, eine Party! So gehen sie alle hinter den Tempel zur neuen Strandbar.

Maun schaut Kamilah in die Augen und fängt an zu stottern.

»O ... O ... Okay, wir könn ... kööön ... können...«

Sie unterbricht ihn.

»Was ist jetzt? Komm, lass uns Spaß haben. Vielleicht bist du ja kein übler Kerl«, beendet sie den Satz leicht sarkastisch, nimmt seine Hand und zerrt ihn hinter den Anderen her.

»Oh, entschuldigt mich bitte.« Unser Tempeloberhaupt wendet sich zu den Lesern:

»Mein Name ist Soerbuddha und ich bin der Autor von *Geschichten aus dem kleinen Tempel*. Ich möchte mich bei Ina herzlich bedanken, dass ich ihren Charakter *Kamilah* ausleihen durfte. Eine Kurzgeschichte und Infos zur Autorin findet ihr in diesem Buch. Die Helden von Suki Fee, der *großartige Ritter Edelwin* mit seinem *Knappen Berti*, kamen leider etwas zu kurz, das kann sich in Zukunft vielleicht noch ändern. Das Schöne aber ist, dass ihr die Charaktere aus ihrer Feder in „*Der großartige Ritter Edelwin und der Badetag © Suki Fee*" auf Seite 23 lesen könnt und erfahrt, wie beide in meinem Tempel erscheinen. Sollte ich jemanden mit dem Text negativ getriggert haben, tut es mir leid. Um so mehr möchte ich mich bei Max bedanken, der mich mit seiner Erfahrung seines Handicaps, *Stottern*, unterstützt und inspiriert hat. Ich hoffe, ihr konntet an der einen oder anderen Stelle schmunzeln oder lachen. So, nun werde ich aber auch zu den anderen gehen und feiern.«

Soerbuddha steht auf und gesellt sich zu der munteren Gruppe. Die Feier ist in vollem Gange, als er bei der Partymeile ankommt. Der Tempelwächter steht hinter der von ihm gebauten Bar und mixt Cocktails. Die Theke besteht aus einem hölzernen Tresen, über dem sich ein Dach aus Stroh befindet. Die kleine Fledermaus liegt in einem Liegestuhl in für sie passender Größe. Sie nuckelt an einem Strohhalm, der in einer Blutorange steckt. Kamila und Maun halten sich im Pool auf und scheinen sich richtig gut zu verstehen. Sie unterhalten sich sachlich und ruhig. Der Lotusdrache hat kleine Schwimmflügel an und planscht im Wasser. Bekannterweise liebt diese Drachenart das Wasser. Flüssigkeiten nehmen von ihren Schuppen einen respektvollen Abstand. Das ist der sogenannte Lotuseffekt.

Zu Lotus gesellen sich Entchen und unser Hausgeist, die im Tempel als die Bibliothekarin bekannt ist. Die Tempelhexe unterhält sich bei einem Getränk mit Berti und dem Ritter. Das Getränk drückt sie jedoch eilig Berti in die Hand, als sie Soerbuddha auf Höhe des Pools sieht, und rennt zu ihm. Sie schubst ihn in Richtung des Wassers. Er kann gerade noch ihre Hand erhaschen und zieht sie mit in die Fluten. Beide lachen und bespritzen sich mit Wasser, als sie wieder auftauchen. Alle Bewohner und Gäste haben sehr viel Spaß.

»Ufff das war heute mal wieder so ein Tag. Ich geh erst einmal die Einhörner füttern und dann auch zur Strandparty. 40 Grad sind einfach zu heiß zum Arbeiten. Ach so, ich sollte noch die Geschichte professionell abschließen.«

Die Party wurde legendär und wollte auch nicht im Morgengrauen enden.

SCHON DIE ALTEN PHYNIKER
PREDIGTEN: WENN DU STREIT MIT
JEMANDEN HAST. DANN GEH IN DEN
TEMPEL.

18

GLEISSENDER SCHEIN,
ERBITTERTE RIVALEN
© BIANCA TOST

Im Feuer des Gefechts verbrennt, was Freundschaft war.

Hitze umgab ihn. Sie schien von überall zu kommen. Der Stein hinter ihm strahlte sie ab. Der klägliche Rest einer Mauer vor ihm warf sie auf ihn zurück. Von den Steinplatten im Boden stieg sie auf, brachte die Luft zum Tanzen und gaukelte schattenhafte Pfützen vor, wo nichts dergleichen zu erhoffen war. Obwohl er sich in den Schatten einer zerfallenen Steinsäule drückte, fühlte er sich, als buk man ihn in einem übergroßen Steinofen.

Der Geruch aufgeheizter Steine, staubiger Erde und vertrockneter Pflanzen erfüllte die Luft. Ein Schweißtropfen rann über seine Schläfe und er wischte ihn mit dem Handrücken weg. Seine Kehle fühlte sich trocken und rau an. Er schluckte, doch seinem Mund fehlte der Speichel. Er hatte schon vergessen, wie anstrengend Hitze sein konnte, und so schloss er für einen Moment die Augen.

Bilder einer fernen Vergangenheit überspülten ihn. Wasser floss in steinernen Kanälen durch die gesamte Anlage. Frauen und Männer flanierten in kleineren Gruppen über die gepflegten Wege. Ihre Körper hüllten sie in lange bunte Gewänder, die wellengleich im Takt ihrer Schritte wallten. Buden mit Vordächern aus farbenfrohen Stoffen säumten zuweilen die Wegesränder und lockten Kunden mit einem reichhaltigen Angebot in ihren Auslagen. Das Lachen spielender Kinder erfüllte die Luft. Die Kronen von Palmen wogten im leichten Wind. Der Duft von Gebratenen stieg ihm in die Nase.

Ein kaltes Prickeln rann seine Wirbelsäule hinab. Er entriss sich der Geschichte des Tempels, folgte seinem Instinkt und blickte nach oben. Etwas blitzte in der Sonne auf und rauschte auf ihn zu. Er stieß sich zur Seite ab. Noch im Flug hörte er ein Klatschen hinter sich. Er rollte sich über seine rechte Schulter ab, war wieder auf den Beinen und warf einen Blick zurück. Dort, wo er eben noch gesessen hatte, verblasste ein dunkler Fleck umringt von einigen kleineren auf den Steinplatten.

Sein Blick schnellte erneut nach oben. Wolkenloses Blau spannte sich über ihm auf, nur unterbrochen durch den gleißenden Lichtpunkt der Sonne und dem schwarzen Schatten eines großen Greifvogels.

»Tss«, zischte er, doch erneut blitzte etwas auf, schoss auf ihn zu und er rannte los. Ohne den Schutz der Schatten legte sich die Hitze wie ein schweres Joch auf ihn. Die Wärme der Sonnenstrahlen fraß sich durch seine Kleidung und brannte auf den ungeschützten Stellen seiner Haut. Schon nach kurzer Zeit rang er nach Atem, aber er zwang sich, weiter zu laufen.

Er schlug einen Haken. Dicht neben seinem Fuß schlug ein weiteres Geschoss ein. Spuren nassen Staubs bespritzten seinen Stiefel und sein Hosenbein. Er blickte zu dem schwarzen Schatten am Himmel. Ein Kreischen des Kronadlers hallte über das weitläufige Gelände. Herausfordernd, fast spöttisch.

»Der nächste wird ein Treffer!«

Nicht, wenn ich dir zuvorkomme!

Er griff nach der Macht in sich. Sie war ihm so vertraut wie sein eigener Atem und sein eigenes Blut. Ein Prickeln unter seiner Haut folgte der Spur, als er den Fluss der Magie in seine rechte Hand lenkte. Seine Vorstellung gab der Energie Form und Gestalt. *Jetzt!* Nur ein Gedanke genügte und das Geschoss jagte dem Kontrahenten am Himmel entgegen. Mit einer lässigen Flugrolle wich dieser aus und kreischte erneut. So klang der Hohn eines Vogels!

»Na warte!«, knurrte er. Ohne innezuhalten, eilte er über Brücken, über ausgetrocknete Kanäle hinweg, um enge Kurven herum, an Gebäuden, Säulen und Statuen vorbei. Der Zahn der Zeit hatte jedes der Bauten mindestens angenagt, zuweilen ganze Stücke herausgebissen, zerkaut und wieder ausgespuckt und eine Decke aus Sand und Staub über sein Werk ausgebreitet. In einer schmalen Gasse verbarg der Verfolgte sich in einer Nische. Steinchen rieselten aus den Fugen auf ihn herab, als er sich gegen das Mauerwerk drückte.

Er lugte aus seiner Deckung hervor, erfasste den Kronadler und wirkte den nächsten Zauber. Wieder wich das Tier aus, doch in letzter Sekunde lenkte der Zaubernde das Geschoss ab und streifte den linken Flügel des Vogels.

Ha!

Er ballte eine Hand zur Faust. In seiner Brust schwoll ein Jauchzen an. »Ja!«, stieß er einen Jubelschrei aus und duckte sich, als die Antwort in Form eines Geschosses direkt folgte. Erneut war er knapp entkommen. Wieder hatte der andere ihn nicht treffen können.

Freude toste durch seine Adern. Wie im Rausch beflügelte ihn seine Hochstimmung. Jedes knappe Entkommen, jeder Streifschuss, jeder Beinahe-Treffer gab ihm einen zusätzlichen Kick und stachelte ihn weiter an. Er fühlte sich frei und genoss es, durch die engen Gassen und über die breiteren Wege zu hasten, die flachen, breiten Stufen einer der Haupttreppen hinauf. Von Zeit zu Zeit schossen sie aufeinander, doch stets konnte der jeweils andere ausweichen oder das Geschoss im letzten Augenblick noch abwehren.

Am Ende der Treppe bog er schließlich ab und flüchtete sich unter den überdachten Schutz eines Bogengangs. Seine Brust hob und senkte sich in schweren Atemzügen, doch unter seiner Haut kribbelten Freude und Ehrgeiz. Es war wie in Kindertagen, als sie sich an heißen Tagen Schlachten um ausgedachte Königreiche und Festungen geliefert hatten. Die Zeit, als er noch das getan hatte, was er wollte, weil es ihm Spaß bereitet hatte. Er ließ seinen Blick schweifen. Am Himmel kreiste der Kronadler. Unter diesem breitete sich vor ihm der Ausblick auf das Tempelgelände aus. Seine Hände schlossen sich um das Geländer und erneut tauchte er in die Vergangenheit ein.

Wasser rauschte unter ihm in die Tiefe und stieg als feiner Nebel wieder auf. Tempelbesucher und -bewohner tummelten sich wie eine Parade bunter Käfer auf den Wegen. Festliche Musik drang zu ihm herauf. Ein Mann trug einen geflochtenen Korb durch ihn hindurch. Jemand zog auf einem Karren Tongefäße die Rampe neben der Treppe herauf. Eine Gruppe Kinder lief durch den Bogengang und quietschte vergnügt, wenn sie sich gegenseitig mit ihren Wasserzaubern bespritzten.

Er riss seinen Kopf zur Seite. Ein nasser Streifen blieb auf seiner Wange zurück und er wischte ihn weg. Wieder war er im Hier und Jetzt. Wieder war das blühende Leben einer staubigen Ruine gewichen. Finster fixierte er den Vogel am Himmel. Er spürte die Erinnerung des Steins an das Wasser und stimmte sich darauf ein. Frische und neues Leben erfüllten seinen Geist, als wäre allein durch die Erinnerung das lang versiegte Wasser für ihn zurückgekehrt.

Er hob einen Mundwinkel zu einem Lächeln. Der Sieg schien in greifbarer Nähe. Sein Kontrahent hielt sich mit Flügelschlägen auf der Stelle. Wieder griff er nach der Macht in sich, spürte die Kraft des Wassers und ließ sie frei. Das Tier wirbelte durch die Luft, drehte sich von einer Seite zur anderen, um der Salve zu entgehen. Ein Strahl schoss vom Schnabel des Kronadlers auf ihn zu. Er wich aus und unterbrach seinen eigenen Angriff für den Moment. Mit einem Flügelschlag wehrte der Greifvogel die verbleibenden Geschosse ab, stieg auf und verschwand über dem Dach.

Der Zurückgelassene ließ seine Hand sinken. Keuchend rang er nach Atem. Schweiß rann über seine Haut. Seine Beine zitterten. Er war am Ende seiner Kräfte. Sein nächster Angriff wäre sein letzter, so oder so.

Mit Hilfe seines Spürsinns folgte er der magischen Fährte seines Gegners und drehte sich dabei um die eigene Achse. Auf der anderen Seite des Gangs schwebte ein weißhaariger junger Mann herab. Große Schwingen auf seinem Rücken bremsten seinen Fall. Leichtfüßig landete der Vogelmann, dann faltete er die Flügel hinter seinem Rücken zusammen. Federn bedeckten die Ohren, sonst erinnerte nichts mehr an seine andere Gestalt. Ein strahlendes Lächeln zierte seine Lippen. Die Anstrengungen des Kampfes zeichneten sein Gesicht rot und nass und ließen den Geflügelten ebenfalls nach Atem ringen.

Jetzt!

Der Gejagte zog seine verbleibende Kraft zusammen, spannte seinen Körper und zog seine rechte Hand nahe am Körper vorbei nach hinten. Sein Gegenüber reagierte prompt. Es war nur eine kleine Bewegung seiner flachen Hand in Richtung seines Bauchs, doch der Zauberwirker erkannte darin den Beginn eines Abwehrzaubers und brach seinen Angriff dadurch augenblicklich ab.

»Sieht ganz so aus, als bleibt uns beiden nur noch ein letzter Schuss. Wie wäre es mit einem Ehrenduell zur Entscheidung? Die nächste Brise ist das Signal. Wer trifft, ist der Sieger«, schlug der Adlermann mit einem Lächeln vor.

»Und du meinst, heute weht nochmal der Wind oder stehen wir dann in einem Jahr noch hier?«

»Ganz sicher, ich spüre es in meinen Federspitzen.«

Der Geflügelte deutete auf das Gefieder vor seinen Ohren. Er selbst verdrehte die Augen, schüttelte den Kopf und lachte.

»In Ordnung, aber wenn wir hier zu Dörrfleisch vertrocknen, mache ich dich persönlich dafür verantwortlich.«

Die Sonne senkte sich dem Horizont entgegen und tauchte den Ort in ein tiefes Rot, als die beiden Kontrahenten an der langen Seite des Bogengangs gegenüber Aufstellung bezogen. Stille senkte sich über sie. Bereit, jederzeit seinen Zauber zu wirken, ging er in seinem Geiste die verschiedenen Optionen für einen Angriff durch. Welche Taktik sollte er verfolgen? Wohin sollte er zielen? Womit könnte er den anderen überraschen? Nach außen hin rührte er sich nicht. Nichts sollte dem anderen einen Hinweis auf das Ziel geben.

»Es gibt keinen grausameren Feind als den ehemals engsten Freund.«

Die Erinnerung an die Worte seiner Meisterin hallte in seinem Geist wider. Wie recht sie damit gehabt hatte. Niemand sonst kannte ihn so gut wie der Geflügelte vor ihm. Kein anderer könnte ihn so leicht durchschauen wie dieser. Ihm in einem wahren Duell gegenüberzustehen, wäre auf so vielen Ebenen sein Untergang.

Der Wind frischte auf und zog an den Spitzen ihrer beider Haare. Die Zeit schien sich zu verlangsamen. Er erkannte seine eigenen Bewegungen in denen seines Gegenübers. Die Richtung, in die der Zauber abgefeuert wurde, und die, in die er sich selbst zum Ausweichen warf. Seine Augen weiteten sich im Angesicht des Unausweichlichen, dann kniff er sie zu.

Kühles Nass umströmte seinen Kopf, wusch die Hitze des Tages fort und durchtränkte sein Haar. Es war vorbei. Was mit einem Scherz begonnen hatte, hatte sie einen halben Tag gekostet und jede Sekunde davon hatte sich gelohnt.

»Sieht nach einem Unentschieden aus.«

Er blickte zu seinem Freund. Wasser tropfte ihm von Haarspitzen und Federn.

»Sieht so aus …«, stimmte er mit einem Lächeln zu. Einen Moment lang schwiegen sie und sahen sich nur an, dann lachten sie los. Die Anspannung fiel von ihm ab. Obwohl es nur als Spiel gedacht gewesen war, hatte er alles geben müssen, und selbst das hatte nicht gereicht. Ihre Seelen waren einander zu nahe, ihre Gedanken wie verbunden. Nicht umsonst hatten sie einander den unbrechbaren Eid leisten können.

Er spürte eine Berührung an der Schulter. Das Lächeln seines Freundes verblasste und wich dem knackenden Flammenschein eines Feuers. Er ließ den Anhänger aus seiner Hand gleiten und blickte zur Seite.

»Wo warst du denn gerade?« Neben ihm nahm der Adlermann Platz und lächelte ihn an. »Oder sollte ich lieber fragen, wann?«

»Erinnerst du dich noch an diese alte Tempelruine?«

»Wie könnte ich diesen Tag vergessen? Das Gelände wäre perfekt für eine kleine Wasserschlacht, meinten wir. Wir haben uns bekämpft, als ginge es um unser Leben, und am Ende hatten wir beide einen nassen Kopf. Wie du an diesem Geländer standest und mich beschossen hast wie ein Besessener.«

»Da redet der Richtige! Wer hat mich denn zuerst verfolgt wie ein rachsüchtiger Schatten?«

»Punkt für dich.« Sein Freund boxte ihm gegen die Schulter und lachte. Sie ließen sich nach hinten fallen und sahen hinauf in den sternenklaren Nachthimmel. Eine sanfte Brise strich durch das Gras, griff nach ihrer beider Haar und ließ Strähnen tanzen.

Er schloss die Augen und atmete tief ein. Grillenzirpen drang an sein Ohr. Neben sich spürte er die Gegenwart seines Kameraden. Der Friede der Sommernacht senkte sich auf seinen Geist und er ließ sich davon gefangen nehmen.

Und aus der Asche formt sich ein noch stärkeres Band.

Seine Brust hob sich in der Bewegung eines tiefen Atemzugs, als ihn im nächsten Moment ein Wasserstrahl mitten ins Gesicht traf.

»Was bei allen Schatten?!«

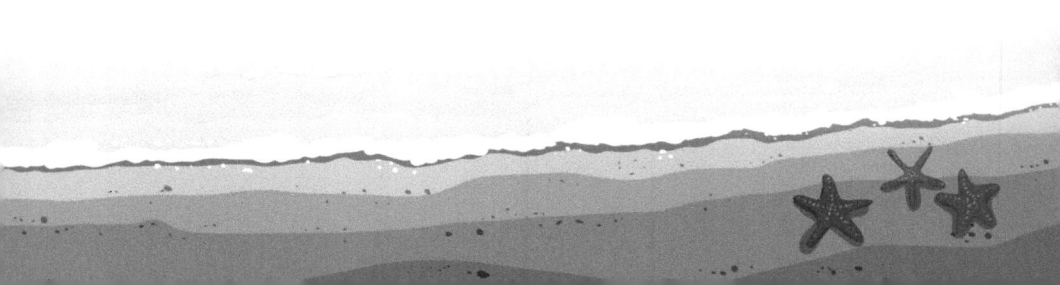

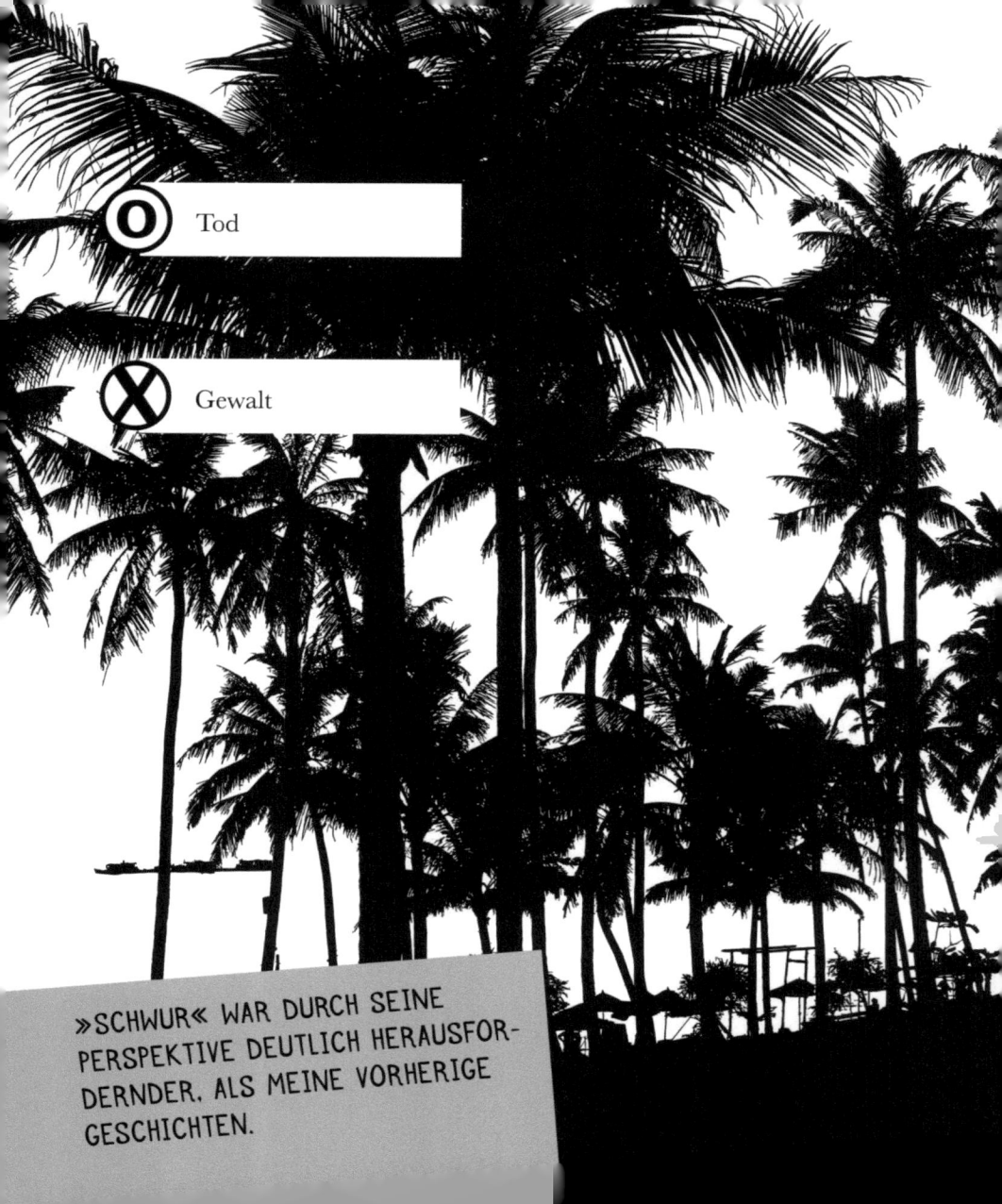

○ Tod

⊗ Gewalt

»SCHWUR« WAR DURCH SEINE PERSPEKTIVE DEUTLICH HERAUSFOR-DERNDER, ALS MEINE VORHERIGE GESCHICHTEN.

19

SCHWUR

›Vergesst niemals: kommt euren Geistern zu nahe, und ihr werdet zersplittern!‹

So hatte es ihr Meister einst beschrieben, vor vielen Sonnenwenden, als Cael noch Funken hinter den Ohren gehabt hatte. Als Cael noch gedacht hatte, dass es Freiheit bedeutete, Flüsterer zu werden.

Und jetzt …

Außerhalb ihrer Zelle schrie jemand. Cael zuckten, pressten sich stärker ins Heu. Am liebsten hätten sie sich zusammengerollt, aber das würde ihre Verletzungen nur noch verschlimmern. Stattdessen drehten sie den Kopf zur Felswand, fokussierten Kraft.

Doch da war nichts außer einem stechenden Schmerz, der sich durch ihren Körper zog. Sie hatten die dämpfende Wirkung der Eisenauskleidung der Zelle unterschätzt. Cael bissen die Zähne zusammen, warteten, bis der Schmerz nachließ.

Mehr Kraft, dann wurden die Laute klarer. War das Pochen im Schädel, der Geschmack von Blut auf der Zunge das, was Maijun seit ihrer Bändigung des roten Drachen ertrug? Wenig trennten Cael noch von Duros, Yuto und Telin. Noch näher und … Aber das würde nicht passieren.

Für ihren unweigerlichen Ausbruch würde das Eisen keine Hürde darstellen. Auch wenn es sie mehr Kraft kosten würde als angenommen.

Wenn wir wieder frei sind, müssen wir Maijun finden.

Wie würde Maijun reagieren, wenn sie herausfand, dass Cael sich seit ihrem Abschied absichtlich hatten festnehmen lassen – schon wieder –, um in Marlisk im Kerker für Flüsterer zu landen?

Dort, wo sie Flüsterer bewusst zum Splittern brachten.

Wie jetzt …

Die Schreie erstarben, als die Kraft des Flüsterers zersplitterte. Cael spürten das Splittern. Hunderte Scherben aus Kraft breiteten sich über den gesamten Kerker aus. Es brannte auf ihrer Haut.

Bald, bald würde das Splittern enden. Cael würden dafür sorgen. Aus dem Augenwinkel sah *Cael*, wie Duros sich manifestierte, ein goldener Schemen im Schwarz der Zelle.

Deine Geburtsschwester ist an ihrem vorherbestimmten Ort, so wie wir.

Cael schüttelten den Kopf. Sie hassten es, wenn Duros von Schicksal sprach. Als wären sie Puppen an Fäden, die sich nur nach den Bewegungen des Spielers richteten. Cael hatten Maijun damals überzeugt, Flüsterer werden bedeutete Freiheit. Und doch, falls Duros die Wahrheit sprach, folgten sie noch immer ihrer Bestimmung.

Cael schauten hoch zum einzigen Zugang der Zelle. Wenn die Wachen den Rhythmus der letzten Tage beibehielten, würden sie jeden Moment Brot und Wasser bekommen. Sie brauchten jeden Krumen.

Schwere Schritte über ihnen. Cael hatten recht behalten. Sie erhoben sich, prüften, dass das Heu das gehortete Brot verdeckte, und griffen den Korb vom Vortag. Die Klappe zu ihrer Zelle wurde hochgezogen, brachte schwaches Licht in die Schwärze. Eine der Wachen spähte zu ihnen herunter.

»Stell dich an die Wand, Abschaum!«

Wären sie in An-Duina, hätten Cael versucht, die Wache zu bezirzen. Doch in Marlisk dienten nur die, deren Loyalität zum Königreich ohne Zweifel war. Der Versuch allein könnte sie ihr Leben kosten.

Cael traten zurück, bis ihre Schultern die kalte Felswand berührten, warteten.

»Brav, vielleicht kann man dich doch noch erziehen.«

Cael bissen sich auf die Zunge. Es wäre so leicht, ein Sprung – sie wären frei, eine Berührung, und die Wache würde zu Staub zerfallen. Ein närrischer Gedanke, noch war es nicht an der Zeit.

Geduld!

Die Seilwinde über der Zelle quietschte, als der Korb heruntergelassen wurde. Cael bewegten sich erst, als der Korb den Boden berührte.

»Wenn du den Fraß nicht willst, hole ich ihn wieder hoch. Starre keine Löcher in die Luft. Sei dankbar, dass Ihre Hoheit dich noch nicht hat hinrichten lassen.«

Cael pressten die Lippen zusammen. Was wusste eine einfache Wache schon von Geisterflüsterern, ihren komplexen Riten und Kräften?

Es gab nur einen Grund, warum sie noch atmeten – ihr Zersplittern war gescheitert. Also würden sie Duros, Yuto und Telin extrahieren müssen, und der beste Zeitpunkt dafür lag noch einen halben Mondzyklus entfernt. Der Tag der Flamme, mit der kürzesten Nacht im Erntezyklus und dem meisten Sonnenlicht.

Langsam, die Wache immer im Blick, traten Cael an den gefüllten Korb heran, tauschten ihn gegen den vom Vortag. Während der leere Korb mit quietschenden Lauten aus ihrer Zelle gezogen wurde, ließen sie sich ins Heu sinken. Weniger Brot als am Vortag und genauso trocken, genauso widerwärtig wie die Tage zuvor, doch das kümmerte sie nicht. Sie mussten wenigstens etwas essen, aber heute würde nicht viel übrigbleiben. Reinbeißen, kauen und schlucken. Bei ihrem Ausbruch und der Zerstörung der Festung würden sie jeden Funken Kraft benötigen. Cael hoben den Humpen.

Trink nicht!

Sie zuckten, verschluckten sich am Brot, husteten. Über ihnen ertönte Gelächter. Die Wache war noch immer da. Wieso?

»Das kommt davon, wenn du so gierig bist wie ein Hund. Sei brav und krepiere nicht, bevor Ihre Hoheiten eintreffen.«

Der Hustenanfall ließ nach, Cael rieben sich die Brust … Duros' Kraft durchflutete sie. Cael senkten den Kopf. Die Wache durfte nicht sehen, dass die Eisenauskleidung der Zelle ihre Kraft nicht bannte, nur hemmte.

Sie klappten den Deckel des Humpens hoch, süßlicher Geruch stieg ihnen in die Nase. So fein, dass er ohne ihre Kräfte nicht wahrnehmbar gewesen wäre. Cael kannten sich mit Rauschpräparaten nicht aus, aber was es auch war, es konnte nichts Gutes für sie verheißen.

Duros' Zorn schien endlos.

Kein fester Stein! Vernichte es!

Mit der Beschreibung konnten Cael nichts anfangen. Während ihrer Partnerschaft hatten sie gelernt, Duros‹ Erklärungen, die häufig aus der Sicht von Lebewesen wenig Sinn ergaben, zu interpretieren. Dieses Mal nicht.

Dann war Caels Kontrolle über ihren Körper fort. Es kratzte im Hals, Cael mussten husten. Viel stärker als zuvor. Ihr ganzer Körper schüttelte sich, sackte zur Seite, der Humpen landete im Stroh. Sie griffen sich an den Hals. Keine Luft.

Dann war es vorbei.

Cael spuckten. Zwei Stücke Brot landeten im nassen Stroh. Cael ließen den Kopf sinken, schnappten nach Luft.

»Zu minderbemittelt, um ein Stück Brot zu essen. Wie können sie bloß vor dir Angst haben?«

Cael öffneten die Augen. Die Wache schaute noch immer durch die Klappe auf sie herab. Ihr Mund war zu einem dünnen Strich verzogen, die Schultern angespannt.

Enttäuschung?

Enttäuschung, dass sie nicht verreckt waren, oder dass sie das Wasser nicht getrunken hatten? Sie würde sterben, gewiss, sie würde sterben.

Das wird sie.

Cael zuckten, und einen Moment lang wussten sie nichts mit der Stimme anzufangen. Hörten sie Stimmen? Die Lippen der Wache hatten sich nicht bewegt.

Dann kam alles zurück. Duros hatte die Kontrolle über ihren Körper übernommen. Das … sollte nicht möglich sein, sie waren nicht zersplittert, und dennoch …

Es ist meine Pflicht, für das Überleben meines Wirtes zu sorgen.

Das ›Auch ohne dich zu fragen‹ blieb unausgesprochen, aber Cael verstanden Duros‹ Intention. Schlagartig wurde es kalt, und zum ersten Mal seit langer, langer Zeit kam ihre Haut einer Zelle gleich.

Die Klappe fiel mit einem Knall zu, und um sie herum wurde es schwarz. Mit Mühe richteten Cael sich auf, ihre Arme fühlten sich an wie zerbrechliche Äste, als wäre all ihre Kraft verschwunden. Sie würden mehr essen müssen.

Es war notwendig. Dein Körper wäre starr geworden, hätten wir es konsumiert. Wir hätten gefühlt, gesehen, geschmeckt und gehört, aber bewegt hätten wir uns nicht, wie Fleisch ohne Essenz.

Cael würgten erneut. Sie würden heute nichts mehr essen. Sie würden hier liegen und hoffen, dass die Wachen ihre Rationen nicht noch mal mit Präparaten versetzten. Wenn doch, müssten sie ihre Pläne anpassen.

Alles verläuft nach Plan.

Seltsam … Wenn Duros in ihrem Kopf sprach, klang es mehr nach einer Drohung als nach einem Versprechen.

Cael schliefen.

Knarren weckte sie. Cael öffneten die Augen, schauten zum Eingang der Zelle hoch. Es war zu wenig Zeit vergangen. Das gehörte nicht zum Zyklus der Wachen.

Das bedeutete sicher nichts Gutes.

Cael setzten sich auf, den Blick weiterhin auf die Klappe gerichtet. Sie senkten einen Käfig herab. Cael schluckten. Hieß das, sie würden doch hingerichtet werden? Das konnte nicht sein. All ihre Pläne bauten darauf auf, dass sie vorher versuchten, die Geister zu extrahieren. Cael brauchten den Ritus.

Verfluchte Funken. Cael waren noch nicht bereit.

Hastig drehten sie sich um, griffen unters Heu, holten die übrigen Brotstücke hervor. Sie würden schwer runtergehen. Egal! Was auch immer jetzt geschah, Cael würden Kraft brauchen.

Sie schluckten das Stück Brot herunter, unterdrückten das Würgen. Mehr, mehr. Dann knallte der Käfig auf den Boden. Cael drehten sich um, sahen zum Käfig, dann nach oben. Eine fremde Wache beobachtete sie. Groß, breitschultrig – ein Troll, bewaffnet mit einem Eisenspeer.

»Begib dich in den Käfig, Geisterflüsterer. Wir wollen selbst sehen, was unter deiner Haut schlummert. Vielleicht, wenn die Götter mit dir sind, haben wir dann doch noch Verwendung für deine Geister … und für dich.«

Cael schauderten. Sie wussten genau, was gemeint war. Trolle fraßen nur zu gern

Menschen. Sie unterdrückten die Angst. Trolle waren ernst zu nehmende Gegner.

Mehr Komplikationen.

Sie kletterten in den Eisenkäfig. Die Berührung viel schmerzhafter auf der Haut als die minderwertigen Ketten, in denen sie vor einem Sumar nach An-Duina transportiert worden waren. Dann wurden sie nach oben gezogen. Cael schlossen die Augen. Nach so langer Zeit in der Finsternis schmerzte selbst schwaches Licht. Der Gang über ihrer Zelle war hell erleuchtet.

Sie sind zu viert: ein Menschenfeind mit Kraftfresser, zwei Menschen mit Kraftfresser und ein Spitzohr, Wirt eines Wind-Geistes, verhüllt in Kraft gebannt auf Haut eines Tieres.

Cael blinzelten. Der in Leder gehüllte Flüsterer, wahrscheinlich ein Elf, musterte sie wie ein Stück Fleisch.

»Wo ist sein Pakt?«

Cael zuckten, wollten sich zum Troll drehen, taumelten. Der Flüsterer griff durch die Gitterstäbe, riss Cael nach hinten, drückte sie gegen das Eisen, offenbarte ihren Pakt.

Der Geruch von verbranntem Fleisch lag in der Luft. Cael bissen die Zähne zusammen. Keine Schwäche zeigen. Duros hätte den Effekt des Eisens negieren können. Und doch war es besser, sie sparten jeden Funken Kraft, wenn sie ihren Plan jetzt umsetzen mussten. Schmerzen konnten – nein, mussten ertragen werden.

»Wie sieht es aus, Sklave?« fragte der Troll.

Hinter ihnen antwortete der Windflüsterer: »Wie beim fehlgeschlagenen Ritus festgestellt: Der Mensch hat drei Pakte, Herr. Drei Geister: zwei elementarer Natur, von niedrigem Rang. Der dritte ist bizarr. Er könnte Ihren königlichen Hoheiten nutzen.«

Der Flüsterer ließ von ihnen ab. Cael kauerten, machten sich so klein wie möglich. Alles, um noch mehr Berührungen mit den Eisenstäben zu vermeiden. Sie mussten mit Glyphen verstärkt sein. Selten hatte Eisen so gebrannt. Wenn die Wachen ihnen nur ihre Kleidung gelassen hätten …

»Bizarr? Was bedeu … Es ist mir gleich. Bringt den Menschen in die Ritualkammer! Sollte der Geist tauglich sein, werde ich ihn Ihren Hoheiten darbieten.«

Hätten Cael nicht bereits vermutet, dass die Diener des Königs inkompetent und seine versklavten Flüsterer Fingerfuchtler waren, so hatten sie jetzt Gewissheit. Der Tag der Flamme war weit entfernt. Wenn sie den Ritus jetzt initiierten, würde sich wenig Kraft ansammeln – zu wenig, um die Pakte zu lösen.

Cael würden überleben, aber vielleicht wären sie ohne den Ritus zu schwach, um die Festung zu zerstören?

Ausbrechen oder dem Plan folgen?

Der Käfig setzte sich in Bewegung, Cael schwankten. Ihr Rücken brannte. Es würde Mondzyklen dauern, bis die Verbrennungen verheilt waren. Auch konnten sie Yutos Kraft nicht nutzen, um die Schmerzen zu lindern, nicht mit dem Flüsterer so nahe.

Ausbrechen?

Sie alle werden verbrennen.

Duros' Stimme war Balsam für die Panik, die auflodern wollte. Auch wenn Cael nicht verstanden, woher die Flammen, die alles vernichteten, kommen würden. Dank Telin konnten sie ein Stück Stoff leicht verbrennen, aber ganze Körper verzehren? Stein? Eisen? Das war eher Maijuns Talent, und Caels Zwilling war nicht hier. Dennoch: Sobald sie in der Ritualkammer waren, würden Cael handeln. Wenn Duros den Tod aller voraussagte, war das gewiss. Seinem Schwur konnten sie vertrauen.

Der Plan!

Der Flüsterer betrat die Ritualkammer zuerst, dann der Troll. Im Inneren stank es nach Tod und Verderben. Cael unterdrückten den Brechreiz, als die beiden Wachen sie hineintrugen.

»Ist alles vorbereitet?«, fragte der Troll. Eine mit einer Armbrust bewaffnete Wache, die sie in der Kammer erwartet hatte, nickte. Cael erkannten sie. Die Wache hatte ihnen zuvor das unreine Wasser gebracht. Ihr Blick haftete an Cael wie Öl, schmierig – und doch gierig zugleich. Gänsehaut breitete sich auf ihrer Haut aus. Zum ersten Mal froren sie. Cael würden schnell handeln müssen. Der Flüsterer zuerst, danach die vier Wachen.

Mit einem Scheppern ließen die Wachen den Käfig nieder, rissen Cael aus ihren Gedanken, boten ihnen einen ausgezeichneten Blick auf den in Stein gravierten Ritus. Acht Glyphen, mit dem Mond als Fokus. Ungewöhnlich. Wieso der Mond? Warum nicht das Sonnen-Alphabet?

Cael spürten die Kraft, die in den Glyphen ruhte. Es kribbelte überall auf ihrer Haut. Aber sie kannten das Alphabet nicht. Sie hatten damit gerechnet, das Alphabet und den Ritus zu kennen.

Verfluchte Flamme!

Cael sogen die Luft ein. Ruhig bleiben. Selbst mit einem Mond- statt eines Sonnen-Fokus konnten sie den Ritus nutzen. Sie mussten nur die Vorbereitungen genauestens studieren. Sie wandten sich um.

Zu spät, der Flüsterer schnitt einem Sklaven über dem Altar bereits die Kehle durch. Das Blut ergoss sich in die Furchen im Boden, floss in die Glyphen. Der Ritus hatte bereits begonnen.

Zu spät, zu spät.

Mehr Kribbeln.

Mehr Kraft.

Zwei der Wachen traten an den Käfig heran, Eisenfesseln in den Händen. Cael blickten zum Mond-Fokus – weniger als zwei Ellen entfernt –, dann zu den Wachen, während sich Kraft unter ihrer Haut sammelte. Der Flüsterer war zu weit entfernt, die Wachen würden zuerst sterben müssen.

Hände griffen nach ihnen.

Jetzt!

Yutos Kraft barst in Hunderten Eissplittern aus ihnen heraus. Verhüllte die Kammer mit einer weißen Wolke. Die beiden Wachen vor ihnen erstarrten.

Stille …

Chaos!

Cael warfen sich nach vorn, bis ihre Hand den Mond-Fokus berührte. Ohne das Wissen um den Ritus handelten sie blind. Cael fokussierten ihre Kraft, leiteten sie in den Mond-Fokus.

»Haltet ihn auf!«

Winde fegten ihr Eis durch die Kammer. Cael stemmten sich dagegen. Sie durften den Halt nicht verlieren. Die Kraft des Flüsterers presste sich gegen ihre eigene. Schwach im Vergleich zu dem, was durch ihren Körper floss. Fast schon schmerzvoll.

Ein dumpfer Laut … ein Bolzen … Blut.

Cael mussten es beenden. Sie waren fast so weit. Um sie herum wurde es still, ihre Sicht ließ nach.

Noch einen Augenblick. Mehr …

Sie brauchten mehr Kraft. Cael presste gegen die letzten Barrieren, die Cael von Tulin, Yuto und Duros trennten. Ihr Ziel mussten sie erreichen. Die Festung musste fallen. Um jeden Preis. Cael schnappten nach Luft.

Ein Splittern.

Duros erhob sich.

Die Festung versank in einem Meer aus Flammen. Ganz, wie Duros es ihrem Wirt geschworen hatte.

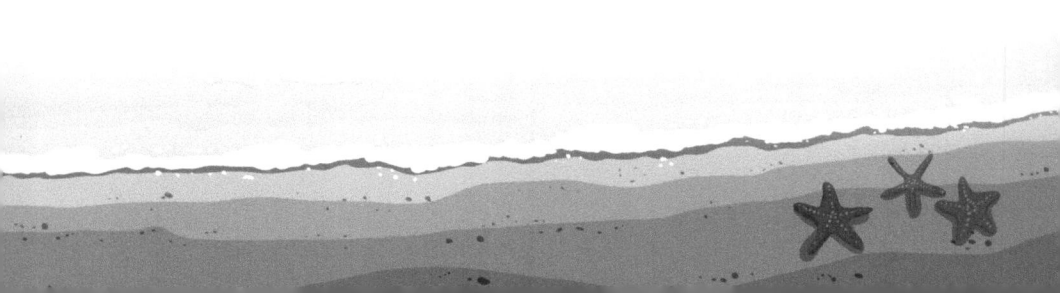

EIN AUSSCHNITT AUS MEINER
ENTSTEHENDEN ROMAN-REIHE.
GIOLDAN REIST INKOGNITO. NUR
WOKRITZ UND SEIN FREUND
HONKATZ KENNEN SEINE IDENTITÄT.

20

DIE OBLIGATORISCHE
STRANDSZENE
© UMAKO

Eine Gruppe Reiter nähert sich langsam einer kleinen Fischersiedlung. Ängstlich rufen die Mütter ihre Kinder zu sich in die Häuser und blicken misstrauisch durch ihre kleinen Fensteröffnungen zu den bronzehäutigen Kriegern.

»Warum haben die Angst vor uns?«, fragt ein etwa zehnjähriger Junge und einige Männer lachen los. Grimmig schaut er sie an, was nun auch den Rest zum Lachen bringt.

»Man merkt, dass Du noch nie im Ausland warst, Honkatz«, sagt einer grinsend, lenkt sein Pferd an die Seite des Jungen und klopft ihm auf die Schulter. Ernst fährt er fort. »Die Leute in diesem Land leben in ständiger Angst vor Überfällen. Besonders diejenigen, die nicht in den Städten wohnen. Sie halten uns wegen der Waffen für Banditen oder um ihren Lohn betrogene Söldner. Daher haben sie Angst, dass wir sie überfallen und ausrauben würden.«

»Aber so was würden wir doch nie machen!«, protestiert der Junge und setzt ein unsicheres »oder doch?« hinzu.

»Natürlich nicht. Das wäre völlig ehrlos«, beruhigt ihn der Krieger. »Aber das wissen diese Leute nicht. Es sind einfache Menschen. Vermutlich haben sie auch noch nie einen Krohlitz gesehen, sondern nur Schauergeschichten über uns gehört.«

Nachdenklich schaut der Junge beim Vorbeireiten zu den einfachen Behausungen.

»Wir rasten hier«, verkündet der Anführer etwas später an einer größeren Freifläche.

Sofort reiten drei Männer los, um die Umgebung abzusuchen.

Die restlichen Männer steigen ab und erleichtert springt Honkatz von seinem Pferd. Der Mann neben ihm lässt einen deutlich jüngeren Jungen zu 9fällt der Kleine beinahe hin. Er wird von Honkatz aufgefangen und hochgehoben.

»Ich hab ihn, Wokritz«, sagt Honkatz und gähnt.

Ebenfalls müde, steigt auch Wokritz ab und geht ein paar Meter auf den Strand zu. Misstrauisch schaut er, wie einige der anderen auch, das Wasser an, während sie Decken und Proviant holen und auf dem Strand ausbreiten. Honkatz legt Gioldan auf einer Decke ab und streckt sich gähnend. Er legt sich zu dem Jungen und schläft kurz darauf ein. Wokritz setzt sich zu ihnen und beobachtet staunend die Brandung.

‚So viel Wasser! Wie kann das nur sein?‘, fragt er sich beim Hinlegen, während ihm gähnend die Augen zufallen.

Einer der jüngeren Krieger schaut mit großen Augen neugierig zum unendlichen Gewässer.

»Ist das wirklich alles Wasser?«, fragt er ungläubig.

»Ja, Sokratritz. Aber das kann man nicht trinken. Es ist salzig«, antwortet der Anführer.

Der Jugendliche nähert sich vorsichtig den Wassermassen. Langsam geht er Schritt für Schritt weiter und bleibt im knöcheltiefen Wasser stehen. Das kühle Nass benetzt seine nackten Beine, zieht sich sogleich zurück, um kurz darauf erneut die Beine zu umspülen.

Zögernd taucht er seine Fingerspitzen in die Brandung und leckt an den Fingern.

»Das ist ja wirklich salzig!«, ruft er aus und der Anführer schmunzelt.

Überrascht schaut Sokratritz das Wasser an und geht vorsichtig noch ein paar Schritte weiter. Das Wasser reicht ihm nun bis zu den Knien.

Grinsend schleudert er das Wasser mit den Händen hoch und ein kleiner Regenbogen entsteht. Während es herabregnet, schaut er staunend auf das Farbspektakel.

Er will es greifen und macht einen Schritt darauf zu.

Sein Fuß rutscht ab und im Reflex lässt er sich rückwärts fallen. Panisch rappelt er sich auf und hastet hustend aus dem Wasser.

Zitternd setzt er sich zu den anderen auf eine Decke.

»Das Meer ist tückisch. Das ist kein Ort für Menschen«, sagt der Anführer ruhig zu ihm und reicht ihm eine Decke. »Ruh Dich lieber etwas aus. In einer Stunde reiten wir weiter.«

Bis auf zwei Männer, die Wache halten, dösen nun alle anderen.

Gähnend streckt sich der Kleine und blickt sich um. Mit großen Augen schaut er auf das Meer. Breit grinsend zieht er sich aus, lässt die Kleidung achtlos neben Wokritz und Honkatz auf die Decke fallen und läuft zum Wasser. Jauchzend läuft Gioldan quer in die Brandung.

»Geh nicht zu tief rein, Gidanitz! Das ist gefährlich!«, ruft eine der Wachen.

»Ja! Ich passe auf!«, ruft Gioldan zurück. Er setzt sich in den nassen Sand und baut eine Sandburg. Die Wache dreht sich beruhigt wieder um und hält nach Feinden Ausschau.

Honkatz beobachtet seinen Freund eine Weile und döst schmunzelnd wieder ein.

Gioldan verliert nach einer Weile die Lust und trottet am Strand entlang. Er sammelt allerlei Strandgut und spielt damit.

Ein im seichten Wasser treibender Baumstamm fesselt seine Neugier und er turnt auf ihm herum. Etwas später setzt er sich auf den Stamm, lässt seine Beine im Wasser baumeln und genießt den Anblick des endlosen Horizontes.

Lautes, panisches Geschrei reißt Honkatz aus seinem Schlummer. Sofort springt er auf und sucht den Kleinen. Die Männer um ihn herum springen, die Hände an ihre Waffen gelegt, ebenfalls auf und schauen sich kampfbereit um.

»Gidan!«, schreit Honkatz, sich suchend umschauend.

»Da! Auf dem Meer!«, ruft einer der Männer und sie schauen suchend in die Richtung, in die er zeigt.

Der Kleine wird von der Strömung mitgerissen und sein Kopf verschwindet immer wieder unter Wasser.

Panisch schnappt er nach Luft und atmet dabei immer wieder Wasser ein, während er verzweifelt versucht, mit seinen Fingern an dem, sich drehenden, glitschigen und mittlerweile rindenlosen Baumstamm Halt zu finden, diese aber immer wieder abrutschen.

Entsetzt schauen alle hilflos aufs Meer.

Mit schreckensweiten Augen hastet Honkatz auf das Wasser zu. Ohne darüber nachzudenken, dass er sich in Lebensgefahr bringt, stürzt er sich in die Wellen, um den Kleinen zu retten.

Kaum verliert er den Bodenkontakt, geht er auch schon selbst unter. Panisch strampelt er mit Armen und Beinen, um sich über Wasser zu halten, wird aber von seiner durchnässten Kleidung nach unten gezogen.

Einer der Krieger stürzt ihm hinterher und zieht ihn aus dem brusthohen Wasser. Hustend klammert sich der Junge an den Mann, der ihn an den Strand trägt.

Wokritz und Honkatz klammern sich weinend aneinander und starren Gioldan hinterher, der von der Strömung immer weiter ins Meer hinausgezogen wird. Betroffen legt der durchnässte Krieger ihnen die Hände auf die Schultern.

Der Anführer schreit Befehle.

Sofort springen zwei Männer auf ihre Pferde und galoppieren in beide Richtungen den Stand entlang, dabei das Meer beobachtend. Einer der Reiter nähert sich der Fischersiedlung und schreit aufgeregt nach Hilfe. Aufgebracht zeigt er dabei immer wieder zum Meer und deutet einen Ertrinkenden an.

Die Dorfbewohner versuchen, aus dem Kauderwelsch schlau zu werden. Nach einer Weile begreifen sie, was der Mann von ihnen will, und rufen wild durcheinander.

Drei Fischer eilen zu ihrem Boot, lösen hastig die Taue und hissen das kleine Segel. Schnell nehmen sie Fahrt auf und halten auf die vermutete Position des Kindes zu.

Der Reiter eilt zu seinen wartenden Kameraden zurück. Er hat seinen Bericht noch nicht beendet, da hasten Wokritz und Honkatz schon zu ihren Pferden und steigen auf. Ein weiterer Reiter schließt sich ihnen an und zu viert eilen sie zu dem Fischerdorf, während die anderen am Rastplatz warten.

Bangend starren beide Gruppen auf das Wasser und beten zu ihren Seelenleitern.

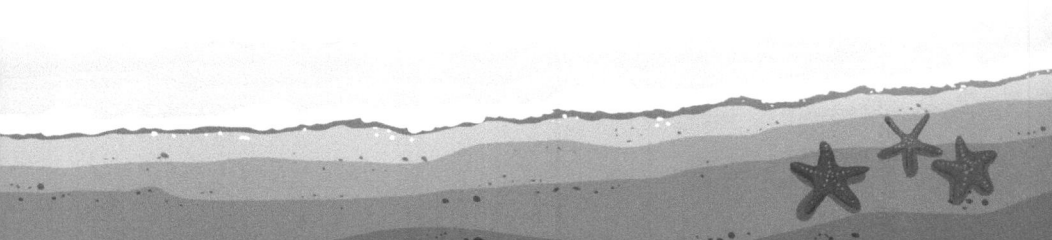

Die Fischer sehen einen braunen Schopf in der Ferne. Sofort passen sie den Kurs an und halten geradewegs auf das Kind zu, fischen es heraus und ziehen es an Bord. Sofort halten zwei der Fischer den nackten Jungen kopfüber hoch und lassen das Wasser aus seinen Lungen laufen, während der dritte Kurs aufs Land setzt.

Der Kleine erholt sich schnell. Hustend spuckt er Wasser und öffnet nach einer Weile benommen die Augen. Er blickt in zwei erleichterte hellhäutige Gesichter.

»Danke«, flüstert er schwach und lächelt leicht, als die Fischer ihm eine Decke umlegen.

Am Steg werden sie schon sehnsüchtig erwartet.

Wokritz und Honkatz eilen dem Boot entgegen, während die beiden anderen Krieger bei den Pferden bleiben.

»Wokritz! Honkatz!«, hustet der Kleine erleichtert und streckt seine Arme nach ihnen aus.

Weinend umarmen sie sich und Wokritz trägt den Jungen an Land. Während er ihn untersucht, schimpft der Krieger auf ihn ein.

»Was sollte das? Du hättest sterben können!«

Der Kleine schaut betroffen zu Boden während er die Standpauke über sich ergehen lässt.

»Es tut mit Leid. Das wollte ich nicht.« Zerknirscht und mit weinerlicher Stimme bittet er um Verzeihung.

Honkatz lächelt und greift seine Hand.

»Gut, dass Dir nichts passiert ist«, sagt er erleichtert. »Bring Dich aber nicht mehr leichtsinnig in Gefahr. Versprichst Du es?«

Voller Ernst, mit großen Augen und zitternden Lippen, verspricht Gioldan es ihm nickend.

Dankbar lächelt Wokritz die drei Fischer an und gibt jedem von ihnen ein Goldstück. Mit großen Augen schauen sie die Münzen an.

Wokritz hebt Gioldan hoch, trägt ihn zu den Pferden und drückt einem der Krieger den Jungen in den Arm.

»Jownitz. Halte mir mal kurz Gidanitz und reich ihn mir hoch«, sagt er, steigt auf sein Pferd und lässt sich das Kind reichen.

Beim Wegreiten dreht sich Wokritz um und winkt den Fischern lächelnd zu. Diese erwidern, immer noch verdattert, den Abschiedsgruß.

Am Strand erwarten sie bereits ein vorbereitetes Lagerfeuer und ein aufgebautes Zelt zwischen den Bäumen.

»Wir bleiben über Nacht«, erklärt der Anführer. »Und wenn ich mir die Kinder so ansehe, dann vielleicht auch morgen noch«, setzt er nachdenklich hinzu.

Der Kleine lässt den Kopf hängen, während Honkatz sich die nassen Sachen auszieht.

»Keine Sorge. Uns kommt ein wenig Ruhe nach der Aufregung auch gelegen«, beruhigt ihn der Mann und ein anderer reicht Honkatz trockene Sachen.

Wokritz trägt Gioldan ins Zelt und Honkatz folgt ihm. Aneinander geklammert, kuscheln sich die Kinder an den Mann und bald darauf schlafen beide tief und fest. Wokritz lauscht erleichtert ihren regelmäßigen Atemzügen und den Geräuschen, die die Männer machen. Bald werden auch seine Augen schwer und er schläft ebenfalls ein.

Schmunzelnd legt einer der Männer einen Umhang über die drei.

»Unsere Mami schläft mit den Kleinen tief und fest«, witzelt er draußen bei den anderen.

»Sei mal vorsichtig. Sonst bricht Dir die Mami alle Knochen«, sagt ein Älterer stirnrunzelnd.

»Oder die Kleinen machen das für ihn«, wirft Sokratritz ein.

»Was Du nicht sagt!«, höhnt der erste. »Ein Kleiner, der gerade erst die Seelenleitersuche hinter sich hat, und der andere, der gerade erst sein Messer bekommen hat? Mach Dich nicht lächerlich.«

Sokratritz schüttelt ernst den Kopf.

»Ich würde mich niemals mit Honkatz anlegen. Selbst Hosnitz hat Respekt vor ihm. Und was den Kleinen angeht. Er hat von Hosnitz sogar ein Messer geschenkt bekommen«, sagt er ruhig.

»Hosnitz? Respekt vor einem Kind? Die laufen doch alle heulend vor ihm weg«, lacht der Witzereißer, während ein paar überrascht Sokratritz anschauen.

»Sieh Dir die Sachen von dem Kleinen an. Vielleicht glaubst Du mir dann«, sagt Sokratritz ruhig.

Anstelle des Aufgeforderten geht Jownitz zu den Sachen des Kleinen. »Nichts Ungewöhnliches. Ein Beutel mit Glaskugeln, ein Holzmesser, ein-«

»Jownitz. Zeig mal das Holzmesser!«, fordert ihn Sokratritz auf.

Der Mann holt das Messer aus der dünnen mit Leder bezogenen Holzscheide.

»Was?« Verdutzt schaut er das Messer an. Nun fordern ihn auch die anderen auf, ihnen das Messer zu zeigen. Entgeistert schauen sie es an.

»Das ist ja wie ein echtes Messer geformt«, spricht einer endlich aus.

»Es schneidet auch wie ein echtes Messer«, sagt Sokratritz. »Willst Du es mal ausprobieren?«

Prüfend nimmt einer es in die Hand und streift mit dem Daumen über die Klinge. Verwundert betrachtet er den Schnitt und gibt das Messer vorsichtig zurück.

Jownitz nimmt das Holzmesser entgegen, legt es zurück und öffnet eines der beiden länglichen Bündel. Eine Lederrolle kommt zum Vorschein. Er öffnet diese und schließt sie sofort wieder, die neugierigen Fragen ignoriert er. Im zweiten Bündel steckt ein richtiges Messer in einer Scheide. Langsam zieht er es heraus. Mit großen Augen starrt er auf die Klinge und setzt sich.

»Was ist?« Langsam dringen die Fragen an sein Ohr. Wortlos reicht er die halb herausgezogene Klinge herum.

Entgeistert starren die Männer auf den eingravierten Schriftzug.

»Hosnitz«, stößt einer kaum hörbar hervor. »Woher?« Er schaut Sokratritz überrascht an.

Der lächelt milde. »Ich war dabei, als Hosnitz ihm das Messer überreichte. Er sagte dem Kleinen, dass er das Messer erst dann offen tragen dürfe, wenn er alt genug sei. Und dann hat der Kleine ihm gedankt und ihn umarmt.«

Fassungslos starren sie ihn an.

»Hosnitz umarmt?«

Sokratritz steht auf, nimmt das Messer und packt die Sachen des Kleinen zusammen.

»Komm mit. Wir müssen reden«, sagt er dabei leise zu Jownitz. Er bringt die Sachen des Kleinen ins Zelt. Gemächlich geht Sokratritz anschließend zum Strand hinunter.

Langsam steht Jownitz auf und folgt ihm.

DIESE GESCHICHTE SPIELT IN DER SELBEN WELT, WIE DIE AUS DER HERBSTANTHOLOGIE. UND ES GEHT WIEDER UM EINE NICHT GANZ SO TYPISCHE FEE.

21

EINE GESCHICHTE VON WÜSTE,
SAND UND COCKTAILS
© JESSICA BARTEL

Die trockene Wüstenluft brannte heiß in ihrer Lunge. Sie wünschte, sie könnte die Sonne an einem Strand genießen. Dort gab es zwar auch Sand, aber nicht nur. Hier in der Atacama-Wüste, im Norden von Chile, war er überall. Sie hatte das Gefühl, dass er sich in jeder Ritze an ihrem Körper festgesetzt hatte. Und zwar in wirklicher jeder! *Den Sand werde ich noch wochenlang finden*, dachte sie sich.

Sie zog sich das Tuch fester vor Mund und Nase, damit zumindest dort keiner hinkommen konnte. Vielleicht war es daher Einbildung, dass es zwischen ihren Zähnen knirschte. Um sich davon abzulenken, dachte sie intensiver an den Strand: Das Meer rauschte, ein Cocktail in ihrer Hand und der Blick auf heiße, muskulöse Männer und Frauen in zu engen Bikinis, die kaum noch Fantasie zuließen.

Die Sommerferien hätte sie lieber am besagten Strand oder in der Feenwelt verbracht, trotz der Probleme, die sie mit ihrer Familie hatte. Sie war das schwarze Schaf. Ganz anders als ihre Cousine Ava, die immer perfekt war, gute Noten nach Hause brachte und tat, was man ihr sagte. *Wenn die wüssten, was ich eigentlich tue. Und dass Ava gar nicht so toll ist.*

»Nora, ein Sandsturm kommt auf«, meldete Kirk, einer ihrer beiden Begleiter.

»Das fehlte uns noch«, grummelte sie gedämpft durch das Tuch. »Wir suchen uns einen Unterschlupf.«

Der Sandsturm war allerdings schneller. Er umhüllte die drei, bevor sie ein sicheres Versteck finden konnten.

»Eigentlich wollte ich meine Magie aufsparen.«

Nora spannte die Schultern an, um ihre Flügel erscheinen zu lassen, doch Kirk legte eine seiner riesigen Hände darauf. »Das ist keine gute Idee. Deine Flügel würden bei dem Sturm verletzt werden.«

Der Gargoyle hatte Recht. Würden ihre Flügel verletzt werden, konnte sie keine Magie anwenden. Außerdem war es schmerzhaft und die Genesung dauerte lange. Zusätzlich bestand die Gefahr, dass sie gar nicht mehr heilten. Wie konnte sie nur so leichtsinnig sein? Vermutlich weil sie immer noch mit den

Gedanken am Meer war. Sobald dieser Auftrag erledigt war, würde sie den restlichen Sommer damit verbringen, Cocktails zu schlürfen. Der Sandsturm wurde dichter. Man konnte kaum noch etwas sehen. Sie mussten sich unbedingt in Sicherheit bringen. Nora verengte die Augen, ließ den Blick schweifen, während sie und ihre Begleiter sich weiter voran kämpften. Sie konnte nichts ausmachen. Außer … War das gerade ein Aufblitzen, als würde Metall in der Sonne reflektieren? Das könnte bedeuten, dass sie ihrem Ziel näher waren als gedacht. Oder ihr Ziel hatte sie gefunden.

Noch einmal blitzte es metallisch im Sturm auf. Sie bedeutete den Gargoyles, ihr in die Richtung zu folgen. Sie mussten vorsichtig sein, denn der Allicanto lockte zu gerne Menschen in die Falle, die an sein Gold und Silber wollten, stürzte sie die Klippen herunter oder in Felsspalten. Nur waren sie keine Menschen und nicht hinter den Edelmetallen her. Sie waren hier, um dafür zu sorgen, dass der Vogeldämon keine Menschen mehr in den Tod schickte. So lautete der Auftrag der Behörde.

Langsam und mühselig schritten sie weiter voran. Nora war sich nun sicher, in jeder Ritze Sand zu haben, auch dort, wo keine Sonne hinkam.

Eine Felsformation tat sich vor ihnen auf und das metallische Leuchten, welches vom Gefieder des Allicanto kam, verschwand in einer Spalte. Das schrie förmlich nach Falle, trotzdem folgten die drei Agenten weiter dem Vogeldämon.

Nora quetschte sich zuerst durch den Spalt. Die Höhle dahinter lag in völliger Dunkelheit. Sie wagte es, ein kleines Licht zu erschaffen. Dazu musste sie nicht einmal ihre Flügel auspacken. Einfache Zauber funktionierten auch ohne Flügel, die die Magie aus der Umgebung zogen. Ihre breitschultrigen Begleiter brauchten einen Moment länger, bis sie sich durch den engen Spalt gequetscht hatten. Im dämmrigen, magischen Licht setzten sie ihren Weg fort. Nora spürte, dass sie es nicht mehr weit hatten. Sie mussten im Hort des Allicanto sein.

Bald tauchte ein helles Loch vor ihnen auf. Das Ende der dunklen Höhle. Kirk bedeutete Nora zu warten. Er und Steven gingen weiter, traten durch das Loch und verschwanden so aus Noras Blick, da die Helligkeit dahinter es schwer machte, etwas zu erkennen. Ungeduldig lief sie auf und ab. Zum Glück dauerte es aber nicht lange, bis Kirk wieder auftauchte.

»Alles sicher«, sagte er und verschwand erneut. Nora folgte ihm. Der Anblick, der sich ihr in der riesigen Kaverne bot, raubte ihr den Atem.

Der künstliche Hohlraum, der zu einer Bergbaumine gehörte, war gefüllt mit Gold und Silber. Zum Teil schimmerten sie noch als Adern in den Wänden.

Ein Kratzen auf dem Steinboden rechts von ihnen lenkte ihre Aufmerksamkeit auf sich. Der Allicanto kam hinter einem Haufen Gold hervor. Er senkte seinen Kopf und kam auf sie zu. Trotzdem war er noch fast so groß wie die beiden Gargoyles. Sein Gefieder glänzte golden und seine Bewegungen waren schwerfällig. Er hatte wohl gerade etwas von dem Gold gefressen. Das war ihr Glück, denn mit leerem Magen war er verdammt schnell.

Nora hob beide Hände und ging ihm vorsichtig entgegen. »Wir wollen dein Gold und Silber nicht. Wir sind hier, um zu reden.«

Der Dämonenvogel flatterte mit seinen nutzlosen Flügeln und krächzte bedrohlich. Seine glühenden, scharfen Augen fixierten Nora. Erneut wünschte sie sich ans Meer. *Nur noch diesen einen Auftrag. Dann geht es in den verdienten Urlaub. Tequila Sunrise bis zum Abwinken.*

»Wir kommen von der Behörde zur Überwachung von Faewesen.« Der Vogel legte den Kopf schräg. Natürlich hatte er noch niemals davon gehört. Auch wenn er zur magischen Welt gehörte, war er trotzdem ein Tier. Ein kluges, hinterhältiges Tier.

»Wir sind hier, um eine Lösung zu finden. Du kannst nicht weiter Menschen töten.«

Nora bekam ein weiteres bedrohliches Krächzen als Antwort.
»Schon klar, du willst dein Futter und dein Nest beschützen. Dabei können wir dir helfen.«

Sie spannte ihre Schultern an, zog die Schulterblätter zusammen und ihre Feenflügel erschienen am Rücken. Dank des magischen Stoffs ihrer Kleidung musste sie keine Löcher hineinschneiden. In manchen Fällen konnte das echt beschissen aussehen.

Die Flügel fingen augenblicklich an zu leuchten, übertrafen fast das Gold und Silber.

Der Allicanto richtete sich daraufhin zu seiner beeindruckenden vollen Größe auf. Nora machte automatisch einen Schritt zurück. Die beiden Gargoyles machten sich neben ihr schon kampfbereit. Sie bedeutete ihnen, sich noch zurückzuhalten.

»Ich will dir nichts tun. Ich belege deine Höhle mit einem Zauber, damit niemand hierher kommen kann.«

Noch nicht überzeugt, blieb der Dämonenvogel in seiner Angriffshaltung. Nora ließ sich nicht davon beirren, hob ihre Hände vor sich und wollte gerade den Zauber weben, als ein Schrei aus dem Tunnel, auf der anderen Seite der Kaverne zu vernehmen war.

»Was zum …?« Nora nahm die Hände runter und rannte los. Kirk und Steven folgten ihr auf dem Fuß. Auch der Vogel setzte sich in Bewegung, immer noch träge.

Der Tunnel war kurz und so kamen sie schnell in die nächste Höhle, die noch zur ehemaligen Mine gehörte. Schienen, auf denen eine Lore stand, führten nach draußen. Dann erblickte Nora die Ursache des Schreis: zwei junge Männer wurden von einem weiteren Allicanto mit silbernem Gefieder durch die Höhle gejagt.

Nora zog beide Brauen nach oben. »Na großartig. Jetzt muss ich auch noch Gedächtnisse löschen. Das ist immer so anstrengend.« Und verboten, aber für Agenten der Behörde wurde eine Ausnahme gemacht.

Ihre Flügel leuchteten hell auf und sie wob geschickt zwei Zauber hintereinander. Der Allicanto blieb mitten in der Bewegung stehen. Der goldene Allicanto machte Anstalten, seinen Gefährten zu retten. Kirk und Steven spannten ihre Muskeln an, ihre Haut wurde zu Stein. Der Dämonenvogel wich erschrocken zurück und fauchte erbost.

Die beiden Menschen drehten sich überrascht zu der Fee um. Bevor sie weiter darauf reagieren konnten, wurden ihre Augen leer, als sie der zweite Zauber traf.

»Ihr werdet jetzt gehen und alles vergessen, was ihr hier gesehen habt«, befahl sie den Männern.

Die Männer nickten, drehten um und liefen aus der Höhle hinaus. Erst als sie außer Sicht waren, löste Nora den Zauber um den silbernen Allicanto.

Beide Vögel beschwerten sich krächzend, verzogen sich aber zu ihrem Hort.

Kirk entspannte sich. »Ich hätte gedacht, dass sie sich doch noch auf uns stürzen.«

»Ich schätze, sie haben verstanden, dass wir helfen wollen. Nun zu dem, wofür wir hier sind.« Nora legte einen Zauber auf die beiden Höhleneingänge, um diese vor der Außenwelt zu verbergen. Nur sie selbst konnte durch die Illusion sehen.

»Jetzt können wir in den Urlaub starten.«

»Erst, wenn der Papierkram erledigt wurde.« Steven grinste Nora frech an.

Sie holte aus und schlug ihm gegen den Oberarm, was auf Grund seiner festen Muskeln in ihrer Hand schmerzte. Steven und Kirk lachten auf.

»Blödmänner. Na los. Bringen wir den Bürokratiemist hinter uns und danach gebe ich den ersten Cocktail aus.« Mit diesen Worten schlenderte Nora aus der Höhle.

Der Sandsturm hatte mittlerweile aufgehört. Die Luft fühlte sich noch trockener und heißer an, im Gegensatz zur Kühle der Höhle.

Jetzt nur noch bis zum Treffpunkt laufen und wir können endlich verschwinden. Der Gedanke sorgte dafür, dass sie beschwingt losging.

Als sie fast angekommen waren, glaubte Nora aus dem Augenwinkel zwei metallische Lichtspiegelungen zu sehen. Doch nach dem nächsten Blinzeln waren sie schon wieder fort. Die Dämonenvögel wollten wohl auf Nummer sichergehen, dass sie verschwanden.

Ein Schmunzeln legte sich auf ihre Lippen und kopfschüttelnd stieg sie in den Helikopter, der sie aus der Wüste davon trug.

Fantasy

FSK 12

2 2

ARÍNA ELYSSE – TROCKENEBENE

© ALEXANDRIA WERDER

Aerna seufzte schwer und schielte hoch zum wolkenlosen Himmel. Sie wagte nicht, zu den zwei Sonnen zu blicken, und wagte nicht, sich umzusehen. Das Wichtige war geradeaus. Irgendwo. Irgendwie. Durch die trockene Steppe hatte sie unbedingt gehen wollen. Sie hatte Geschichten aufgeschnappt, von damals, als die Reiche noch nicht geeint waren. Und jenen Geschichten hatte sie natürlich nachgehen wollen.

Rochím hatte sie gewarnt, aber er hatte sie auch ziehen lassen. Er würde auf sie warten, sagte er. Er hatte ihr genug Zeit gegeben, dachte sie. Aber jetzt war sie sich nicht mehr sicher, und jetzt, schwer seufzend, musste sie sich eingestehen, dass sie lieber ihren Meister bei sich gehabt hätte, der erfahren darin war, sichere Wege zu finden und sichere Stätten ausfindig zu machen.

Die junge Bardin griff nach ihrer Wasserflasche und nahm einen kleinen Schluck. Sie musste sparsam damit umgehen, und sparsamer noch mit ihren Kräften. Sie hatte zwar Karten gesehen, hatte sich Beschreibungen geben lassen, aber jetzt, Schritt um Schritt auf trockenen Boden setzend, war sie sich nicht mehr sicher, ob und wo und wann sie fruchtbaren Grund und sicheren Schatten finden würde. Ruinen suchte sie. Und eine kleine Ortschaft, irgendwo inmitten des kargen, von alten Zaubern befallenen Landes. Was genau diese Zauber waren, das wollte sie ergründen, auch wenn sie diese Entscheidung inzwischen bereute.

Ihr Blick war starr geradeaus gerichtet. Dem Horizont entgegen, bei dem sie weit und breit nichts weiter sah als vertrocknete Grashalme, staubige Erde und in der Ferne vereinzelt verstorbene Bäume, vom Sonnenlicht weiß gebleicht. Einen dieser Bäume steuerte sie an. Ihre Gedanken wanderten weiter, sich selbst verfluchend für diese absurde, dumme Idee. Selbst Rochím verfluchend, dass er sie nicht aufgehalten hatte. Sie war alleine und ihr Wasser würde bald zur Neige gehen.

Seit hundert Jahren hatte es hier wohl nicht geregnet, das sagten die Geschichten. Seit hundert Jahren lag eine kleine Ortschaft inmitten des öden Landes, wo sich ein kleines Völkchen sammelte, welches Elar und dessen Sonnen um Vergebung bat. Jahr für Jahr taten sie Buße, damit das Land wieder fruchtbar wurde, und Jahr für Jahr pilgerten manche Gläubige in diese Steppe, im Glauben, dass man hier den Segen Elars bekäme.

Elars Kinder aber brannten gerade fürchterlich heiß in ihrem Rücken. Beide Sonnen, so blendend und heiß, dass selbst die dünne Leinenkapuze wenig zu helfen schien. Als ob die Sonnen sie verspotteten, oder bestraften für ihren dummen Gedanken, diesen Weg auf sich zu nehmen! Sturheit hatte am Anfang obsiegt. Dann Trotz. Dann schlichte Resignation, da der Weg geradeaus vermutlich kürzer war als der Weg zurück.

Sie seufzte. Ihr Blick senkte sich, wanderte dann nach links und schließlich nach rechts. Sie machte den Fehler, sich die Umgebung anzusehen. Schon vor Stunden sah sie dasselbe Bild: Ödnis. Staubige Erde. Vertrocknetes Gras und keine einzige Wolke am Himmel. Und mit dieser ernüchternden Erkenntnis starrte sie wieder geradeaus, wieder zu dem einen Baum, der ihr Wegweiser war. Und sie wanderte weiter.

Der Baum, oder das, was davon übrig war, war größer als sie erwartet hatte, wenn auch schon seit Jahren tot und von staubigen Winden glatt geschliffen. Dennoch, in den Überresten fand sie Schatten, und in diesem Schatten saß sie und stimmte ihre Laute. Die fast leere Flasche Wasser hatte sie neben sich liegen, und noch immer sah sie keine Zivilisation oder einfach nur eine Wasserquelle, in irgendeiner Richtung.

»Wo hast du mich bloß hinziehen lassen, Rochím, hm?«, murmelte sie, als sie gedankenverloren die Saiten anschlug. »Ja, ich bin sturer als du, alter Mann, aber was hast du dir dabei gedacht?« Sie schüttelte den Kopf, schielte kurz hoch in die Ferne, dann wieder hinunter zu ihrem Instrument. »Wolltest du mich etwa loswerden?«, schnaubte sie kurz empört, dann lächelte sie halb, schüttelte erneut den Kopf. »Nein, dafür magst du mich zu sehr«, wusste sie, und nach erneutem Seufzen begann sie zu singen. Das erste Lied war ein Lied zu Ehren Elars, in der vagen Hoffnung, dass die untergehenden Sonnen am kommenden Tage weniger heiß brennen würden. Das zweite Lied war ein schlichtes Wanderlied, welches ohne Gesellschaft ihr nur wenig Freude bereitete. Und nach dem dritten Lied, eigentlich eine schöne Geschichte über eines der von ihr bereisten Länder, da legte sie die Laute beiseite und machte sich daran, ein Lagerfeuer vorzubereiten. Trocken genug war ja alles. Und Holz, wenn sie vorsichtig damit umging, war auch genug da. Es war zwar zu früh, um zu schlafen, das Feuer gegen die nahende Dunkelheit vorzubereiten, schadete aber nicht, solange sie noch Tageslicht hatte.

Sie feilte an einem Text, während das kleine Feuer vor ihr knisterte. Die Laterne neben ihr, mit einer Kerze bestückt, half ihr, zu sehen, was sie da notierte, durchstrich, umschrieb und neu notierte. Die Sterne der Korravah funkelten über ihr und boten Inspiration. Ein Lied über die Lichter der Welten sollte es werden. Oder so hatte sie es sich zumindest vorgenommen. Konzentriert arbeitete sie weiter, und allzu spät bemerkte sie die Gesellschaft, die sie vermutlich durch das Feuer angelockt hatte.

»Ein seltener Anblick«, sprach die Männerstimme. Angenehm und ruhig war der Klang, aber sie erschreckte sich fürchterlich und ihre Feder schob sich quer über ihr Papier. Sie sah zur Stimme und deren Besitzer, war aber wie erstarrt. Rochím wäre enttäuscht gewesen, dachte sie sich. Ihr Schwert war noch immer an ihrem Rucksack festgebunden, und der lag hinter ihr irgendwo. Die einzige Waffe, die sie gerade griffbereit hatte, wäre ihr Tintenfass gewesen. Der Mann lachte und hockte sich ihr gegenüber.

Das kleine Feuerchen half nicht viel, um den Fremden zu erleuchten. Knapp über zwanzig Winter muss er gesehen haben, ähnlich wie sie, sie war sich aber nicht ganz sicher. Unbewusst rutschte sie etwas zurück, gegen ihren Rucksack. »Und mit wem habe ich die Ehre?«, fragte sie misstrauisch und mit leicht zusammengekniffenen Augen. Liedtext und Feder legte sie jeweils zur Seite. Sie durfte sich nichts anmerken lassen, musterte den Fremden weiter.

»Verzeiht. Janis mein Name. Der Wind sang am Abend und in der Dunkelheit erkannte ich in der Ferne Licht, welches weder von Mond noch Sternen kam. Ich wurde gesandt, um nach dem Rechten zu sehen«, erklärte er sich. Und nach kurzem weiteren Mustern nickte Arína langsam. Der Mann schien keine Waffen an sich zu tragen, war ungerüstet, die Kleidung fast schon robenhaft und mit Stickereien verziert. Keine direkte, offensichtliche Gefahr. Sie atmete aus und entspannte sich.

»Ich bin Arína Elysse, Bardin Vinnels, zu Ehren der Göttin Vinnel und aller Künste.« So stellte sie sich vor und neigte den Kopf sachte zum Gruß. Ihr Magen knurrte hörbar. Und sie räusperte sich.

Janis, so wie er sich vorstellte, musste wieder lachen. »Eine Bardin! Und eine hungernde dazu! Ich kann nur ein paar Beeren anbieten, und die Reise dauert etwas, aber bitte, kommt, werte Arína Elysse. Gäste sind stets willkommen. Ihr habt sicher viel zu berichten.«

Sie war mit ihm gegangen, trotz ihres Misstrauens, und hatte geduldig seine Fragen beantwortet. Aber ihr Schwert hatte sie sich umgegürtet, unter dem Vorwand, dass es nur ein Tanzschwert sei und es so leichter zu tragen wäre, was nicht der Wahrheit entsprach. Es war aber gut, dass sie mitzog, denn auch wenn die Reise, wie er sagte, etwas dauerte, und sie wirklich müde war nach der Ankunft, so hatte sie endlich jenen Ort gefunden, den sie gesucht hatte. Eine kleine Ortschaft, fruchtbares Gras, kleine Felder mit reifen Beeren, lebende Bäume, die Schatten spendeten und eine Ziegelhütte, die ihr und allfälligen weiteren Pilgern Schutz und Unterkunft bot.

Am Morgen sammelten sich einige Bewohner um sie, aus allerlei Völkern stammend, wie es ihr schien. Viele von ihnen waren einst Pilger gewesen, die einfach geblieben waren, da sie die Ruhe genossen, oder die Gesellschaft, oder sonstige Gründe hatten, diesen wirklich abgelegenen Ort ein Heim zu nennen. Aber auch Kinder lockte sie an, die Gefallen an ihren

bunten Kleidern fanden und zu jeder Stickerei und jedem Bildnis an ihrer Ausrüstung die Geschichte hören wollten. So war sie bis zum Abend beschäftigt mit Erzählen, und kam erst zur Nacht hin dazu, ihre eigenen Fragen zu stellen.

Sie lernte, dass der Ort auf alten Ruinen erbaut wurde, die hinter dem Schrein zum Teil erreichbar waren. Welches der uralten Völker die im Boden versunkene Ortschaft einst erbaute, konnte keiner sagen, aber man wusste zu berichten, dass viele Gelehrte auf viele Theorien kamen. Das Einzige, wobei sich eben die Wissenden einig waren, war die Schlacht, die einst hier stattgefunden hatte. Zu den Sonnenkriegen blühte hier eine Stadt, doch wurde sie umkämpft und die Mächte, die wirkten, zerstörten nicht nur eben jene Stadt, sondern auch das weite Umland. Ein Teil des Gebietes habe sich erholt, und direkt hier konnte man vor einiger Zeit einen Brunnen erneuern. Aber die Geheimnisse blieben.

Die Details brachten ihr genug Inspiration, dass sie am folgenden Morgen wieder einiges aufschreiben konnte. So konzentriert war sie gewesen, dass sie die aufziehenden Wolken nicht bemerkte. Erst als sie sich wunderte, ob es schon wieder Nacht geworden war, da schaute sie aus ihrer Pilgerhütte hinaus, hoch zu den immer dunkler werdenden Wolkendecken.

Hundert Jahre hatte es nicht geregnet, so sagte man. Und sie musste lachen. »Ist das der Grund, warum ich her sollte, Rochím? Damit ich einen Sommerregen abbekomme?« Und dann grollte der Himmel als Antwort.

Um sie herum gab es viel Tumult. Planen wurden nachgespannt, Eimer und Gefäße wurden ins Freie gestellt. Dem Gemurmel nach hatte man den einsetzenden, noch tröpfelnden Regen erwartet. Vielleicht fühlte es sich nur so an, als regne es alle hundert Jahre, so dachte Arína, die ihre flache Hand ausstreckte, um die Tropfen zu spüren. Noch ein Grollen des Himmels, und aus den Tropfen wurde ein Starkregen. Jubel, vom Platschen halb verschluckt, war um sie herum zu hören. Kinder lachten, tanzten im angenehmen Nass, während sie selbst einfach lächelte.

»Wer hätte gedacht, dass ich Regen irgendwann mal genießen würde.«

Das würde Rochím gefallen. Vielleicht war das ja die Lektion, die er ihr beibringen wollte. Oder er war einfach auf die Geschichte ihres kleinen Abenteuers gespannt. Erzählen würde sie ihm, was sie erlebte. Und mit Stolz zeigen, was sie in der Zeit an Liedern und Geschichten geschaffen hatte.

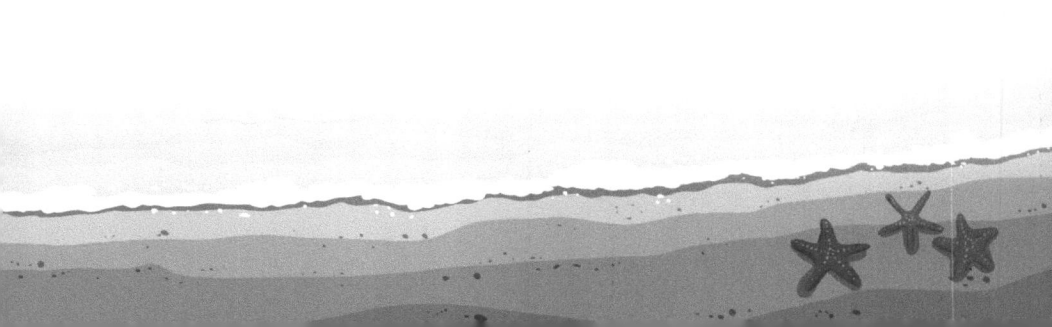

23

Fantasy

FSK 12

KALEIDOSKOP

Die Wolken am azurblauen Himmel verrieten nichts.

Die Luft flirrte.

Vielleicht hätte man ob der brütenden Hitze misstrauisch werden können. Oder vielmehr werden sollen.

Vielleicht.

Raŝkin fluchte und zog sich den Schal enger um den Kopf. Die Sonne brannte unbarmherzig auf sie herab. Binnen Sekunden wurde ihre Haut klebrig, wenige Minuten später rann ihr der Schweiß bereits in Bächen von der Stirn.

Die staubtrockene Luft kratze im Hals und sie musste husten. Keuchend angelte sie nach ihrer Wasserflasche, nur um festzustellen, dass sie nahezu leer war.

»Verdammter Dreck!«, entfuhr es ihr.

›Warum ausgerechnet hier?‹ Ihre Gedanken schienen ebenfalls schon auszutrocknen. ›Überall sonst hätte ich den Bastard lieber gesucht. Aber nicht hier, in diesem Glutofen.‹

Sie steckte die Feldflasche zurück in ihren Gürtel und setzte ihren Weg fort.

Der steinige Gebirgspfad gewann merklich an Steigung und begann auch bald an Raŝkins eigentlich guter Kondition zu zehren.

Sie biss die Zähne zusammen und stapfte voran, die Augen zusammengekniffen. Ihr Blick huschte immer wieder von links nach rechts, streifte jeden Felsen, jede Kluft, die groß genug war, um als Versteck zu dienen.

»Wo hast du dich verschanzt?«, knurrte sie. Dann etwas lauter.

»Wo bist du?«

Keine Antwort.

»Bistu bistu bistu«, hallte es wie Geisterstimmen von den schroffen Felsen wieder.

Raŝkin fröstelte. Obwohl es kochend heiß war, liefen ihr einige Schauer über den Rücken.

›Lächerlich‹, schalt sie sich in Gedanken, ›es gibt keine Geister. Es ist nur ein Echo.‹

Sie wischte sich den Schweiß von der Stirn und stapfte weiter. Steinchen klackerten den Weg hinab, knirschten unter ihren Stiefeln. Neben dem Rauschen ihres eigenen Blutes konnte sie den Klang ihrer Schritte hören.

Wieder.

Und wieder.

Waren das wirklich noch ihre eigenen Schritte?

Raŝkin wirbelte auf dem Absatz herum.

Nichts.

Sie schnaubte und wandte sich wieder um.

Die Luft flirrte und spiegelte sich in den Felsen, die hoch und steil aufragten. Wie an Glas brach sich das Licht an Kanten, an glatten Steinflächen, und warf Lichtflecken und bunte Farben in die Luft.

Sie blieb stehen, betrachtete das Schauspiel nicht ohne Anerkennung.

»Sowas sieht man in der Stadt nicht«, brummte sie und pfiff anerkennend.

Der Pfiff wurde von den Wänden zurückgeworfen, trillerte durch die Schlucht, vermischte sich mit den hellen Tönen einer Flöte ...

Raŝ rieb sich die Augen. War da etwas?

Sie lauschte in die Stille, hielt den Atem an.

Da!

Ein Flötenton, hell wie Vogelsang, trällerte durch die Schlucht zu ihr zurück, lockend und zärtlich. Er traf Raŝkin tiefer, als sie es für möglich gehalten hätte, direkt ins Herz und ihre inneren Sehnsüchte.

Das war kein Echo.

Das war ... Musik.

»Hab ich dich, du Bastard«, murmelte sie und setzte sich wieder in Bewegung. »Na warte.«

Der Weg stieg steil an, die Pflanzenwelt war hier schon spärlich, sie befanden sich bereits über der Baumgrenze. Der einzige Schatten wurde von schroffen Felsen gespendet. Raŝkin legte eine Hand an den warmen Stein und zog sich voran.

Sie sammelte ihre Kräfte und trieb sich vorwärts, weiter. Immer weiter.

Irgendwo musste er doch stecken.

Aber entweder lief er vor ihr davon oder ihre Wahrnehmung spielte ihr einen Streich.

Mal klang der Ton ganz nah, dann wieder weit entfernt. Raŝkin schüttelte den Kopf. Sie blinzelte und hob den Blick. Ihr Atem stockte.

Die Sonne fiel durch die Schlucht, obwohl noch nicht voll am Himmel stehend, oder vielleicht gerade deswegen, warf sie ihr Licht in alle Himmelsrichtungen.

Wie schon zuvor brach es sich. Große und kleine Lichtkreise erhellten die dunkle Felslandschaft. Strahlen aus Regenbögen spannten sich von einem Licht zum nächsten, wie ein undurchsichtiges Netz, in welches sich zarter Flötenklang webte wie ein Goldfaden in einen kostbaren Teppich.

Raŝkin wagte kaum, zu atmen, spürte kaum, wie ihre Beine sie den Weg hinauf trugen. Sie war gefangen in diesem Schauspiel aus Licht und Farben und Tönen. Sie spürte weder die Hitze noch die Trockenheit, während sie dem Weg folgte.

Die Töne schlangen sich um sie wie ein warmer Schal im Winter, wie eine Umarmung, aber auch wie ein festes Seil, welches sie immer enger band und sie weiter hinauf zog.

Raŝkin konnte förmlich zusehen, wie sich ihr Verstand verabschiedete.

Die kleine Ecke ihres Gehirns, die noch wach war, war hilflos. Dazu verdammt, dabeizustehen und zuzusehen.

Die Musik drang durch ihre Ohren direkt in ihr Herz und weckte Bilder und Erinnerungen, die sie lang verloren geglaubt hatte. Raŝkin spürte … fühlte … Freude, Angst, Ekstase, Scham, Zorn, Trauer, Glück, all das wusch über sie hinweg wie die Wellen des Ozeans, wenn man in der Brandung lag. Die Gischt benetzte ihr Gesicht und sie lachte, versuchte, die kleinen Wassertropfen aufzufangen, die so salzig schmeckten.

Sie spürte nicht mehr, dass ihre Kehle trocken war, dass es keine Meeresgischt, sondern ihr eigener Schweiß war, der ihr heißes Gesicht hinab rann, während ihr Körper unablässig weiter lief.

In ihrer Wahrnehmung existierte nur noch dieses liebliche Klangspiel, das Zeit und Raum außer Kraft zu setzen schien.

Es vermischte sich mit dem Rauschen ihres Blutes zu einer Symphonie, zu der ihr Herz den Takt schlug.

Ihre Beine trugen sie in einer fließenden Bewegung, einem Tanz gleich, den Pfad hinauf. Die Schritte traumwandlerisch sicher, den Blick nach oben gerichtet.

Dort stand er.

Von Sonnenstrahlen bekränzt schien sein langes Haar, das ihm wie Gold über die Schultern floss. Hochgewachsen, fast hager seine Gestalt. Die kleine Flöte an den Lippen sang und jubilierte wie ein ganzer Vogelchor im Frühling.

Und sie verstand nun, warum man ihn Sonnensang nannte.

Jetzt öffneten sich seine Augen und fingen ihren Blick ein. Raŝkins Atem ging stoßweise, als ihr Körper sich offenbar entschied, innezuhalten. Durch die flirrende Hitze und die Spiegelungen des Lichtes hindurch strahlten Augen so blau wie der Himmel, der sich über ihnen spannte, wolkenlos und weit.

Sie blinzelte.

Alles um sie herum begann langsam, sich zu drehen. Oder war sie es, die sich drehte? Ihre Gedanken schwirren durch ihren Kopf, keiner greifbar genug, ihn einzufangen.

Immer schneller drehte sich die Welt um sie, immer lauter mischte sich das Wellenrauschen mit dem Klang der Flöte und dem Takt ihres Herzens.

Dann wurde es plötzlich still.

Und die Welt versank in gnädiger Schwärze.

Er setzte die Flöte ab und stieg von dem Felsen, auf dem er gestanden hatte. Mit wenigen Schritten war er bei ihr und kniete neben ihr nieder. Als er sie umdrehte, zog er überrascht eine Augenbraue hoch.

Eine Frau.

›Auch egal‹, dachte er, während er ihren Arm ergriff und sie sich in einer gekonnten Bewegung auf die Schulter hievte, ›sie ist leicht.‹

Er sah sich sorgsam um.

Bis in den Schatten war es nicht weit.

Wasser war auch genug da.

Und dann würde er sie fragen, was sie hier wollte.

EINE GESCHICHTE AUS IYUHA,
DER WELT VON JUWELENWALD UND
HANYESHA, ÜBER DEN RITUS DER
EWIGEN SONNE IM GEDENKEN AN
DIE GÖTTIN DES LICHTS, GOGA.

24

EWIGE SONNE

© VERENA BINDER

ILLUSTRATION © SOERBUDDHA

Drei Monde umkreisen die Welt Iyuha. Sie sind unterschiedlich groß und bewegen sich unterschiedlich schnell über das nächtliche Himmelszelt. Der Jahresbeginn zeigt sich in einem dreifachen Vollmond über den Landmassen Iyuhas.

Diese Monde wünschten sich Ventice und Yomee in diesem Augenblick sehnlichst herbei. Denn Monde bedeuteten Nacht und Nacht bedeutete … nicht Tag. Nicht Tag bedeutete keine Sonne, keine sengende Hitze.

»Ich hab dir gesagt, lass uns nach Norden gehen«, keuchte Ventice.

Schweiß stand ihm auf der Stirn und tropfte bereits von Kinn und Nase in den heißen Sand, wo er zischend verdampfte. Er stützte sich auf seinen Kampfstab, dessen Spitze im Wüstensand versank. Seine Wolfsohren waren unter dem Stoff, den er sich schützend über den Kopf geworfen hatte, nicht sichtbar, doch sie hingen schwer hinab. Er war zur Hälfte Faol, wodurch ihn sein pelziger Wolfsschweif noch mehr zum Schwitzen brachte.

»Ich hab ja nicht ahnen können, dass es SO viel Sand ist.« Stöhnend reckte Yomee ihren Katzenkopf in den Nacken. Ihre Vorderpfoten brannten bei jedem Schritt. Einzig ihre echsenartigen Hinterläufe mit den langen, schuppigen Krallen schienen sich wohl zu fühlen. »Oder dass er so heiß ist.«

»Du hast leicht reden, Yomee. Du läufst immerhin im Schatten.«
Und zwar in seinem Schatten.

Das Konzept einer Wüste war beiden vor ihrer Reise hierher nicht bekannt gewesen. Vor einigen Tagen waren sie auf der westlichen Landmasse, Eniermha, angekommen. Über die südlichste der Inselbrücken, die das Land der Wüsten und Canyons mit dem Herzen Iyuhas verband. Dort hatte sie eine flache, warme und trockene Savanne erwartet, die reichlich Vegetation zu bieten hatte.

Von dort aus konnten sie im Norden weit am Horizont die Silhouetten von Bergen erkennen. Im Süden nicht. Yomee war als Imu Atarra hinaus in die Welt gezogen, um das Ende des Horizonts zu finden, und was sie bisher gelernt hatte, war: Wo es etwas am Horizont zu sehen gab, war nicht das Ende.

Daher hatte sie darauf bestanden, den weniger offensichtlichen Horizont zu erkunden. Als die Gegend immer unliebsamer, heißer und weniger lebensfreundlicher wurde, wollte Ventice umkehren, doch der Anblick des schier endlosen Sands hinter einer Kuppe aus schwarzem Vulkangestein hatte sie beide beeindruckt.

»Lass uns gucken, was es hinter dem Sand da gibt«, äffte Ventice die Worte seiner Begleiterin mit kratziger, trockener Stimme nach.

Die Katze verdrehte ihre Augen und peitschte ihren zweigeteilten geschuppten Schweif hin und her.

»Is' ja gut. Sei mal leise.«

»Und wenn wir nichts finden, drehen wir einfach um«, äffte er weiter nach.

»Ventice, Ruhe!«

»Nichts da, wir können nicht umdrehen, wir wissen nicht mal, wo wir -«

»Psst! Hörst du das nicht?«

Ihre schwarzen Ohren zuckten und richteten sich achtsam auf eine Geräuschquelle. Seufzend hielt auch Ventice inne.

»Bäääh.«

Er blinzelte.

»Bäääh.«

Beide wandten ihre Köpfe. Unweit von ihnen flimmerten braune, große Bälle. Nein, keine Bälle. Caorag. Schafähnliche Tiere, wie jene, die Ventice auch einmal im eiskalten Gidmha gesehen hatte. Sie blökten vor sich hin und tummelten sich an einer Oase.

»Ist das Wasser?«, keuchte Yomee.

»Finden wir's raus.«

Sie schleppten sich durch die Hitze und tatsächlich graste dort eine Herde Caorag mit ihrem viel zu dichten, dicken Wollkleid, das sie kugelrund erscheinen ließ, neben ein paar Palmen und einer Wassergrube. Mit glänzenden Augen versenkten Ventice und Yomee ihre Gesichter im Wasser und tranken. Der dünne Schatten des trockenen Baumes tat gut, auch wenn der Temperaturunterschied nicht allzu groß war.

»Was seid ihr denn für Gestalten?«

Auf dem Boden unter einer Palme saß ein Geschöpf, dessen Art weder Ventice noch Yomee je gesehen hatten. Es hatte Ähnlichkeit mit einem sehr großen, aufrecht stehenden Igel, dessen rote Stacheln mehr wie große, lange Platten waren. Ledrige, braune Haut und breite Klauenhände zeichneten diese Art neben den Säbelzähnen wohl aus.

Trotz des ernsten Blickes, der den fehlenden Augenbrauen geschuldet war, strahlte dieser Jarg eine angenehme Ruhe aus.

»Eh. Ventice und Yomee, haben uns verlaufen«, keuchte der Varawyr-Faol und zuckte mit seinen Ohren unter dem Stoff an seinem Kopf.

»Na, dann habt ihr ja Glück, dass ihr die Oase gefunden habt. Irrt wohl schon länger rum, hm?«

»Ja«, bestätigte Ventice, der lächelte, als er mit ansah, wie Yomee sich im Wasser suhlte.

Einen Augenblick darauf staunte er nicht schlecht, als eins der schaf-ähnlichen Caorag sich zu Yomee gesellte. Es tauchte den ohnehin schon gewaltigen Haufen an Wolle um seinen Körper in das kühle Nass und schien dadurch noch wuchtiger zu werden.

»Hey, Bjarn, lass das!«, raunte der Fremde den Caorag-Bullen an und trieb ihn aus dem Wasser.

Ventice hatte erwartet, dass das Schaf vor Wasser triefen würde, doch nur ein paar Tropfen kamen zischend auf dem heißen Boden auf.

»Aber das ist doch super angenehm«, seufzte Yomee, die ebenso wenig wie ihr Begleiter verstand, warum der Caorag das kühle Nass nicht genießen durfte.

»Die saugen ihre Wolle voll damit. Wenn das alle machen, is' die Oase trocken gelegt«, murrte der Fremde.

Er stellte sich kurz darauf als Galet vor. Er war ein Jarg Holcaneag. Eine Jargrasse, die meist in Bergen verbreitet war, bevorzugt gar in Vulkanen, und dort die Lava für ihr tägliches Leben nutzte. Galet hatte die Aufgabe, die Caorag durch die Wüste zu geleiten und durch ihre saugfähige Wolle Wasser in seine Heimat zu bringen. Es war eine glückliche Fügung, dass sein Volk sich unterhalb der beeindruckenden schwarzen Felsen niedergelassen hatte, die im Untergrund Lavakammern enthielten. Ventice und Yomee hatten nirgendwo einen Eingang in diese Felsformationen gefunden, doch sie hatten auch nicht danach gesucht.

»Außerdem seid ihr zu einem spannenden Ereignis hierher gekommen.« Galet nickte zufrieden, und schnitt ein Stück Watte aus dem Flaum des Bocks, der sich im Wasser gesuhlt hatte. Dieser graste friedlich weiter und schien davon nichts zu spüren. Dann nahm er die Watte in den Mund und saugte die Flüssigkeit daraus.

»Und welches?«, fragte Yomee, die ihren Blick nicht von dem Anblick vor sich lösen konnte.

»Der längste Tag des Jahres, hmhm.« Galet nickte und schnitt zwei weitere Fläumchen aus dem wuchtigen Fell. Es fiel gar nicht auf. Die zwei Stücke reichte er an seine Gäste, die sie skeptisch betrachteten. »Greift zu, die Wolle von Caorag ist etwas ganz Besonderes! Aber nicht essen, nur das Wasser raussaugen.«

Ventice nahm das Wollknäul entgegen und drückte es leicht. Wasser quoll heraus.

»Und was passiert am längsten Tag des Jahres?«, fragte er, während er Yomee das andere Knäuel entgegen streckte und sie dabei beobachtete, wie sie daran schnupperte.

»Wir huldigen Goga, der Wanyanka des Lichts. Probiert nur, die Wolle stößt den Sand der Wüste zum größten Teil ab und versiegelt das Wasser in den dicken Haaren.« Der Holcaneag saugte selbst an seinem Stück Caorag-Wolle, ehe er versuchte, seine Gäste mit einer schwungvollen Geste weiter zu animieren.

Yomee versuchte, daran zu lecken, doch ihre raue Katzenzunge zog die einzelnen Haare nur aus dem Knäul heraus, was sie verzweifelt zum Zurücktaumeln brachte, im Versuch, die immer länger werdende

Strähne aus ihrem Mund heraus zu bringen. Ventice musste lachen und Galet grinste nur.

»Saugen, nicht lecken. Ist ja kein Vulkansalz.«

Mürrisch näherte sich Yomee dem Ding wieder, guckte zweifelnd zu Ventice und biss hinein. Gespannt beobachtete ihr Begleiter, wie sie erst zögerlich, dann immer stärker an der Wolle nuckelte. Sie nuschelte ein für Ventice unverständliches »Mh! Das ist voll lecker, mach das auch mal!« in die Wolle. Aber er erkannte wohl, dass es ihr schmeckte. Seufzend blickte er auf seinen Wollknäul, kniff die Augen zusammen und steckte sich einen Teil davon in den Mund. Und er konnte Yomees Reaktion nachvollziehen. Es war, als hätte die Wolle schlechte Geschmäcker aus dem Wasser gefiltert. Es war unerwartet erfrischend.

»Mh, das ist voll lecker!«, stieß er überrascht aus, sein Schweif wedelte und wirbelte den Wüstensand hinter sich auf.

»Sag ich doch!« Yomee drückte ihre Wasserwolle an Ventice Bein und legte sich auf dieses, während sie weiter Flüssigkeit aus der Wolle saugte. Sie hatte viel davon aufgenommen.

»Ohne Caoragwolle solltet ihr nie in die Wüste gehen«, kommentierte Galet zufrieden. »Ich kann euch noch mehr davon geben, wenn ihr weiter durch die Wüste wollt.«

»Wohin führt sie eigentlich?«, fragte Ventice.

»Hinter der Sonnenwüste kommt die Mondwüste, ein noch weitaus gefährlicherer Ort. Steine soweit das Auge reicht und gewaltige Jarg mit riesigen Mündern und unendlich vielen Zähnen, die aus dem Boden stoßen und dich mit einem Happen auffressen«, entgegnete der Holcaneag ernst.

Seine Gäste starrten ihn an.

»Und … danach?«, hinterfragte Yomee mit angelegten Ohren, ehe sie weiter an der Wolle nuckelte.

Galet zuckte mit den massigen Schultern. »Keine Ahnung. Soweit war ich noch nie. Kenne auch niemanden, der die Mondwüste überlebt hat .«

Ventice seufzte und saugte ebenfalls noch weiteres Wasser aus seinem Knäuel. Nachdenklich betrachtete er seine Begleiterin. »Willst du wirklich weiter durch diese Wüste in die noch schlimmere Wüste, Yomee?«

Unentschlossen wiegte sie den Kopf von links nach rechts und von rechts nach links, ihre Schweife zuckten leicht. »Hm … nicht jetzt. Wir können ja nochmal herkommen, wenn wir den Horizont woanders nicht finden.«

Erleichtert stieß Ventice Luft aus. »Gute Entscheidung. Das hätte ich dir auch nicht durchgehen lassen.« Grinsend knuffte er ihr in die Backe und kaum wollte sie sich dagegen zur Wehr setzen, kraulte er sie hinter dem Katzenohr, was sie prompt zum Schnurren brachte.

Galet musterte die beiden mit einem friedlichen Ausdruck in den Augen und stopfte sein Stück Wolle in einen Lederzylinder, den er mit einem passenden Lederstück verschließen konnte. Dann wandte er seinen Blick an das Himmelszelt.

»Es wird bald Nacht«, stellte er fest. »Ich mache etwas zu essen. Ich habe genug für uns drei.«

Dankbar nahmen seine Gäste die Einladung an. Und während Ventice beobachtete, wie Galet eine Feuerstelle aus Steinen und Hölzern baute, hinterfragte er eine Thematik, die ihn interessierte seit der Holcaneag sie angesprochen hatte: »Wie huldigt ihr Goga?«

»Mit Awanya-Lichtern .«

»Was ist das?«

»Awanya ist eine Pflanze, die nahe unserer Schwefelquellen wächst. Wenn man ihre Blätter in dem Schwefelwasser einlegt, werden sie durchsichtig und nach dem Trocknen kann man daraus Ahwane flechten.« Während Galet das erklärte, holte er aus dem festen Lederbeutel, aus dem er auch Holz und Steine geborgen hatte, eine große Schüssel aus Obsidian, die er mit einigen Kräutern füllte.

»Und was sind Ahwane?«, fragte Yomee, die neugierig beobachtete, was der Holcaneag vorbereitete.

»Zeig ich euch später«, antwortete dieser nur und rief den Caorag Bjarn zu sich.

Erst jetzt bemerkten Yomee und Ventice, dass die anderen Caorag an seiner dichten Wolle saugten, um zu trinken. Bjarn selbst schien sich daran nicht zu stören und trabte blökend zu seinem Hirten, was seiner Herde nicht zu gefallen schien. Sie wollten trinken und folgten ihm.

»He, ihr könnt ja gleich wieder«, brummte Galet, worauf entrüstetes Blöken folgte. Er winkte nur ab, als habe er verstanden, was sie ihm entgegen warfen. Mit einigen gezielten Griffen wrang er eine beachtliche Menge Wasser aus der Wolle, was die Schale füllte. Dann schob er Bjarn zurück, dankte ihm, und der Bulle stellte sich wieder als lebendes Trinkgefäß zur Verfügung. Ventice schmunzelte über diese gesamte Situation.

Es dauerte nicht lange, bis Galet das Feuer entzündet hatte und die Schale auf einem groben Gestell aus vulkanischem Metall platziert hatte. Bald begann das Wasser zu köcheln und die Aromen der Kräuter in sich aufzunehmen. Es roch würzig und gut, aber nach nichts, das Ventice oder Yomee kannten. Hunger stieg in ihnen auf, je länger sie diesen wohligen Duft wahrnahmen. Da Galet nur diese Schale besaß - gewohnt, alleine zu essen - teilten sie sich die Suppe daraus.

Es war ein angenehmes Miteinander, das keine großen Worte benötigte, und nach dem anstrengenden Tag tat es gut, diese Ruhe zu genießen und äußerlich die sinkenden Temperaturen zu spüren, während die Suppe das Innere wärmte. Es war die perfekte Zeit dafür und als die Schale leer war, hatten sich die Caorag zum Schlafen dicht aneinandergelegt, was sie wie einen einzigen großen Watteflaum erscheinen ließ.

»Wir feiern nun das Nishuna. Dankbar für die vielen Sonnenstunden, die die heißen Quellen aufladen und die wenigen Wüstenpflanzen mit Energie und Wachstum versorgen, entzünden wir Ahwane, um tausend Sonnen in der Nacht aufsteigen zu lassen und so Gogas Licht auch in die kürzeste Nacht hineinzutragen.«

Galet holte etwas heraus, das von seiner Form her an einen Korb erinnerte. Doch die Öffnung zeigte nach unten und war auf gekreuzte Hölzer gebunden, die eine Art Fackel in das Innere des Korbes hoben. Tatsächlich ließ die mit breiten Pflanzenblättern geflochtene Oberfläche das Licht des Feuers hindurchscheinen, wodurch die Stange der Fackel schemenhaft zu sehen war. Dieses Gebilde war das Ahwan.

Staunend betrachteten Ventice und Yomee, wie Galet die Fackel im Inneren entzündete.

»Möge Gogas Licht Kräfte sammeln«, gab der Holcaneag von sich, lächelte seine Gäste an und ließ das Ahwan los.

»Ohhh!«, drang es zeitgleich aus den Kehlen der Gäste, ihre Ohren stellten sich auf und ihre Schweife wedelten erfreut hin und her.

Das Ahwan stieg wie von Geisterhand in die Luft und leuchtete dort wie eine kleine Sonne gemeinsam mit den Monden. Der große Amar ging gerade erst auf und hatte weniger als die Hälfte seiner Gestalt. Noch einige Tahungwi, bis er für ein paar Tage vollends verschwand. Shysie war nur noch eine schmale Sichel und da auch der kleinste Mond Nama noch nicht aufgegangen war, war der Nachthimmel nicht allzu hell. Das Leuchten des Ahwan war gut zu sehen.

»Seht auch dort.« Galet deutete in den Südosten, wo Ventice und Yomee mit strahlenden Augen in der Ferne weitere Lichter aufsteigen sahen. Es mussten hunderte, wenn nicht tatsächlich tausende Lichter sein.

Begeistert sprang Ventice auf und starrte auf die wunderschöne Lichterschau. Mit einem Satz war Yomee auf Ventice' Schulter und er kraulte seine Begleiterin.

»War ja doch nicht so schlimm, dass wir uns den Sand angeguckt haben«, schnurrte sie.

»Ich geb dir gleich ›angeguckt‹.« Doch Ventice lächelte und beobachtete die vielen Lichter, die immer höher aufstiegen. Es war ein wunderschöner Brauch.

Ein leises Rauschen drang an ihre Ohren. Galet hatte eine Rassel herausgeholt, bestehend aus einem unförmigen, zusammenge-schweißten Stück Obsidian. Er erzeugte damit und mit dem taktvollen Klopfen eines Stocks auf seine eigenen breiten Rückenschuppen eine harmonische Melodie, die eine dichte, nahezu greifbare Atmosphäre schaffte, in die seine Gäste sich ganz und gar fallen lassen konnten. Eine ganze Weile standen sie da und betrachteten die in den Himmel steigenden Lichter, die das Nishuna verkörpern – die ewige Sonne. Leise seufzend ließ sich Ventice wieder nieder, legte sich in den Sand, der noch leicht warm war, doch mehr und mehr abkühlte. Sein Blick war in den Himmel gerichtet, seine Ohren lauschten dem Rasseln, dem trommelnden Rhythmus und dem Schnurren seiner katzenhaften Begleiterin.

»Was für eine Art Jarg ist Goga eigentlich?«, fragte Yomee leise.

»Eine Jarg Nathàrd Shrah«, gab Galet knapp und konzentriert zurück. »Die entstammen den Klapperschlangen. Doch Goga ist eins mit dem Sand der Wüste.«

Seine Gäste nahmen die Erklärung an und betrachteten weiter die Lichter, die immer kleiner wurden am Horizont, je höher sie aufstiegen, doch vielleicht blies der Wind sie auch noch zu ihnen. Ventice atmete tief ein und aus, seine Hand fuhr durch Yomees schwarzes Fell.

Irgendwann endete Galets Melodie und er entließ ein entspanntes Seufzen. Ein kühler Windzug blies durch die Oase, ein letztes Mal saugte Ventice an der vollgesogenen Wolle und breitete schließlich eine Wolldecke über sich und Yomee aus. »Schlaf gut, Yomee«, flüsterte er und spürte, wie sie sich an ihn drückte.

»Galet?«

»Hm?«

»Schlaf gut. Und danke für alles.«

Der Holcaneag brummte nur.

Ventice schloss die Augen. Seine Ohren zuckten, als er ein fernes Zischen und Rascheln hörte.

Doch Galet war es nicht.

Das Ende des Sommers

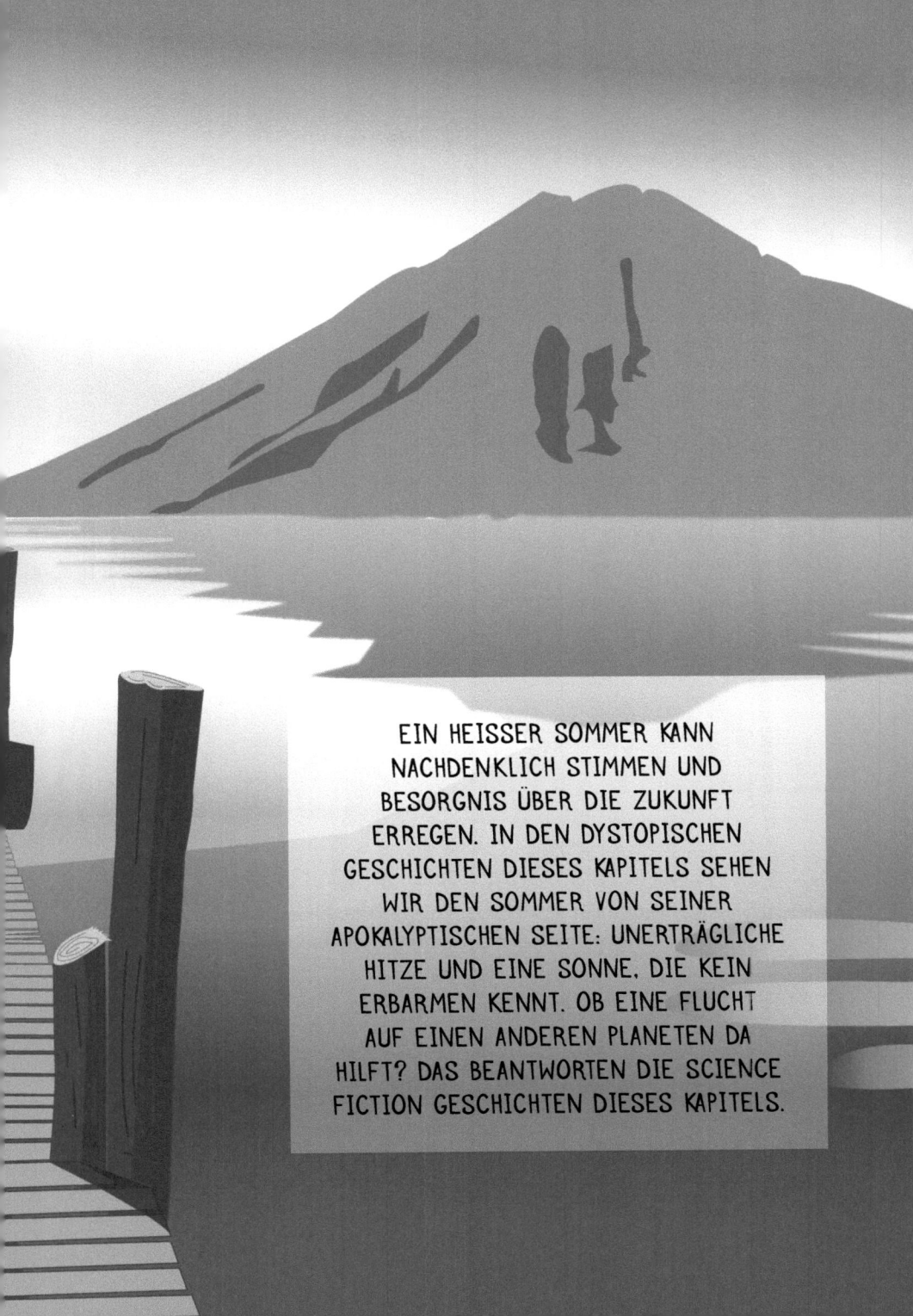

EIN HEISSER SOMMER KANN
NACHDENKLICH STIMMEN UND
BESORGNIS ÜBER DIE ZUKUNFT
ERREGEN. IN DEN DYSTOPISCHEN
GESCHICHTEN DIESES KAPITELS SEHEN
WIR DEN SOMMER VON SEINER
APOKALYPTISCHEN SEITE: UNERTRÄGLICHE
HITZE UND EINE SONNE, DIE KEIN
ERBARMEN KENNT. OB EINE FLUCHT
AUF EINEN ANDEREN PLANETEN DA
HILFT? DAS BEANTWORTEN DIE SCIENCE
FICTION GESCHICHTEN DIESES KAPITELS.

⊗ Tod

DIE GESCHICHTE WAR URSPRÜNG-
LICH MAL FÜR EINEN SCHREIB-
WETTBEWERB UND ICH WOLLTE
SIE SCHON IMMER MIT ANDEREN
TEILEN.

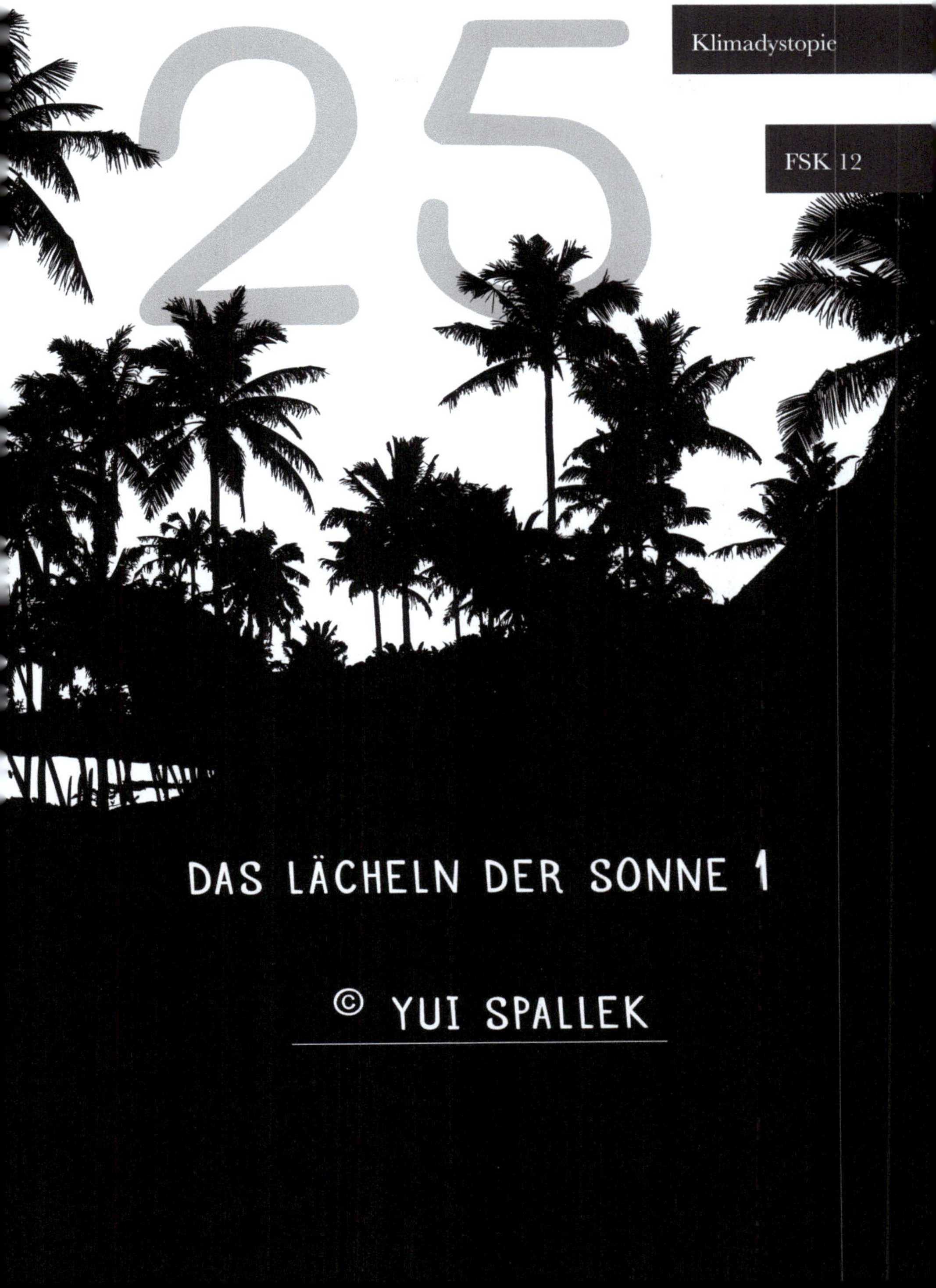

25

Klimadystopie

FSK 12

DAS LÄCHELN DER SONNE 1

© YUI SPALLEK

»Rob! Nun bleib doch stehen! Rob! Bitte!«

Ich hörte ihre Worte nur allzu gut. Doch meine Wut überschattete und verdrängte sie.

Erst als ich ihre Finger um mein Handgelenk spürte, hielt ich inne. Der Griff war zu schwach, um mich zurückzuhalten. Doch ich stoppte unweigerlich.

»Danke.« Erneut ihre Stimme und ich wandte mein Handgelenk aus ihren Fingern. Sie sollte nicht denken, dass ich nachgegeben hätte.

Ja, ich war schon immer jemand gewesen, der schnell in Rage geriet, aber ich konnte mich auch ebenso schnell wieder beruhigen. Ein praktischer Gegensatz. Zumindest äußerlich. Meine innerliche Verstimmung blieb.

»Matt hat es sicher nicht …«

»Wage es nicht, zu sagen, dass er es nicht so gemeint hat!«, fuhr ich dazwischen.

Ich hatte mich umgewandt und sie wütend fixiert. Doch Terra hielt meinem Blick stand. Obwohl sie einen Kopf kleiner war als ich. Sie verschränkte die Arme vor der Brust. Ihre Lippen bebten, doch ich kam ihren Worten zuvor.

»Du weißt genauso wie ich, dass er es so gemeint hat! Er wird uns alle ins Verderben führen!«

»Übertreib nicht so, Rob! Wir sind immer noch gemeinsam unterwegs. Seine Stimme zählt allein gar nichts. Das weißt du genau. Es war lediglich ein Vorschlag.«

»Einer, den er jedes Mal wieder anbringt. Es wird nicht mehr lange dauern und ihr glaubt ihm!«

»Halt uns nicht für dumm, Rob! Jared und ich wissen genau, dass Matt nur zurück will, um zu sehen, ob Sarah noch lebt.« Terra löste ihre Arme und somit auch unseren Augenkontakt. Ihre Stimme hatte mit jedem Wort an Aggressivität verloren und war trauriger und leiser geworden.

»Und wir wissen auch, dass es unmöglich ist.« Das Mädchen hatte seinen Kopf gesenkt und ihre schwarzen Wellen, die sonst ihr zartes

Gesicht umrahmten, verdeckten es nun beinahe gänzlich, als sie erneut sprach: »Aber würdest du nicht auch Gewissheit haben wollen?«

»Die Giftwolke ist Gewissheit. Sie ist der Tod persönlich.«

»Auch wenn du jemanden so sehr liebst, dass du für ihn sterben würdest?«

Ihre goldenen Augen sahen mich an, als suche sie eine ganz andere Antwort als die auf ihre gestellte Frage.

Ich verstand nicht. Weder ihre Worte noch ihren Blick. Ich hatte noch nie so tief geliebt. Zumindest glaubte ich das. Das alles verwirrte mich. Konnte Liebe wirklich so stark sein? Und so tief, dass man sogar sein Leben dafür riskieren würde?

Selbst wenn. Deswegen musste Matt noch lange nicht unsere Leben dafür aufs Spiel setzen.

»Lass uns zurückgehen.« Ich fuhr mit den Fingern durch mein kurzes blondes Haar und schritt bereits an Terra vorbei in Richtung Lager. Eine Antwort hatte ich ihr nicht gegeben. Weder auf den Blick noch auf die gestellte Frage. Doch sie gab sich damit zufrieden und folgte mir.

Ich war schon immer vor der Wolke geflohen. Schon seit ich denken konnte. Erst mit meiner Familie, dann alleine. Dann mit Terra und nun zusammen mit Matt und Jared.

Mein Vater schenkte mir mein erstes Jagdmesser, als ich dreizehn wurde. Meine Mutter war dagegen, doch er widersetzte sich ihr. Er brachte mir bei, damit umzugehen. In vielerlei Hinsicht. Nur gegen das Töten hatte er etwas. Zumindest, wenn es Menschen betraf. Anfangs dachte ich nicht weiter darüber nach. Ich sog alles, was er sagte, wie ein Schwamm auf und versuchte, es zu speichern und bei den Übungen umzusetzen. Erst nachdem ich Mutter und ihn verloren hatte und das erste Mal alleine auf fremde Menschen traf, musste ich mich damit auseinandersetzen. Um zu überleben. Das war, als ich sechzehn wurde.

Die Wolke nahm mir nicht nur meine Familie, sondern auch viele Feinde. Eine Wolke machte keine Unterschiede. Obwohl sie mir manchmal wie ein Lebewesen vorkam. Mutter meinte mal, dass die Menschen dieses Unheil über sich selbst gebracht hätten. Gott wolle diejenigen strafen, die unsere Erde nicht genug würdigen. Ich denke nicht, dass es ein Gotteswerk ist. Ich denke, dass wir unseren Planeten zu sehr strapaziert haben. Und nun wehrt er sich endlich, indem er die Atmosphäre vergiftet. Vielleicht um sie zu reinigen? Niemand weiß, was hinter der sich ausbreitenden Giftwolke ist. Ob es dort wieder Leben gibt. Ob vielleicht doch Menschen nach ihrem Vorüberziehen überlebt haben. Wie auch? Wir können nur vor ihr fliehen. Nicht hinter sie blicken. Wir sind Menschen. Wir brauchen Luft. Daher können wir uns nicht in der Erde verkriechen und aufhören zu atmen, bis alles vorüber ist.

Darum bin ich noch nie an einem Ort zweimal gewesen.

Vielleicht ist irgendwann kein Fleck Erde mehr frei von ihrem giftigen Atem. Vielleicht wird es uns Menschen irgendwann nicht mehr geben. Aber ich möchte nicht an unsere Vernichtung glauben. Deswegen werde ich nicht aufgeben. Nicht, solange ich noch atmen, laufen und kämpfen kann. Und solange ich sie beschützen darf.

Es herrschte eine Weile wütendes Schweigen, als wir das Lager betraten. Jared und Matt wussten genau, dass es keiner von Ihnen geschafft hätte, mich so schnell zurückzubringen und zu beruhigen. Doch sie wussten auch, dass sie ohne mich weitgehend aufgeschmissen waren.

Auch das Fallenstellen hatte ich von meinem Vater gelernt und mit dem Messer war ich nicht nur im Kampf gut, sondern auch, wenn es um Essen oder andere lebensnotwendige Dinge ging.

Jared hingegen war von Beruf Sohn gewesen und hatte noch nie wirklich gearbeitet oder gar für sich selbst gesorgt. Man musste ihm allerdings hoch anrechnen, dass er sich nie über die Umstände beschwerte. Egal, ob es regnete oder er Terra beim Kochen half.

Matt hingegen meckerte ständig. Er war der Sohn eines Waldarbeiters und fügte sich perfekt in die verwilderte Umgebung ein. Nur wenn es um Sarah ging, wurde er still und trug seine Gefühle offen zur Schau. Hätte er nicht den Drang gehabt, ständig umkehren zu wollen, wäre er ein gutes Teammitglied gewesen. Seine Umgebungskenntnisse hatten uns schon oft aus der Patsche geholfen.

Und dann war da noch Terra. Ich hatte mir verboten, sie ‚meine' Terra zu nennen. Erstens hatte ich nicht wirklich ein Anrecht auf sie, zweitens wollte ich nicht, dass sie wusste, wie viel sie mir mittlerweile bedeutete. Es war nicht gut, Gefühle für jemanden zu entwickeln. Nicht in dieser Zeit. Jeden Augenblick konnte man wieder jemanden an die Giftwolke verlieren. Dennoch konnte ich mich ihrem Charme nicht entziehen.

Ihr Lächeln. Ihre positive Art, mit der sie die Moral der Gruppe aufrechterhielt. Mit der sie jeden verstand und mit der sie einen, auch in dieser schlimmen Zeit, immer wieder zum Lachen brachte.

Terra schien das genaue Gegenteil von mir zu sein. Vielleicht zog sie mich deshalb so an. Sie vervollständigte mich in gewisser Weise.

»Wir werden morgen früh weiter Richtung Osten gehen.« Ich brach das Schweigen. Je eher wir die Sache klärten, umso eher konnten drei von uns schlafen gehen. Denn ohne Wache war an Ausruhen nicht zu denken.

Wir hatten viel über die Wolke und ihre Ausdünstungen gelernt und hielten uns so fern von ihr, wie es ging. Und doch waren wir vorsichtig. Wenn der Wind drehte oder sich ein Ableger des Grauens bilden würde, wäre das verheerend gewesen.

So jedoch hatten wir gelernt, worauf wir achten mussten. Das Verstummen oder die Flucht der Tiere, die ebenso von der Wolke vorangetrieben wurden. Das Krachen der Bäume, wenn sie sich im Gift spalteten. Oder auch einfach der vorauseilende verwesende Geruch. Der Atem der Zerstörung.

Die Diskussion war beendet. Matt senkte seinen Blick lediglich noch tiefer und Jared nickte nur leicht. Dann bereiteten wir unser Nachtlager vor, nährten das Feuer erneut und legten den Waldboden mit Blättern, Moos und Nadeln aus.

Ich mochte es nicht, wenn Terra Wache hatte. Sie war körperlich die Schwächste von uns. Sie brauchte ihren Schlaf. Und doch bestand

sie darauf, ihren Anteil an den Wachen zu übernehmen. Stur, wie sie war.

Allerdings war es auch unglaublich beruhigend, wenn Terra Wache hielt. Sie schien einen sechsten Sinn für die Wolke und ihre Eigenarten zu besitzen. Sie benötigte keine Warnzeichen oder gar Tiere. Sie schien die Wolke selbst regelrecht zu spüren.

Einer der wenigen Vorteile der Wolke war, dass es nicht mehr wirklich kalt wurde. Was wohl an der immer dünner werdenden Ozonschicht lag. Hier im Wald war es angenehm warm. Nicht zu heiß mit unserem Feuer und auch nicht zu kalt. Auf freier Fläche jedoch konnte es gefährlich heiß werden. Vor allem ohne Wasservorrat oder Sonnenschutz. Haut und Körper verbrannten unglaublich schnell, wenn man nicht Acht gab.

Dennoch würden wir den Wald morgen verlassen müssen, wenn wir weiterziehen wollten.

Ich liebte es, von Terras Gesang geweckt zu werden. Manchmal hatte ich den Eindruck, als wüsste sie, wie gerne ich durch den lieblichen Klang ihrer Stimme erwachte.

Ich genoss es jedes Mal noch etwas, bevor ich zu erkennen gab, dass ich wach war, und mich aufrichtete und streckte. Ein paar einzelne Sonnenstrahlen fielen bereits durch das Blätterdach und Terra saß an einem etwas kleineren Feuer, um unser Frühstück zuzubereiten. Die Reste des erlegten Kaninchens von gestern Abend. Dazu gab es ein paar Nüsse und Beeren, die wir auf unserem Weg durch den Wald gesammelt hatten. Auch hier war Matt eine große Hilfe. Er wusste, welche Pflanzen man essen konnte und von welchen man lieber die Finger ließ.

Ich hoffte darauf, dass wir bald wieder in eine Stadt oder noch bewohntes Gebiet kamen. Ich hätte zur Abwechslung gerne mal wieder so etwas wie Nudeln oder Saft gehabt. Wobei bewohnt wohl eher unwahrscheinlich war. Die meisten Menschen flohen oder zogen umher.

Auch das Frühstück verlief nur mit wenigen Worten. Terra versuchte, die Stimmung etwas aufzuheitern, aber auch mir war nicht nach Lachen zumute. Daher gab sie es bald auf und wir aßen rasch, um unsere wenigen Habseligkeiten zusammenzupacken und dann aufzubrechen.

Ich achtete darauf, dass Matt, der uns durch den restlichen Wald führte, auch wirklich stetig Richtung Osten ging. Ich wollte es nicht riskieren, dass ein Gefühlsumschwung uns in die Verdammnis führte. Doch er blieb auf seinem Weg und bald darauf entspannte auch ich mich.

Auf den Anblick, der sich uns bot, als wir aus dem Wald traten, war ich nicht gefasst gewesen. Es war, als hätte sich die Umgebung in zwei Hälften geteilt. Kaum waren wir aus dem Schatten des letzten Baumes getreten, da standen wir schon auf knochentrockenem Boden und spürten die sengende Sonne. Kein Lüftchen. Kein Schatten weit und breit. Nur aufgerissener Boden und Sonne. Beinahe wie eine Wüste ohne Sand. Als hätte die Sonne alles verbrannt, was hier einst gestanden hatte oder gewachsen war.

»Hier willst du durch?« Matts Stimme klang ungehalten. Wir waren nach einer kurzen Starre wieder in den schützenden Schatten der Bäume zurückgewichen, um nicht ebenfalls zu verbrennen.

»Es wird uns nichts anderes übrig bleiben«, erwiderte ich genauso genervt. Man konnte in dieser Welt nicht mehr zurück. Wann würde Matt das endlich begreifen?

»Wir brauchen einen Sonnenschirm.« Terras Worte waren eigentlich Unsinn, weil es unmöglich war, hier so etwas aufzutreiben. Doch sie hatte es so ruhig gesagt, dass niemand sie auslachte. Vielleicht konnte etwas aus dem Wald als Schutz dienen? Denn die wenigen nützlichen Dinge, die wir bei uns trugen, brachten uns hier nichts.

»Was ist mit dieser Pflanze mit den großen Blättern, an der wir grade vorbeigekommen sind?« Terra durchbrach die nachdenkliche Stille. Sie hatte die Umgebung beim Laufen gut beobachtet.

»Du meinst die Taro-Pflanze?« Matts Miene schien sich etwas aufzuhellen und er nickte langsam.

»Ja, die ist genau das Richtige. Ihre Blätter dürften dick genug sein, um uns eine Weile zu schützen. Sie sind wirklich beinahe wie ein Sonnenschirm.«

Ich lächelte Terra zu, die zu strahlen begann und mir zuzwinkerte. Es schien, als wolle sie mir sagen: Wir finden immer einen Weg! Ja, auch Terra wollte weiter. Mit mir zusammen. Das hoffte ich zumindest mehr als je zuvor.

Die Taro-Pflanze war nicht sonderlich groß, ihre Blätter allerdings schon. Dennoch blieben uns genau vier Stück. Eigentlich für jeden von uns eines. Doch als wir an den Waldrand zurückkehrten, schien uns diese Aufteilung zu unsicher. Nur das Blatt über dem Kopf und um uns herum rein gar nichts außer der glühend heißen Sonne.

Also beschlossen wir, je zwei Blätter mit Ranken zu verbinden, um uns in Paaren der todbringenden Wüste zu stellen. Je schneller wir durch die Hitze kamen, desto besser.

Bis zur Nacht wollte keiner warten. Ja, es wäre sicherer gewesen. Aber erstens wurde es auch dann nicht wirklich kalt und zweitens wäre die Wolke dann wieder einen Tag näher als zuvor. Das wollten wir nicht riskieren. Wer wusste schon, wodurch wir noch Zeit auf unserer Reise verlieren würden?

Ich teilte mir also mit Terra zwei Blätter. Ich hatte die beiden langen Stiele in die Hand genommen und sie hielt sich an meinem Arm fest, um nicht zu weit an den Rand unseres grünen Dachs zu geraten.

»Es ist wie unter einem Regenschirm. Nur ohne das Prasseln des Sommerregens. Irgendwie romantisch.« Terra kicherte leise und ich blickte zu ihr. Doch sie sah geradeaus und lächelte nur. Wie kam sie nur immer auf solche Sachen? Dinge, die ein schönes Bild in so einer öden und gefährlichen Landschaft hervorriefen.

»Vielleicht hat es aufgehört zu regnen und wir haben den Schirm nur nicht zugeklappt.« Terra lachte erneut. Dieses Mal etwas lauter und Matt und Jared sahen zu uns zurück.

Auch ich musste lächeln. Was für eine absurde Idee. Und doch wollte ich Terras schöne Vorstellung teilen.

»Eigentlich mag ich keinen Regen. Aber jetzt wäre er wirklich schön. Selbst wenn es nicht abkühlen würde.«

»Die Erde hat verlernt zu weinen. Oder sie hat einfach keine Tränen mehr.«

Ein kurzes Schweigen und während ich wieder auf unseren Weg blickte, merkte ich, wie Terra zu mir aufsah.

»Du bist sehr einfühlsam. Auch wenn du es nie zugeben würdest.« Ihre Stimme war beinahe ein Flüstern. Sie wollte nicht, dass Jared und Matt ihre Worte aufschnappten.

»Ich denke, ich bin einfach geprägt.«

»Und du hast Angst.« Ein weiteres Statement. Doch dieses Mal ließ es mich zusammenzucken und ich blieb stehen. Sie schien damit gerechnet zu haben, denn auch ihre Füße standen sofort still. Ich fing ihren Blick auf und meine Lippen zitterten wütend, bevor es aus mir herausbrach.

»Ich habe keine Angst! Vor nichts und niemandem!«

Terra atmete tief durch, bevor sie meinen Arm sachte drückte und ihr Blick besorgt wurde.

»Doch. Du hast Angst zu verlieren.« Meinte sie jemanden? Oder gegen wen? Ich wusste, dass sie recht hatte. Im gleichen Augenblick, in dem sie es ausgesprochen hatte. Aber ich wollte nicht, dass sie es sah. Das war mein Geheimnis! Mein Problem! Meine ... Angst.

Terras goldene Augen schienen in diesem Moment unergründlich und doch so wissend.

Sie durchschauten mich. Und obwohl mich das erst aufgebracht hatte, so beruhigte es mich auch.

»Es ist in Ordnung, Rob. Ich werde es niemandem verraten. Es ist nur natürlich und völlig okay. Auch ich habe Angst zu verlieren. Jeder von uns hat das.«

Aber ich wollte nicht, dass es jemand wusste. Es war eine Schwäche. Und in dieser Welt der Zerstörung konnte eine Schwäche den Tod bedeuten. Doch nun ging es nicht mehr nur um mich. Auch um das

Mädchen an meiner Seite. Gerade das machte mir wohl Angst. Denn ich würde es nicht so leicht verkraften, sie zu verlieren.

»Terra, ich …« Es fiel mir schon immer schwer, meine Gefühle in Worte zu fassen. Aber hier und jetzt hätte ich es gerne getan. Einfach so. Geradeheraus.

Aber es kam nicht dazu. Die Zeit war gegen mich. Oder es war einfach nicht der richtige Augenblick gewesen. Vielleicht war ich auch zu langsam. Wer wusste das schon?

»Seht mal! Da ist eine Stadt!« Jareds Ausruf war nicht nur überraschend, weil er sonst nie laut wurde, sondern auch, weil wir in der Hitze dieser Wüste nicht wirklich etwas erwartet hatten.

»Sicher, dass das nicht nur eine Fata Morgana ist? Immerhin ist es hier ziemlich heiß. Da wäre eine Luftspiegelung kein Wunder«, warf Matt seufzend ein.

»Lasst uns hingehen, dann werden wir es ja sehen.« Terra begann sich wieder zu bewegen und zog mich am Arm mit sich. Unser Gespräch war beendet.

X Tod

26

Klimadystopie

FSK 12

DAS LÄCHELN DER SONNE 2

© YUI SPALLEK

Es war eine Stadt. Sie schien schon immer am Rande der großen Ebene angefangen zu haben. Vermutlich war unsere Wüste einmal eine Wiese oder Felder gewesen.

»Lasst uns nachsehen, ob hier in der Umgebung noch jemand wohnt.« Matt schien noch fit zu sein. Er wirkte nicht im Geringsten erschöpft. Wir Anderen hingegen waren ausgelaugt vom Weg durch die glühende Hitze.

»Können wir nicht erst eine kurze Rast einlegen?« Jared blickte Matt bittend an und deutete dann auf die Tür des ersten Hauses, die so einladend offenstand. Der Hüne verdrehte die Augen, nickte dann aber und wir traten ein.

Natürlich war niemand zu Hause. Hier am Rande der Wüste war das Überleben unmöglich. Wenn, dann wären weiter innen in der Stadt noch Menschen zu finden.

Aber es war angenehm schattig. Wenn auch nur geringfügig kühler.

Jared und ich ließen uns auf zwei Küchenstühlen nieder, während Matt und Terra sich im Haus umsahen. Es schien schon länger niemand mehr hier zu wohnen. Der Boden war mit Staub und Dreck übersät, der durch die offenen Türen und Fenster hereingeweht war. Die Küchenschränke waren leergeräumt.

Schließlich ließ sich auch Matt auf einem Stuhl nieder und holte seine Wasserflasche hervor, um etwas zu trinken. Dann reichte er sie an Jared weiter. Es würde nicht viel Sinn machen, die Spüle auszuprobieren. Dennoch erhob ich mich und tat es. Natürlich kam kein Wasser heraus. Die Leitungen waren entweder längst kaputt oder abgeschaltet worden. Wasser war unglaublich kostbar geworden. Die verbliebenen Menschen horteten es oder versuchten, es umzuleiten.

»Terra? Wo bist du? Du solltest auch etwas trinken!« Ich hatte mir die zweite Wasserflasche aus dem Rucksack genommen und streifte nun ebenfalls durch das verlassene Haus.

»Terra? Wir müssen bald weiter. Vielleicht gibt es in der Innenstadt noch etwas Brauchbares.«

Ich bekam keine Antwort. Ein mulmiges Gefühl begann sich in mir breit zu machen, als ich kurz innehielt und lauschte. Doch es war nichts zu hören. Also stieg ich die Treppe in den ersten Stock hinauf.

»Terra?« Als ich eine Tür im oberen Stockwerk öffnete, hörte ich ein leises Kichern, und als ich in das Zimmer trat, flog mir etwas entgegen. Ich wollte mich wegducken, doch ich war zu langsam. Das Kissen traf mich voll im Gesicht. Die Wasserflasche landete -Gott sei Dank, verschlossen- auf dem Boden, ebenso wie das Wurfgeschoss.

Verwirrt blinzelte ich und begann dann zu husten. Auch hier oben hatte der Wüstenstaub die Zimmer nicht verschont.

»Was soll das?« Ich wischte mir über das Gesicht und blickte zu Terra, die lachend auf einem großen Bett saß und die Sprungfedern nutzte, um auf und ab zu wippen.

»Ich hab dich voll erwischt!«

»Das hätte ins Auge gehen können. Was, wenn ich dich für einen Angreifer gehalten hätte?« Ich hob das Kissen auf.

»Deswegen hab ich dich ja nicht direkt angegriffen, sondern mit dem Kissen. Wenn du das aufschlitzt, ist es nicht so schlimm.« Sie grinste mich an und ich spürte, wie ihr frecher und überlegener Gesichtsausdruck auch mich zu einem Grinsen verführte.

»So, so. Du glaubst also, dass du damit davonkommst?« Ich hatte das Kissen aufgehoben und spielte damit, während sie ihren Kopf schief legte und ihre großen Augen weit aufriss.

»Du würdest doch kein unschuldiges Mädchen angreifen, oder?« Mein Grinsen wurde breiter.

»Und ob!« Mit diesen Worten trat ich einen Schritt vor und feuerte das Kissen ab. Terra quiekte auf und wurde von dem Wurfgeschoss nach hinten auf das Bett zurückgeworfen, während ich dem Kissen folgte und schließlich über ihr landete.

Wir lachten nun beide und es dauerte kurz, bis wir uns beruhigt hatten. Eigentlich war es keine gute Idee, in dieser Trockenheit seine Energie so zu verschwenden, aber es war mir egal. Ich hatte lange nicht mehr so viel Spaß gehabt.

»Und was wirst du nun mit mir machen?« Terra lag noch immer unter mir und blickte mit ihren großen goldenen Augen zu mir auf. Sie lächelte.

»Eigentlich sollte ich dich für deinen Angriff übers Knie legen.« Ich grinste sie an und sie biss sich leicht auf die Unterlippe. Eine Tat, die mich innehalten ließ. Ich betrachtete ihre Lippen, während sie erneut sprach.

»Das würdest du nicht tun, oder?« Nein, würde ich nicht.

Sie strich sich eine Strähne aus dem Gesicht und ich schluckte unsicher. Ich wusste nicht, was ich ihr antworten oder denken sollte. Ihre kleinen Bewegungen verwirrten mich. Und doch zogen sie mich unglaublich an.

»Ich … weiß nicht«, brachte ich schließlich hervor, ohne meinen Blick zu lösen.

»Vielleicht sollte ich dich dann von meiner Unschuld überzeugen.« Ihre Worte klangen gänzlich anders, als ihre Bedeutung schien. Sie legte ihre Arme um meinen Hals, bevor sie begann, mich zu sich herabzuziehen. Ich wehrte mich nicht.

»Terra! Rob! Was treibt ihr denn?! Wir müssen weiter, verdammt!« Matts tiefe und wütende Stimme ließ mich zusammenfahren und ehe ich mich versah, hatte ich mich wieder aufgerichtet und kletterte vom Bett, Terra direkt hinter mir.

Mein Herz klopfte laut und schnell, als ich im Gehen die Wasserflasche aufhob und sie ihr in die Hand drückte, bevor wir das Zimmer verließen.

Gut, dass Matt sich nicht die Mühe gemacht hatte, nach oben zu kommen. Er wartete unten an der Treppe. Seine Laune schien gesunken zu sein.

»Na endlich! Was habt ihr denn gemacht? Habt ihr wirklich geglaubt, da oben gäbe es etwas Nützliches?«

Nützlich war diese Aktion wirklich nicht gewesen. Und dennoch hätte ich diesen Moment mit Terra niemals missen wollen. Auch jetzt nicht, wo mein Kopf wieder versuchte, akkurat zu arbeiten. Was nur schwerlich ging. Allein der Gedanke an ihre Nähe ließ mir die Hitze in die Wangen steigen und ich hätte umherhüpfen können. Die Sonne stieg mir wohl langsam zu Kopf. Wie kam ich in dieser Welt zu solchen Gefühlen?!

Doch jedes Mal, wenn mir Terras Blick begegnete, oder wir schüchtern ein Wort wechselten, musste ich sie angrinsen. Das war mir irgendwie peinlich. Und doch steigerte es meine Laune. Daher grinste ich also. Und Terra grinste zurück.

Wir brachen wieder auf und die Pause schien nicht nur Terra und mich beflügelt zu haben. Alle schienen abenteuerlustiger und neugieriger auf die Innenstadt. Wir hatten unsere Schirme wieder geteilt, damit sich nun jeder von uns frei bewegen konnte. Hier in der Stadt, mit kleinen schattigen Plätzen durch Gebäude und andere Dinge, schien uns dies nicht mehr allzu gefährlich.

Jared war vorangelaufen und wir folgten ihm durch ein Labyrinth von Straßen.

Erst als wir zu einem großen Platz kamen, hielt er inne. Hier musste der Mittelpunkt der Stadt sein. Wohl so etwas wie ein Marktplatz. In seiner Mitte befand sich ein kleines Stück Erde, das früher wohl mal ein Rasen gewesen war. Doch nun umgaben es nur ein morscher Holzzaun und ein paar vertrocknete Bäume. Es wirkte irgendwie ernüchternd.

So schön die Häuser, denen die Hitze und Verlassenheit nicht wirklich etwas ausgemacht hatten, anzusehen gewesen waren, so zerstört und trübselig wirkte dieser kleine Platz mit seinem kargen Mittelpunkt. Als würde er die Seele der Stadt widerspiegeln, welche die schönen Häuserfassaden verdeckt hatten.

Die Stimmung brach sofort. Wir alle verstummten, während wir auf den trostlosen Platz blickten.

Ich kann mich nicht mehr daran erinnern, wo das Kind hergekommen war. In meiner Erinnerung war es auf einmal da. Es stand an die schattige Hauswand gepresst und starrte zu uns herüber.

Ich wusste noch, wie Terra mich unsicher anblickte und ich leise seufzte, nur um ihr dann zuzunicken. Ich kannte sie zu gut, um sie aufzuhalten. Wenn es um Überlebende ging, war ihr Herz einfach zu groß.

Also überquerte sie den ausgetrockneten Platz. Natürlich folgte ich ihr. Ganz aus den Augen wollte ich sie nicht lassen. Auch wenn Matt und Jared ihre Skepsis äußerten. Selbst bei einem Kind waren sie unsicher. Ich hätte es wohl auch sein sollen. Doch die Hochstimmung von vorher hatte meine Sinne vernebelt. Etwas, das mir nie wieder passieren sollte.

Terra ging in die Knie, um dem Kind besser in die Augen sehen zu können. Sie lächelte ihr traumhaftes Lächeln, als sie mit ihm sprach. Unwillkürlich musste auch ich lächeln, als ich zu ihnen trat.

Dann jedoch sah ich den düsteren Schatten in den Augen des kleinen Jungen und einen Augenblick später blitzte das Messer in der Sonne auf. Ich reagierte zu spät. Die Überraschung ließ mich erstarren.

Erst als Terras Blattschirm zu Boden glitt und sie, ebenfalls verwirrt, auf ihre Brust blickte, schien die Welt wieder in meine Sinne zu schneiden. Ich war sofort bei ihr, als sie zur Seite in meine Arme kippte.

Mein Aufschrei hallte viel zu spät über den Platz, während Terra nur schwer atmend nach dem Messer in ihrer Brust griff und es herauszog. Mir entfuhr ein Aufkeuchen, als ich gleich darauf meine Hand auf ihre Wunde presste. Es kam eindeutig zu viel Blut heraus.

»Terra! Nein! Was …?« Ich wusste nicht, was ich zu ihr sagen sollte. Das hier sollte nicht passieren! Wieso war es geschehen? Und wieso gerade Terra? Wieso hatte es nicht mich erwischt?

Das Kind war weg und ich nahm noch wahr, wie Matt an uns vorbei rannte. Vermutlich, um ihm zu folgen. Jared kniete irgendwann neben uns und hielt ein Blatt über unsere Köpfe. Ich hatte meines aufgegeben, um Terra auffangen zu können.

Sie lächelte, als sie zu mir aufblickte, und das verwirrte mich. Ihr Atem ging so schwer und ich war sicher, dass sie Schmerzen hatte. Dennoch lächelte sie. Nicht nur mit ihren Lippen, nein, auch mit ihren goldenen Augen. Sie lächelte für mich, während ich nur weinte.

»Terra, bitte …« Meine Stimme war ein Flüstern. »Bitte sag mir, was ich tun kann. Es tut mir so leid!«

Die schwarzen, im Sonnenlicht glänzenden Haare schwappten sachte, wie eine kleine Welle, als Terra den Kopf beinah unmerklich schüttelte. Ich hatte keine Hand frei, um sie zu berühren.

»Es ist … nicht … deine Schuld.« Noch immer dieses Lächeln. »Du hast immer … immer so gut … auf mich … aufgepasst.« Das Sprechen fiel ihr schwer und ich wollte ihr den Mund verbieten. Doch wollte ich auch hören, was sie zu sagen hatte. Was mein Herz nicht begreifen wollte, hatte mein Kopf längst verstanden: Vermutlich waren dies ihre letzten Worte.

»Ich danke dir … Robin. Du bist … das tapferste Mädchen … das mir je … begegnet ist.«

»Nein …«, unterbrach ich sie Kopfschüttelnd.

»Rob …?« Ich horchte auf das Bitten in ihrer Stimme und biss mir auf die Unterlippe, um nicht laut zu schluchzen und somit wertvolle Worte von ihr zu versäumen.

»Gib nicht … auf … ja? Ver…versprich es … mir …«

»Das kann ich nicht!«, schluchzte ich nun doch. Wie konnte sie so etwas von mir verlangen? Sie war das einzige gewesen, das ich noch hatte beschützen wollen! Und nun würde sie gehen. Für immer. Ohne mich.

Es musste sie ihre letzte Kraft gekostet haben, ihre Hand zu meinem Gesicht zu heben. Daher war es selbstverständlich, dass ich meine Finger von ihrer Wunde löste und ihr dabei half. Als ich unsere blutigen Handflächen an meiner Wange spürte, merkte ich, wie kühl ihre sonst so warmen Finger waren. Ich schüttelte erneut leicht den Kopf.

»Rob … Ich liebe dich …«

»Dann verlass mich nicht!« Sie schenkte mir erneut ihr unschlagbares Lächeln.

Ich beugte mich zu ihr herab und küsste sie sanft. Ich wusste, sie würde diese Antwort verstehen.

Als sich meine Lippen wieder von ihren lösten, hatte sie die Augen geschlossen. Ihre goldenen Augen, die für mich immer die Sonne gewesen waren. Nicht der alles verbrennende, gleißende Himmelskörper, der uns in dieser Welt heimsuchte. Nein, eine Sonne, die mir Kraft und Liebe geschenkt hatte. Die mich hatte weitergehen lassen und mir alles bedeutet hatte.

»Terra?« Ein weiteres Flüstern, während ich ihre Hand sanft drückte. Ich wusste, dass sie nicht mehr reagieren würde. Aber ich wollte es nicht wahrhaben. Ich wollte nicht wahrhaben, dass ich unachtsam gewesen war. Dass dieses Glücksgefühl, welches ich noch vor einigen Minuten verspürt hatte, nie wiederkommen würde. Denn der Mensch, der mir dieses Gefühl vermittelt hatte, war fort.

Ich wollte schreien. Irgendetwas schlagen oder kaputt machen, um dieses Gefühl in mir zu vernichten. Doch das Einzige, was ich konnte, war Terras Körper zu umschlingen und meinen Tränen freien Lauf zu lassen. Es war mir egal, wer nun meine Schwäche sah oder sie ausnutzen wollte. Es wäre mir sogar recht gewesen, wenn jemand die Situation genutzt hätte. Aber es geschah nichts. Niemand kam. Niemand erlöste mich von meinem Schmerz. Niemand rächte meinen Fehler.

Manchmal denke ich mir, es ist wirklich verrückt, dass Terra durch die Hand eines Menschen, eines Kindes, sterben musste, anstatt durch die Giftwolke, die doch unsere eigentliche Bedrohung ist. Dann wiederum denke ich, dass es so sein musste. Etwas, das die Natur, die Erde, hervorgebracht hat, hätte Terra niemals getötet. Dazu war sie zu sehr mit diesem Planeten verbunden.

Ich weiß nicht, wie ich es geschafft habe, weiterzugehen. Vermutlich habe ich es nur hinbekommen, weil Terra mich darum gebeten hat und ich ihr unmöglich etwas abschlagen konnte. An und für sich ist es auch egal. Ich gehe weiter. Allein? Ja.

Matt entschied sich eines Nachts doch zur Umkehr. Wir haben ihn nie wieder gesehen. Ob er Sarah gefunden hat? Ich wünsche es ihm.

Jared schloss sich nur wenig später einer Gruppe Forscher an. Ich denke, er passte einfach besser zu ihnen als zu mir.

Also gehe ich alleine weiter. Ich weiß nicht, wohin ich will. Aber sterben möchte ich nicht mehr. Ich wollte es nach Terras Tod so oft. Doch nun möchte ich weiterleben. Überleben. Ich möchte der Welt zeigen, dass wir es schaffen können. Ich denke, das hätte auch Terra gewollt.

Ich lebe für sie weiter. Denn solange ich am Leben bin, wird auch sie niemals verschwinden.

Ich muss weiter gehen. Die Wolke zögert nicht. Sie hat ihren Weg. Ich habe den meinen. Eine Erinnerung an Terra brauche ich nicht. Immer wenn der Tag neu anbricht und sich die ersten Sonnenstrahlen über den Horizont strecken, kann ich sie spüren. Dann ist sie zurück. Meine Sonne mit ihrem Lächeln. Nur wenige Sekunden, bevor sich das gelbrote Geschöpf in den todbringenden Feuerball am Himmel verwandelt. Doch diese Sekunden gehören uns. Terra und mir. Für immer.

IM SOMMER WIRD ALLES GUT.

Science Fiction

FSK 12

DER ERSTE SOMMER

© CEL SILEN

Ich hätte das Geld für die erste Klasse ausgeben sollen. Oder wenigstens für die zweite. Aber nein, ich dachte, eine siebentägige Raumschiffreise mit wechselnden fremden Zimmergenossen wäre kein Problem.

Ich legte mir das Kissen auf den Kopf, um das grelle Licht und wenigstens ein bisschen des schrillen Gelächters auszublenden. Das stille Pärchen der letzten drei Tage vermisste ich schon seit heute Morgen schmerzlich. Aber nur noch ein Tag, dann werde ich endlich da sein. Ich strich über das Bild, das einzig echte Foto, das ich noch besaß. Es zeigte meine Urgroßeltern lächelnd am Strand, vor Palmen, in kurzen Klamotten. Auf der Erde. Da ging es natürlich nicht hin, aber ich hoffte trotzdem auf dieses Erlebnis. Sommer. Wärme auf der Haut, so wirklich, ohne Schutzanzug dazwischen.

»Entschuldigung.«

Ich drehte mich von der Wand weg. Ein junger Mann stand vor meinem Bett. Seine Haare lagen eher unkoordiniert auf seinem Kopf und er lächelte. Mehr von ihm konnte ich nicht sehen, wenigstens die Voraussicht, das obere Bett zu reservieren, hatte ich gehabt.

»Darf ich fragen, wohin sie unterwegs sind? «

Ich setzte mich auf, um zwischen unsere Köpfe mehr Abstand zu bringen. »Warum möchten Sie das wissen?« Ich griff unter der Decke nach meinem Rucksack.

»Meine Frau ist in diesem Zimmer. Ich habe mich gefragt, ob sie tauschen möchten.«

Ich öffnete den Mund und schloss ihn wieder. Meine Gedanken kamen nicht hinterher. Sollte ich ihm verraten, dass ich morgen von Bord ging? Verschaffte ihm das einen Vorteil? Gehörte er zum Menschenhandel? Ich schüttelte den Kopf. Natürlich nicht, was für ein Schwachsinn.

Der Mann zog die Augenbraue hoch, sein Lächeln schwankte.

Er wirkte nicht als hätte er böse Absichten. »Ich fliege nicht mehr allzu lange mit und würde gerne hier bleiben.« Ich umklammerte den Griff meines Pfeffersprays. Ich war immer noch stolz darauf, es an Bord geschmuggelt zu haben.

»Okay, kein Problem.« Ohne ein weiteres Wort verließ er das Zimmer. Vor Erleichterung fasste ich mir an die Brust. Mit der Hand, die das Pfefferspray hielt. Schnell steckte ich sie wieder unter die Decke. Mein Atem stockte.

Eine der Frauen, die mir ihren Namen nicht verraten hatte, lief ihm nach, nicht ohne einen finsteren Blick in meine Richtung. Tief durchatmen. Es würde schon niemand etwas wagen. Allerlei Szenarien geisterten durch meinen Kopf, keines davon endete gut für mich.

Ich schlief auf der Abteil-Toilette. Wobei, von schlafen konnte kaum die Rede sein. Ich ruhte auf der Toilette, mein Kopf auf Höhe der Toilettenschüssel, und versuchte zu rekonstruieren, welche meiner Lebensentscheidungen mich zu diesem Punkt geführt hatten. Der Geruch von Desinfektionsmitteln mischte sich mit dem von Urin, die Luft war mal stickig, mal zu kalt. Ich bettete meinen Kopf auf meinen Rucksack, den ich auf dem Schoß trug. Alle meine Wertgegenstände. Mein ganzes restliches Leben.

Irgendwann klopfte es an der Klotür und ich musste kurz meine Zelle räumen. Die Geräusche vom Sprühen und Wischen begleiteten meine eigene Betrachtung im Spiegel, bei der ich mich fragte, warum ich eigentlich so paranoid war und nun die Nacht auf einer verdammten Toilette verbrachte, weil ich Angst hatte vor … der Rache einer Frau, die das Zimmer nicht mit ihrem Mann teilen konnte? Für eine Nacht? Ich ballte die Hände zu Fäusten. So ein Schwachsinn. Dafür könnte ich mir glatt selbst eine verpassen. Jetzt zurück ins Bett zu gehen, lohnte sich allerdings auch nicht.

Die Putzfrau tippte mir auf die Schulter und deutete hinter sich. »Bin fertig. Können wieder rein.«

»Danke.«

Ich musste mich einfach damit abfinden, dass heute scheiße war, damit morgen warm und glücklich werden konnte. Sommerlich.

Den frühen Morgen verbrachte ich damit, nervös am Ende der dritten Klasse hin-und her zu laufen. Alles nur für den ewigen, wunderbaren Sommer. Wegen des warmen Gefühls, wenn Oma davon geschwärmt hatte, ihrem sanften Lächeln und der Sonne in den von Lachfalten gerahmten Augen.

»Da ist sie.«

Ich hätte in der Toilette bleiben sollen.

Die Frau von gestern deutete mit dem Finger auf mich, eine Dame vom Sicherheitspersonal neben ihr.

Langsam aber entschlossen näherte sich diese mir. Mein erster Instinkt war, zu verschwinden. Aber wohin? Zu welchem Zweck?

»Kann ich Ihnen helfen?« Ich fragte es so nett wie möglich, war mir aber nicht sicher, ob mein Pokerface so gut war, wie ich es mir erhoffte. Vermutlich nicht.

»Begleiten Sie mich bitte auf die Wache.«

Die Frau aus meinem Abteil formte mit ihren Lippen etwas, das wie »Selbst Schuld!« aussah.

Ich klammerte mich an die Riemen meines Rucksacks und folgte der Wächterin.

Der Landeanflug begann. Ich konnte es fühlen. Sehen konnte ich es nicht, der sterile Befragungsraum besaß weder Fenster noch Monitore.

Die Wächterin ließ sich mit einem Seufzen nieder. »Na gut, ihre Zimmerkollegin meint, sie hätten eine illegale Waffe dabei. Damit hätten Sie ihrem Mann gedroht?«

Der Raum schien heller zu werden, das Neonlicht brannte in den Augen. Ich blinzelte. Bloß ruhig bleiben. Ich rieb mir über die Hose, um mich von dem drückenden Gefühl im Magen abzulenken. »Das wäre mir neu.«

»Darf ich mir mal ihren Rucksack ansehen?«

Ich griff unter den Tisch und reichte ihn ihr. Sie würde das Pfefferspray finden, aber was für eine andere Wahl hatte ich? Nach kaum einer Minute hielt sie es in der Hand. Sie seufzte erneut und rieb sich die Schläfen. »So viel Papierkram«, flüsterte sie.

Dann lauter: »Gut. Ich behalte Ihren Rucksack hier, Sie können ihn an der nächsten Station wiederhaben, da übergeben wir Sie dann an die lokale Polizei für das Bußgeld.«

Es dauerte einen Moment, bis ich wirklich realisierte, was das hieß. »Das geht nicht.« Ich wollte aufspringen und weglaufen. Ruhig bleiben! »Mein Ticket geht nur bis hier. Können sie mich nicht an die hiesige Polizei geben?«

Sie schüttelte den Kopf und verschwand mit meinem Rucksack.

Ein Ruck ging durch das ganze Schiff. Wir waren gelandet. Das hier war ein kurzer Halt, kaum eine halbe Stunde, zum Aussteigen für die dritte Klasse noch weniger, viel weniger. Ich sprang auf, ohne weiter nachzudenken. Jetzt oder nie. Die Tür zum Befragungsraum war offen. Ich stürmte heraus, die Gänge des Schiffes entlang, wie sie mich geführt hatte. An einer Ecke stieß ich mit einem alten Mann zusammen. Gerade so konnte ich mich noch an der Wand abstützen, um nicht hinzufallen. Ich erlaubte mir ein paar Sekunden, um durchzuatmen, in denen sich der Mann lautstark beschwerte. Keine Zeit. Ich rannte weiter, der Ausgang war nicht mehr weit, die Schlange schon abgearbeitet. Durch die Öffnung sah ich ihn, den Planeten, auf dem es Sommer gab.

Ich rannte weiter, musste durch die Schranke. Meine Papiere waren im Rucksack. Egal! Weiter!

»Stehen bleiben!«

»Was soll denn das werden?«

Jemand versuchte, mich zu packen. Ich riss mich los. Der Sand war da, zum Greifen nahe. Ich nahm Anlauf und sprang über die Schranke. Es fing an zu piepen, aber ich schaffte es. Ich war frei. Hinter der Schranke standen die paar Menschen, die gerade das Schiff verlassen hatten. Nicht mal als Menge, um darin zu verschwinden, taugten sie.

Also weiter rennen. Ich rannte, bis ich Sand durch die dünnen Schuhsohlen spürte. Immer weiter, nun langsamer. Die Sonne brannte auf meinen Kopf nieder als würde sie mich persönlich für meine Verbrechen bestrafen wollte. Immer wieder drehte ich mich um. Aber

niemand folgte mir. Erst als ich die ersten Häuser des Urlaubsdorfes sah, blieb ich stehen. Ich lachte. Sommer. Endlich!

Ich beobachtete das Raumschiff beim Starten. Ohne mich. Ob es einen Haftbefehl geben würde? Es war heiß. Zu heiß, um sich über sowas Gedanken zu machen. Ich hob die Arme. Ich schwitzte. Meine Lungen brannten. Die Sonne tat meinen Augen weh und in den vertrockneten Büschen zirpten irgendwelche Tiere. Erschöpft ließ ich mich auf den Sand sinken. Er blieb an allem hängen, das ich berührte. Das hier war also Sommer, ja? Irgendwo in der Ferne plätscherte der künstliche Wasserfall, von dem ich gelesen hatte. Mit schweißnassen Fingern fuhr ich mir durch die Haare. Überall Sand. Keine Wolke am Himmel, kein Versprechen von Abkühlung. Ich schloss die Augen. Es war Sommer. Im Sommer wurde alles gut, nicht wahr?

2 8

Science Fiction

FSK 12

PLANET DER SONNEN

© ISOTOPIC

Eine warme Brise rauschte durch das hohe Gras und ließ für kurze Momente die Takoonische Insektenwelt verstummen. Das dunkelgrüne, schienbein hohe Gras wurde teilweise von hüfthohen Inseln aus rostroten Halmen überwachsen. Sie neigten sich und raschelten trocken im Wind. Ebenso die länglichen Bäume, welche stark an Pappeln erinnerten, ließen ihre rot-bräunlichen Blätterkronen wie Beifall rauschen.

Ein Mann lauschte diesem Rauschen, seinen Oberkörper gegen die lehmige Hausmauer eines der hier heimischen Wesen gelehnt, den langsam fliederfarben färbenden Himmel beobachtend. Die »Rote Sonne«, wie sie von den Takoon genannt wurde, hatte ihren Zenit weit hinter sich gelassen und würde der zweiten, kleineren »Blauen Sonne« bald den Himmel überlassen. Auf Takoon war es eigentlich immer Tag und warm. Auch, wenn die Strahlen der blauen Sonne später alles in ein leuchtendes, nächtliches Blau hüllen werden.

Ronan hatte eh schon seit Tagen Sonnenbrand, war die helle Haut des Raumpiloten derartig hohe Sonneneinstrahlung nicht gewohnt. Es kümmerte ihn nicht, seine Tage waren eh bald gezählt, ein Schicksal, dem er nicht entkommen konnte. Die Zeit bis dahin wollte er noch möglichst gut ausfüllen.

Das Geräusch einer Schleifmaschine ließ ihn aufblicken. Leonia musste wieder in der Werkstatt aktiv geworden sein. Die Takooni schraubte schon seit Tagen fleißig an der Viper herum und machte erstaunliche Fortschritte. Nicht lange und er würde wieder im Orbit sein. Er freute sich sehr auf den Blick über die mediterrane Landschaft von ganz oben. Erinnerte sie ihn doch an den Mittelmeerraum seines Heimatplaneten und an schöne Urlaubszeiten, die er dort verbringen konnte, bevor er Kampfpilot der Star Union wurde und die Leere des Alls sämtliche Farben aus seinem Leben gesaugt hatte.

Tief sog er die nach Blüten und Kräutern duftende Luft ein, bevor er sich erhob und sich in Richtung Werkstatt aufmachte, um Leonia zu begrüßen. Als er über den aufgeheizten Schotterweg in

Richtung Garage ging, sprangen grillen-ähnliche Insekten vor ihm aus dem Weg und setzten ihre Melodie anderswo fort, die meisten an der Lehmwand des Hauses.

Wie gewohnt sah er die Takooni, gekleidet in ihrem gelben Overall mit roten Seitenstreifen, wie sie Schrammen und unordentliche Schweißnähte auf seiner Viper S-Klasse abschliff. Ronan lehnte sich an den Rahmen des offenen Garagentors. Sie war so in ihre Arbeit vertieft, dass sie ihn nicht bemerkte. Auch konnten es der Lärm oder die Schutzmaske sein, welche sie trug, die ihre Sinne dämpfen.

»Guten Morgen, wieder tätig geworden?«, fragte Ronan und schmunzelte.

Leonia zuckte kurz zusammen. Ihr maskierter Kopf wandte sich zu ihm. Sie zog die Schutzmaske ab und befreite ihr hellgrünes Chitin von der Schutzausrüstung. Ihre dunkelgrünen Augen fokussierten ihn und strahlten.

»Oh, Morgen Ronan, ja gleich nach dem Aufstehen daran gesetzt.« Sie zwinkerte und strich mit einem ihrer drei Finger über die halb abgeschliffenen Stellen. Feiner Metallstaub rieselte durch ihre Berührung zu Boden.

Ronan grinste breiter und schüttelte den Kopf. Er wusste, dass sie einen Narren an seinen »geliehenen« Langstreckenjäger Prototypen gefressen hatte und unnachgiebig an ihm herum schraubte.

»Lass mich raten, du hast auch diesmal vergessen, zu frühstücken?«

Sie zuckte mit den Schultern. »Du kennst mich, Ronan.«

Der Pilot seufzte und ging zur Durchgangstür. »Ich mach was Kleines für uns, kannst dann in der Zwischenzeit weitermachen.«

Als er das Haus betrat, merkte er, wie sehr sein Körper von der Außentemperatur aufgeheizt war. Der Schatten fühlte sich fast wie ein Kälteschock an, der auf seiner ausgetrockneten Haut brannte. Das Haus war chaotisch, in allen Ecken standen Teile und Technik von Fahrzeugen oder anderen Maschinen. Die Reparatur der Viper hatte ihr Chaos enorm anwachsen lassen, schließlich benötigte sie viele besondere, unübliche Teile für diesen Prototypen.

Er schob mit seinem Arm ein paar Teile von der Kochstelle in der Mitte des Raumes zur Seite und öffnete die Kühlung, wo sich ihm eine üppige Auswahl an Früchten und anderen fremdartigen Lebensmitteln darbot. »Verdammt!«, murmelte er in sich hinein, immerhin kannte er sich nicht sonderlich mit der Kost der Takooni aus. Das Einzige, was er wusste, war, dass sie gerne Fruchtsaft und Püriertes zu sich nahmen. Er suchte einfach die Früchte heraus, welche seiner Nase und Wahrnehmung nach am besten waren, steckte sie in einen auffindbaren Mixer und pürierte die Früchte zu einer feinen Masse. Er hatte vor, ihre erste Mahlzeit am Tag wie einen Drink zu gestalten. Nach dem Umfüllen in Gläser, verzierte er diese mit zurechtgeschnittenen Fruchtscheiben und einem Strohhalm. »Na ja, sollte schon passen. Wie auf Hawaii, oder was davon übrig ist«, meinte er und betrachtete sein Werk. Dann balancierte er das Selbstgemachte nach draußen.

Er ging neben ihr in die Hocke und stieß sie mit seinem Ellbogen an. »Ich hab' einfach Früchte gemischt, die ich gefunden habe und die gut aussahen. Kenne mich jetzt nicht so genau mit euren Sachen aus«, sagte er verlegen und bot ihr eines der Gläser an.

Sie kicherte und streckte ihre dreifingrige Hand nach dem Glas aus. »Bei der Auswahl kannst du eigentlich nichts falsch machen. Es sollte nichts Giftiges oder Ungenießbares drin gewesen sein, denke ich, außer du reagierst auf etwas.« Sie zog etwas von der Masse durch den Strohhalm und zwinkerte ihm schelmisch zu.

»Hab bisher alles überlebt und vertragen«, grinste er und zog ebenso ein bisschen durch seinen Strohhalm. Es schmeckte leicht säuerlich, dennoch erfrischend.

»Komm, mach eine Pause. Gehen wir ein wenig nach draußen. Sonst kommst du gar nicht mehr aus dem Haus. Takooni brauchen viel Sonne, hab ich gehört.« Ronan trat hinaus und winkte sie zu sich in den Sonnenschein.

»Ja ja, hast schon recht, komme ja schon.« Sie kniff ihm im Vorbeigehen in den Sonnenbrand und entlockte dem Piloten ein Autsch.

»Dir scheint die Sonne nicht so gut zu tun, du wirst rot und immer dunkler. Bald beginnst du noch zu schrumpeln, wie trockenes Obst«, scherzte sie und stieß ihm mit ihren Ellbogen in die Seite. Ronan verschluckte sich fast an seinem Getränk, als sie das tat.

»Langsam wirst du frech, Kleine«, raunte Ronan vergnügt und rieb mit seinen Knöcheln über die Chitinnadeln auf ihrem Kopf. Es klang wie trockene Zweige.

»Du bist böse, Mensch«, lachte sie und duckte sich weg.

»Du weißt, ich bin ganz böse, schließlich ist mir die gesamte S.U. auf den Fersen.«

»Hah, wenn die wüssten, wie in Ordnung du bist, und dass du …« Sie brach ab. Ein gequälter Blick trat in ihre Augen.

»Schon gut, lass dir davon einfach nicht den Moment verderben. Ich weiß, meine Lebenszeit ist knapp, daran kann ich nichts ändern. Ich mach' einfach das Beste daraus, dann ist meine Zeit wenigstens nicht umsonst gewesen.« Er lächelte bitter. Ein Gutes hatte seine Situation. Er musste nicht mehr an die Zukunft denken, nur noch das Hier und Jetzt war wichtig.

Er trank sein Glas mit wenigen Zügen leer. »Mädchen, scheiß einfach drauf, egal ob tödliche Splitter in meinem Körper sind, ob mich schwer optimierte Kopfgeldjäger jagen oder ich starken Sonnenbrand habe, der mir mehr und mehr die Haut verbrennt. Ich habe Lust auf einen Spaziergang, bist du dabei?« Freudig willigte sie ein.

Stundenlang strichen sie durch das hohe Gras, sahen sich die reiche Insektenfauna Takoons an, kletterten auf Felsen und Bäume. Sie kehrten erst wieder zurück, als die Blaue Sonne die Landschaft komplett in strahlendes Blau eingetaucht hatte. Ein weiterer schöner Tag, der sich in seine Erinnerung niederschrieb, und sein Leben bereicherte.

Tod

WÄHREND DER PROFESSOR VERSUCHT DEN SCHIRM AUFZUSPANNEN, WARTEN VERSTREUT MENSCHEN-GRUPPEN AUF IHR SCHEINBAR UNABWENDBARES SCHICKSAL.

29

DAS LEBENSWERK

© M.R. SEIBERT

»Verfluchter Haftquotient!« schreit er, wirft seinen braunen Gehstock von sich und stolpert los.

Ungeübt fällt er über seine eigenen Füße. Die Zahnräder an ihm klimpern, als sie mit dem Schrott auf dem Boden zusammenstoßen. Der Professor richtet sich schwer schnaufend wieder auf. An seiner Stirn bilden sich kleine Tropfen Schweiß. Er humpelt zur abgefallenen Pappe am runden Fenster und drückt gegen sie. Der Raum kehrt in seine gewohnte Dunkelheit zurück.

»Auf nichts kann man sich verlassen«, beschwert er sich und hechelt angestrengt.

Er nimmt aus einer der Taschen an seinem Gürtel den bronzenen Schraubenschlüssel und klettert den Schrottberg hoch. Fluchend zieht er an seiner Hose, die an einem heraushängenden Rohr stecken bleibt.

»Dafür ist keine Zeit«, murrt er gehetzt.

Die Leinenhose zerreißt. Klimpernd fallen von der plötzlichen Krafteinwirkung eine Handvoll Muttern und Schrauben aus dem Berg, die auf die herausstehenden Metallplatten, Spulen und Eisenrohre prallen. Er stoppt vor der großen, bronze-grauen Maschine, die aussieht, wie ein Flickenteppich aus unterschiedlichen Metallen. Er legt seine Hand auf eine Schweißnaht und bückt sich vor, sodass sein Oberkörper in einer Öffnung verschwindet.

»Verflixt, selbst mit Handschuhen ist sie so heiß wie ein Vulkan!«

Geklimpere ertönt. Schrauben werden festgezogen. Zahnräder schlagen aufeinander.

Plötzlich weicht er zurück, Federn kommen ihm entgegengesprungen, woraufhin er das Gleichgewicht verliert und nach hinten fällt. Laut krachend rollt er den Schrottberg wieder herunter. Er bleibt liegen.

»Diese Hitze«, murrt er und erhebt sich langsam.

»Blut …«

»Und wenn schon, was sind ein paar Tropfen Blut gegen das Leben aller«, meint der Professor, während er die Schürfwunden an seinen Armen und Beinen betrachtet. Er hebt seinen Arm und tippt auf sein metallisches, klumpiges Armband. Drei flache Scheiben aus mehreren kleinen zusammengebauten Zahnrädern fahren in die Höhe, die sich alle unaufhörlich ineinander drehen. Er schaut zuerst auf die Uhren und dann nach oben an die Hausdecke.

»Es bleibt nicht viel Zeit«, spricht er angestrengt.

Er schlägt gewaltvoll auf die abstehenden Uhren, die sich daraufhin wieder nahtlos in das Armband klappen und holt seinen Werkzeugschlüssel aus dem Gürtel heraus. Sein Blick fällt auf die runde Maschine, die die Hälfte des Raumes einnimmt. Er richtet seine runde Schweißerbrille und erklimmt abermals mit Mühe den Berg. Plötzlich erklingt ein Zischen. Ein Flicken Metall löst sich von der Maschine und weißer Dampf tritt heraus. Der Professor nimmt eine kleine Armbrust, schießt einen Bolzen mit Haken neben die betreffende Stelle, zieht an dem Seil, das nun zwischen dem Bolzen und seiner Hüfte hängt, und schwingt sich hinüber. In der Luft hängend, zieht er seine Schweißbrille von seiner Stirn und schaut direkt in den Dampf. Wirbelnd nimmt er sein Werkzeug und schraubt.

Der Dampf nimmt ab, bis er völlig stoppt. Dann schweißt er das Metallstück mit einem Stift wieder zu. Erschöpft lässt er sich herunter und kehrt zum Loch in der Maschine zurück.

»Wir Menschen, wir wussten, dass es so kommen würde«, knurrt er und wirft ein goldenes Zahnrad achtlos hinter sich in den Raum.

»Als unsere Bienen starben, überließen wir unseren selbst gebauten Bienen aus Dampf und Zahnrädern die Bestäubung. Als die Zirpen und Glühwürmchen verdursteten, dann bauten wir herumfliegende leuchtende Maschinen, die periodisch zirpten. Und als uns das Wasser verging, dann holten wir es uns aus der Luft, reinigten es und verwandelten es zu Flüssigkeit!«

Die Ellenbogen des Professors zucken von vorne nach hinten. Er nimmt seinen Schweißer-Stift und rasch sprühen Funken aus der Aushöhlung der Maschine. Der Professor kommt wieder hervor. Laut ausatmend wischt er sich mit seinen langen, braunen Handschuhen das Wasser von seiner Stirn.

»Kein Mensch ist für diese Hitze gemacht«, hechelt er, seine Stimme wird trocken.

»Die Hitze, die niemals vergeht. Der ganze Körper klebt vom eigenen Schweiß. Jedes einzelne Haar auf dem Arm ist zu viel. Du solltest froh sein, dass du nichts riechst. Ein Cocktail aus saurem Schweiß und Metall. Können meine Goggles nicht auch meine Nase vor diesem Gestank schützen?«, meint der Professor und lacht trocken auf.

Wieder wischt er sich über die Stirn. Sein Blick geht zu dem runden, mit Pappe abgeklebten Fenster. Man sieht kaum noch etwas von den initialen, maschinellen Verzierungen.

»Da draußen würde ich vermutlich vor Hitze auf dem Boden liegen. Kennst du das Gefühl, wenn du mehr Kleidung ausziehen willst, aber es nicht weiter geht? Das Verlangen nach einem kühlen Glas, aber nichts ist kühl genug. Wenn die Haut brennt? Die Hitze scheint mich verrückt zu machen. Was frage ich dich überhaupt! Natürlich kennst du es nicht!«, spricht der Professor vor sich her.

Er umgreift den Werkzeugschlüssel fester.

»Ich muss nur die Federn richtig einstellen, die Bänder nachziehen. Dann sollten die Zahnräder perfekt ineinandergreifen und wie von selbst bis in die Unendlichkeit laufen. Ah, ich darf nicht vergessen, auf den Druck zu achten, sonst bricht der Dampf wieder aus«, murmelt er vor sich hin, während er im Inneren schraubt.

Zum maschinellen Klimpern gesellt sich Vogelgezwitscher. Er hält inne. Er lacht trocken auf, was nur in einem Husten endet.

»Meine Tochter hatte gefragt, wieso das Metall des Vogelschnabels verbogen ist. Sei das bei allen Vögeln so? Wie erklärt man einem Kind, das es nicht anders kennt, dass dies kein Vogel ist, wenn es keinen echten Vogel mehr gibt?«, murmelt er schwer atmend.

Er schnauft und streift über seine braunen, kurzen Haare.

»Diese Hitze«, murrt er und schweißt weiter.

»Druck? Sieht gut aus. Konstante 15 bar bei einer Temperatur von 200°«, meint der Professor.

Das Geräusch von ineinandergreifenden Zahnrädern erklingt. Es poltert.

Freudig schreit der Professor auf: »Das ist das Geräusch, was ich hören wollte.«

Er nimmt eine Metallplatte von dem Schrottstapel, legt sie auf die Aushöhlung und schraubt die Platte fest. Er springt von dem Schrottberg herunter, zu einer Fläche mit Knöpfen an der großen Maschine. Zuerst drückt er den dreieckigen Knopf. Dann zweimal zwei runde Knöpfe. Wieder ertönt lautes Poltern. Es zischt. An der Maschine zeichnen sich von der Oberseite runde Einkerbungen ab, die bis zur Hälfte der Maschine reichen.

»Schau es dir an!«, spricht der Professor begeistert mit seiner trockenen Stimme.

Lange Greifarme fahren aus der Unterseite der Maschine und richten sich langsam in Richtung Hausdecke auf.

Der Professor hustet.

»Meine geliebte Tochter, dein Papi hat es geschafft die Welt zu retten, genauso wie du es dir bis zum Schluss erträumt hattest!«, hustet der Professor laut.

Das Dach des Hauses schiebt sich ein Stück auf, sodass einige Sonnenstrahlen in den Raum fallen. Sie sind so hell, dass man nicht mehr erkennt, worauf sie genau fallen. Es sind einfach nur pure weiße Flecken. Dann durchzieht ein lautes Zischen den Raum. Es rumpelt und poltert. Der Metallboden vibriert. Alarmiert wirft sich der Professor an die Knöpfe und drückt wild auf ihnen herum.

»Verflucht«, schreit er, stolpert in Richtung des Schrotthaufens, als sich Platten von der Maschine lösen. Eine fliegt direkt in Richtung des Fensters, durchschlägt die Pappe und das bunte Glas dahinter zerspringt lautstark. Zahnräder, Spiralen und Federn fliegen durch die Gegend.

Der Professor wirft sich flach auf den Boden. Er wirft schützend die Arme über den Kopf. Die Teile werden durch den Druck in alle Richtungen gefeuert. Es erklingt ein hohes Zischen. Dann ist Ruhe.

Der Raum steht still. Nichts bewegt sich mehr. Die Temperatur steigt alarmierend an.

»Es ist die Schuld von uns allen und dann wieder von niemanden. Jeder wusste es. Der Sommer würde kommen und er würde jede Temperatur-Skala sprengen, die wir kennen. Die Sonneneinstrahlung würde durch die zerstörte Ozonschicht so stark sein, dass unsere Körper daran vergehen. Aber es war so weit weg. Wir waren Narren, die nicht in die Zukunft schauten und als wir sahen, da war es schon zu spät«, grummelt er trocken. Dann folgt Husten.

»Ich dachte, ich könnte es schaffen. Die Idee war so einfach. Ein riesiger Sonnenschirm aus Aether, damit nicht noch mehr Menschen alles verlieren. Dein Papi hat es nicht geschafft, mein Kind«, röchelt er schwach.

Dann ist Ruhe. Das hier war sein Lebenswerk. Ein Genie. So steht es in der Datenbank. Ich rolle neben ihn. Meine Gleichgewichtsmodule gleichen den unebenen Boden, bedeckt vom Schrott, aus.

Ich strecke meine metallene Hand aus und stelle ein Glas neben den Professor. Er dreht seinen Kopf zum Glas. Meine Hand klappt nach oben und Wasser fließt parallel zum Zahnräder-Gepolter heraus. Dann stehe ich still. 0 Dezibel im Raum. Die unechten Vögel sind verstummt. Der Professor greift nach dem Glas und stützt seinen Körper mit einer Hand ab. Durstig schluckt er das Wasser herunter, während sein Adamsapfel auf und ab hüpft. Er schmeißt das Glas in die nächste Ecke, wo es klirrend zerspringt.

»Du hast Recht«, meint er und kämpft sich schwankend auf die Beine. Er stolpert den Schrottberg hoch, kaum bei Sinnen. Schmerzvoll stöhnt er, als einige Sonnenstrahlen seine Haut tiefrot färben. Er umgreift fest seinen Schraubschlüssel.

»Es geht nicht nur um mich«, murmelt er und zieht zwei Schrauben nach.

Schweres Atmen.

»Es geht um alle«, spricht er entschieden.

»Exakt, eine ganze Stadt.« Er schraubt und schweißt, bis er schwach vom Schrottberg stolpert. Er krabbelt zu den Knöpfen, stützt sich mit einer Hand an der Maschine ab, um sie zu erreichen.

»Bitte, funktioniere«, bettelt er und drückt den dreieckigen Knopf. Dann zieht er einen Hebel herunter.

Ineinandergreifende Zahnräder erklingen. Der Professor fällt zu Boden und dreht sich auf seinen Rücken. Seine Hände liegen schwach von ihm gestreckt. Die Kuppel des Hauses öffnet sich knarzend, während sich ein Stab langsam aus der Maschine schiebt und die Greifarme ihm stockend folgen. Auf den ausgetrockneten Lippen formt sich ein leichtes Lächeln. Die Kuppe des Hauses ist völlig geöffnet, sodass man den glühend roten Himmel sieht. Der gesamte Raum ist mit dem weißen Licht der Sonne bedeckt, sodass man kaum noch die Umrisse der Wände erkennen kann. Der Metallstab ragt in den Himmel, bis er stoppt und von seiner Spitze mehrere Metallstäbe ausfahren, die weiter gehen, als der Blick durch die geöffnete Kuppe zulässt. Die vier Greifarme halten die herausfahrenden Stäbe fest.

Mit einem Schlag breitet sich Aether zwischen den Stäben aus und der in vollkommenes Weiß gefüllte Raum gewinnt an Farbe zurück. Konturen werden sichtbar und das Sonnenlicht verleiht der gräulichen Umgebung nur noch einen gelben Stich.

»Sie haben es geschafft, Professor.« Der Professor lacht hüstelnd. Er schaut mit halb geschlossenen Augen in den Himmel.

»Ich wusste nicht mehr, dass der Sommer so angenehm sein kann«, murmelt er. Dann dreht er mit letzter Kraft seinen Kopf zur Seite und schaut mich an.

»Sie haben den letzten Wunsch ihrer Familie erfüllt, Professor«. Schwach lächelt er.

»Wieso den letzten Wunsch? Du bist doch noch hier«, antwortet er müde. Seine Augen flackern.

»Professor, mein Körper wird durch Zahnräder bewegt. Durch meine Leitungen fließt kein Blut, sondern Dampf. Meine Gelenke werden durch mechanische Feder abgefedert und mein Körper ist nicht mehr als Metall.«

Die Augen des Professors fallen zu. Er leckt sich über die aufge-platzten trockenen Lippen.

»Aber nicht weniger bist du mein Kind, mein Lebenswerk«, gibt er leise von sich.

Dann legt er sich zur Ruhe.

Regenbogen

NATÜRLICH GEHÖREN AUCH DER
PRIDE MONTH UND DIE EVENTS
DER LGBTQ-COMMUNITY ZUM
SOMMER. IN DIESEM KAPITEL
HABEN WIR DESHALB GESCHICHTEN
ZUSAMMENGESTELLT, DIE QUEERES
LEBEN UND DIE EIGENE IDENTITÄT
IN DEN VORDERGRUND STELLEN.

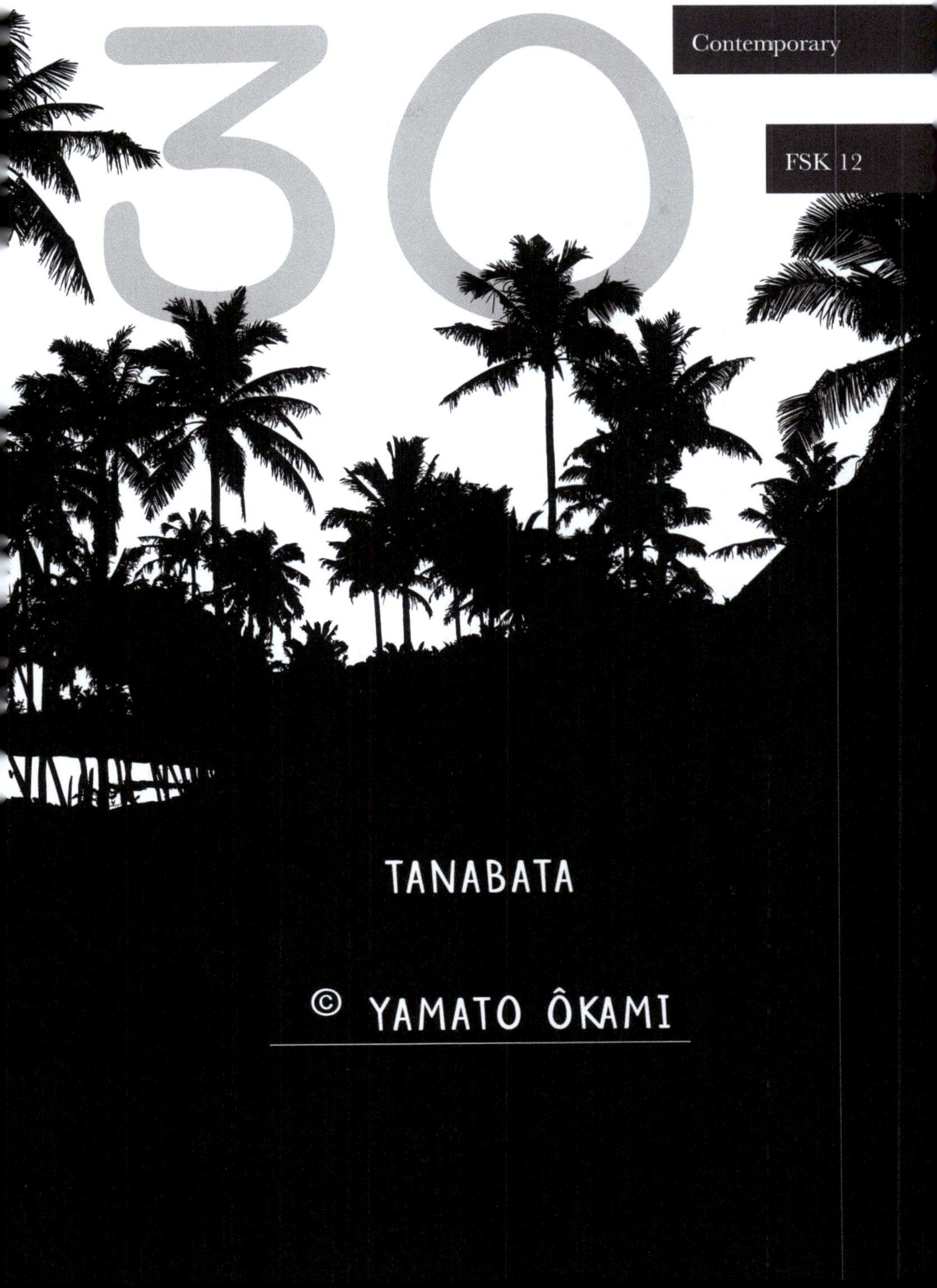
30
Contemporary
FSK 12
TANABATA
© YAMATO ÔKAMI

Damals, zu Anfang des neuen Jahrtausends, gab es diese Zeit, als Anime-Conventions wie Pilze aus dem Boden schossen. Die meisten von ihnen trugen die Namen von japanischen Feiertagen, vielleicht damit die Fanszene sie besser in ihre Jahresplanung einordnen konnte. Los ging es mit der Bonenkai, im Frühjahr folgten diverse Hanamis, im Herbst kam die Obon-Con und im Winter die Yuki-Con mit dieser süßen kleinen Schneefee als Maskottchen. Die baumelt sogar noch als Plüschi an meiner Harfentasche. Irgendwo zwischen diversen Buttons aus längst vergangenen Zeiten.

Vorsichtig hebe ich die Harfe aus dem Kofferraum und lade mir die Tasche samt Instrument auf die Schulter. Ich bin auf dem Weg zur Tanabata, der einzigen Con, die aus jener Zeit übriggeblieben ist und die findet, wie der Name schon verrät, am ersten Juliwochenende statt. Dieses Jahr sogar an Tanabata selbst, weil der 7. Juli auf den Consamstag fällt.

Viele alte Orgas haben sich mittlerweile aufgelöst. Die meisten der neuen Cons sind fest in Firmenhand und die Fanszene in den Händen einer neuen Generation, die sich nicht mehr daran erinnern kann, dass jemals keine Fanszene existierte. Sie alle haben diese gewisse Leichtigkeit, wenn sie durch die Hallen und Händlerräume wuseln, weil es das alles für sie schon immer gegeben hat. Fantreffen, Cons, Cosplays, die man fertig am Stand oder im Internet kaufen und Plattformen, auf denen man jeden Anime streamen kann. Genauso natürlich wie eine Manga-Abteilung in jedem Buchladen. Keiner von ihnen musste sich jemals die Frage stellen, ob er/sie/they vielleicht der einzige Anime-Fan auf der Welt sein könnte.

Aber manchmal sehe ich unter ihnen Fans, die zum ersten Mal auf einer Con sind, und die haben noch diese großen staunenden Augen. So wie damals, als das alles neu und aufregend war. Und wenn ich sehr viel Glück habe, wenn die Stimmung passt und die Gesichter sich nicht zu sehr hinter Handys verstecken, dann kann ich mit meiner Harfe ein wenig von diesem Zauber einfangen und in den Bühnensaal bringen.

Ich glaube, diesen besonderen magischen Moment zu erschaffen, ist der Traum eines jeden Showacts und auch, wenn ich das nun allein tue, ist es immer noch erfüllend.

Es ist früh am Tag und die Halle hat noch nicht geöffnet, doch der Park ist schon voller Cosplayer, die auf Picknickdecken chillen oder sich gegenseitig shooten. Einige haben sich in Jacken oder Decken eingemummelt, da sie vermutlich mit wärmeren Temperaturen gerechnet haben. Es ist kühl für einen Sommermorgen und der Himmel bewölkt – es sieht nach Regen aus. Regen an Tanabata bedeutet, dass sich der Ochsentreiber und die Weberin nicht auf der Himmelsbrücke treffen können und wieder ein Jahr aufeinander warten müssen.

An unserem letzten gemeinsamen Tanabata hat es auch geregnet und das Feuerwerk ist ausgefallen. Zufall? Schicksal? Manchmal frag ich mich, ob sich die Dinge vielleicht anders entwickelt hätten, wenn wir es uns zusammen angesehen hätten. Aber das ist Blödsinn, es lag ganz sicher nicht am Feuerwerk.

Meine Harfentasche zieht neugierige Blicke auf sich, als ich an der Schlange am Eingang vorbeistapfe. Die beiden Helfer winken mich durch, sie kennen mich seit vielen Jahren, doch der Typ von der Security möchte einen Blick hineinwerfen.

Überrascht reißt er die Augen auf, als er das Instrument sieht. Vermutlich hat er eher Schwerter oder Schilde darin vermutet oder irgendwas, womit er mich zum Waffencheck schicken muss.

»Bitte sehr, Frau Renard. Ihr Backstage-Ticket.«

Die junge Helferin am Empfang ist super freundlich, doch ich zucke noch immer zusammen, wenn mich jemand auf Con so förmlich anspricht. Es ist einfach zu seltsam, klingt wie im falschen Anime. »Nenn mich bitte Haruka, das tun alle. Und du brauchst mich nicht zu siezen.«

»Wie aus Wind Breaker?«, fragt sie begeistert. »Den lieb ich ja. Oder wie Haruka aus Project Sekai?«

»Wie Haruka aus Sailor Moon. Aber schon okay, wenn man das nicht mehr verbindet, mittlerweile gibts eine Haruka gefühlt in jedem dritten Anime.«

Sie grinst, aber ihr Blick wirkt etwas schuldbewusst. »Sailor Moon wollt ich schon längst mal geguckt haben, ist schließlich einer der Klassiker. Aber ist halt auch eine von diesen Endlos-Serien mit über hundert Folgen.«

»Zweihundert, um genau zu sein.« Ich denke an endlose Nachmittage auf dem Teppich vor dem Fernseher, an das Hüpfen in der Brust, wenn die Titelmelodie losging, an unsere ausgedehnten Telefonate, bei denen wir jede einzelne Folge bis ins kleinste Detail analysierten. So lange, bis dann irgendeine wohlmeinende Mutter zum Essen rief oder das Telefon für sich brauchte.

Der Weg hinter die Bühne führt außen ums Hauptgebäude herum, durch den Hof, in dem das Matsuri stattfinden wird. Vielleicht lauf ich später am Abend doch einmal drüber und schau mir die Buden an. Meinen Kimono hätte ich schließlich dabei.

Ich teile mir die kleine Garderobe mit einem anderen Showact, zumindest steht auf dem Schild ihr Name neben meinem. Drüben in der großen Garderobe ist bereits eine Showgruppe dabei, sich vorzubereiten, ich höre Bruchstücke von Gesangsübungen und einem Peptalk. Im Gang kommen mir ein Naruto und ein Sasuke entgegen, sie laufen Hand in Hand an mir vorbei.

Ich lächele und wünsche mir, dass du es sehen könntest. Auch wenn ich nicht daran glaube, dass es etwas an deiner Entscheidung geändert hätte. Aber vielleicht hätte es dir die Angst genommen .

»Hey, nicht erschrecken! Darf ich reinkommen? Ich bin Haruka.«

Sie erschrickt doch und lässt beinahe das Handy fallen, mit dem sie offenbar gerade versucht, sich einzusingen. Ihre Augen sind groß, graugrün, mit einem ängstlichen Ausdruck darin. Ich erkenne, dass es nicht an mir liegt, sie ist offenbar höllisch nervös. Ich tippe auf Lampenfieber.

»Hi, ich bin Coldrose.« Sie deutet auf ihr Banner, eine Rose aus Eis. »Aber du kannst mich Vicky nennen, so heiß ich im RL.«

Das Logo kommt mir irgendwie bekannt vor, ich tippe auf Streamerin. Sie ist sehr jung, keinesfalls älter als zwanzig, wahrscheinlich eher jünger. Und sie hat diesen staunenden Ausdruck in den Augen.

»Deine erste Con?«, frage ich und stelle die Harfe ab.

»Merkt man das?« Sie lacht, das Eis zwischen uns ist gebrochen. »Und mein erster Live-Auftritt. Ich bin so nervös, ich könnte schreien.«

»Es wird besser, sobald du auf der Bühne stehst.« Ich such mir ein freies Eck für die Harfe und beginne, meine Sachen zu ordnen, während wir uns weiter unterhalten. Sie kommt aus Dortmund, ist wirklich Streamerin und ein begeisterter K-Pop-Fan. Sie singt in ihren Streams und wollte das Ganze auch mal auf der Bühne ausprobieren. Ich bin mir sicher, der Saal wird proppenvoll sein und alle werden ihren Spaß haben.

Bei mir ist der Saal nur zu einem Drittel voll, aber es ist Nachmittag und zarte Harfenklänge sind nun mal nicht jedermanns Sache. Es läuft gut, doch irgendwie wünsche ich mir die Obon-Con und meinen Flügel zurück. Aber welche Con hat heutzutage noch einen Flügel?

Und es würde mir das Herz brechen, am Flügel zu spielen ohne deine Geige.

Hättest du ›nein‹ gesagt, hättest du einfach ›nein‹ gesagt, so hätt ich damit leben können. Es passiert doch andauernd, jemand verliebt sich, und die andere Person liebt nicht zurück. Aber unser Kuss und dann deine Panik, und dann dein Rückzug. Das letzte Mal, dass wir miteinander geredet haben. Deine Stimme, die so voller Angst und Ablehnung war. Ablehnung gegen uns. Ablehnung gegen dich selbst.

Und dann Schweigen. Nur noch Schweigen.

Vicky aka Coldrose hat einen halben Nervenzusammenbruch, als ich zurück in die Garderobe komme. Sie ist noch nervöser als zuvor und meine Harfe hat sie zusätzlich zum Weinen gebracht, sagt sie. Ich tröste, beschwichtige, muntere auf. Ich kenn das, hab es alles selbst schon durch. Sie wird es packen, da bin ich mir sicher. Sie will das und es wird gut.

Ich kann mit K-Pop nicht viel anfangen, doch ich sehe zu, weil ich versprochen habe, sie zu unterstützen, und ich halte meine Versprechen. Der Saal ist voll

bis auf den letzten Platz und es läuft super. Sie fällt mir vor Begeisterung um den Hals und zieht los, um mit ihrer Community Selfies zu machen.

Später sehe ich sie auf dem Matsuri zwischen den Buden stehen. Jetzt ist sie allein, das Ohr am Handy, ihr Lächeln selig und nicht von dieser Welt. Sie telefoniert mit einer ganz besonderen Person.

»Erzähl es bitte nicht rum«, sagt sie, als wir zusammen Mochi essen. »Meiner Community würd ich es ja sagen, aber meinen Eltern nicht, ich will kein dummes Gelaber. Armand lebt in Frankreich, die würden das literally gar nicht ernst nehmen. Und bei seinen Eltern ist er noch nicht geoutet. Die würden ihn rausschmeißen. Nächstes Jahr wird er mit der Schule fertig und will zum Studieren nach Paris. Oder an eine Uni in Deutschland. So lang hält er das noch durch, sagt er. Aber leicht ist es nicht.«

»Immer dieser Stress mit schwierigen Eltern«, pflichte ich ihr bei.

Ich höre zu, während sie ihre Geschichte erzählt. Sie hat Armand vor drei Jahren über Tiktok kennengelernt, seit zwei Jahren sind sie ein Paar. Zusammengekommen sind sie auf einem K-Pop-Konzert in Düsseldorf, das einzige Mal, dass sie sich live getroffen haben. »Zwei Drittel der Zeit haben wir schon geschafft«, sagt sie und strahlt. »Eins noch, dann startet unser gemeinsames Leben.«

Ein Knall kündigt das Feuerwerk an und plötzlich glitzert der Nachthimmel in schillernden Farben. Bisher bin ich jedes Jahr weggegangen, weil ich den Gedanken nicht ertragen konnte, das Feuerwerk ohne dich zu sehen.

Und es tut immer noch weh, Michiru. Ich wünsche mir so sehr, dass du deinen Weg gefunden hast, wo auch immer du jetzt sein magst. Dass du keine Angst mehr hast. Dich nicht ablehnst.

Aber jetzt möchte ich mir mit Vicky das Feuerwerk ansehen. Möchte mich gemeinsam mit ihr freuen, während sie von ihrem Glück schwärmt und der ganze Himmel in Sternen erstrahlt. Heute Nacht ist Tanabata. Heute Nacht treffen sich die Weberin und der Ochsentreiber auf der Himmelsbrücke.

Für die neue Generation ist die Liebe nicht einfacher geworden, sogar die Herausforderungen sind teilweise noch immer dieselben. Aber es ist gut, zu wissen, dass die Hoffnung manchmal stärker sein kann als die Angst.

INSPIRATION FÜR DIE GESCHICHTE
BOT DER RUNNING GAG ZWISCHEN
MIR UND MEINER SCHWESTER,
KAKTEEN AUF VEREHRER ZU
WERFEN, UM RUHE ZU HABEN.

31

Modernes Märchen

DIE ROSENPRINZESSIN

© JUDITH WOLFERTSTETTER

Es waren einmal vor langer Zeit ein König und eine Königin, denen war in einer lauen Sommernacht ein Töchterchen geboren. Sie nannten es Rosalind, nach dem Duft der Rosen und Linden, den der Wind aus dem Schlossgarten ans Wochenbett der Königin trug. Zu Rosalinds Ehren richteten sie wenig später ein großes Fest aus. Sie luden alle wichtigen Menschen und Geschöpfe des Reiches ein, darunter auch die dreizehn weisen Feen, die Herrinnen über alle großen Wälder im Reich waren.

Alle Gäste von nah und fern kamen zum Palast, nur die dreizehnte Fee, die im entlegensten Wald lebte, war nirgends zu sehen. Das Fest begann trotzdem und alle waren froh und heiter. Es wurde gegessen und getanzt und schließlich brachten alle Gäste der Königstochter ihre Gaben dar. Die Adeligen des Reichs schenkten ihr allerlei Schmuck, feine Kleider und erlesenes Spielzeug und zuletzt waren die Feen an der Reihe. Die erste wünschte der Prinzessin Weisheit, die zweite

Schönheit, die dritte Tapferkeit und immer so fort. Nachdem die zwölfte Fee geendet hatte, flogen die Türen des Thronsaals krachend auf und die dreizehnte Fee kam herein. Ihr schönes Kleid hing in Fetzen und die frisierten Haare waren zerrupft. Alle Blicke lagen auf ihr, als sie zum Thron eilte. Sie verbeugte sich tief vor dem König, der Königin und Rosalind in ihrer Krippe und sagte: »Verzeiht meine Verspätung, Eure Hoheiten. Ein gewaltiger Sturm suchte meinen Wald heim, gerade, als ich aufgebrochen war, und zwang mich, Schutz zu suchen. Leider geriet ich dabei in den Blumenhain eines Drachens. Da Drachen bekanntlich dornige Gewächse bevorzugen, zerriss ich mir dabei das Kleid und zerrupfte mir mein Haar. Damit eurer Tochter nie etwas Ähnliches widerfährt, schenke ich ihr die Gabe der Sprache der Blumen. Auf dass sie ihr in guten Tagen Freude bereiten und in schlechten Tagen Schutz bringen möge!«

Der König und die Königin waren dankbar für das großzügige Geschenk und hießen die dreizehnte Fee unter den Gästen willkommen. Man bot ihr an, sich umzukleiden, und so war bald vergessen, dass sie zu spät gekommen war. Die Feier dauerte noch bis tief in die Nacht und alle Gäste rochen den üppigen Duft, welcher der Prinzessin ihren Namen gegeben hatte.

Im Laufe der Jahre bekam die Prinzessin drei Geschwister. Gemeinsam wuchsen sie heran und sämtliche Wünsche, die ihnen die Feen mit auf den Weg gegeben hatten, gingen in Erfüllung. Sie alle waren schlau, schön, umsichtig und stets freundlich, sodass alle, die ihnen begegneten, sie ins Herz schlossen.

Prinzessin Rosalinds bemerkenswerteste Gabe war die Sprache der Blumen. Wohin sie auch ging, schienen ihr alle Blumen ihre schönsten Blüten entgegenzustrecken und besonders gut zu riechen. Insbesondere Rosen und andere Blumen mit Stacheln bemühten sich um die Prinzessin. Sie stach sich nie an ihnen, egal ob sie neben ihnen spielte, an ihnen roch oder sie pflückte. Schon bald war der Frühsommer, wenn die Rosen zu blühen begannen, die Lieblingszeit der Prinzessin. Wer sie jedoch nicht zufällig umgeben von Blumen kennenlernte, bemerkte von der Gabe nichts und Außenstehenden war sie vor allem wegen ihrer Schönheit und liebenswürdigen Art bekannt.

So kam es, dass, als sie älter wurde, viele Prinzen sie umgarnten. Auf Festen wollte jeder mit ihr tanzen und wenn sie eine Pause vom Tanzen machte, wollte jeder mit ihr sprechen. Nach den Festen wurde sie mit Geschenken und Briefen überhäuft. Sie freute sich stets darüber und war bemüht, sie zu beantworten und sich zu bedanken.

Trotz der vielen Bewerber schien nie der Richtige unter ihnen zu sein. Je mehr Zeit verging, je mehr sie tanzte und mit Prinzen sprach und je mehr Briefe sie von ihnen bekam, desto mehr wurde ihr bewusst, dass sie die stets beschriebenen Gefühle selbst nie empfand. Die Prinzen besangen ihre Schönheit und wie sehr sie sich wünschten, allzeit an ihrer Seite sein zu können. Wie sehr sie sich nach ihrem Anblick, ihrer Stimme und ihrer Gesellschaft verzehrten. Doch sie konnte dieses Empfinden nicht erwidern. Sie sah, wenn jemand schön war, doch sie verspürte nicht den unbändigen Drang, mit der schönen Person in Kontakt zu treten, wie ihn andere zu haben schienen. Auch ihre Freunde und nach und nach ihre Geschwister berichteten von ähnlichen Erfahrungen.

Sie schwärmten für Prinzen und Prinzessinnen und hofften, diese auf Festen zu treffen oder Briefe mit ihnen wechseln zu können.

Rosalind bemühte sich noch stärker, endlich einen Prinzen zu finden, für den sie derartige Empfindungen hegen konnte. Sie las die Korrespondenzen intensiver und holte auch alte Briefe hervor, da sie befürchtete, etwas übersehen zu haben. Einige Male dachte sie auch, den Richtigen getroffen zu haben, wenn ihr Herz bei der Erinnerung an einen Prinzen einmal doch zu flattern begann. Bald darauf erkannte sie jedoch stets, dass diese Prinzen ihr Rosen geschenkt hatten und diese Blumen das Einzige waren, was ihrem Herzen dieses Gefühl entlocken konnte. Je größer ihr Rosengarten wurde, desto glücklicher wurde sie, und mit der Zeit wurde ihr bewusst, dass ihr nichts fehlte. Sie stellte es sich schön vor, einen Partner zu haben, der immer an ihrer Seite war, doch sie hatte Freunde und ihre Blumen und das reichte ihr als Gesellschaft.

Nun war sie jedoch die Erstgeborene und damit oblagen ihr die Pflichten einer Kronprinzessin. Sie erkannte, dass, während sie immer zuversichtlicher wurde, dass es für sie keinen Prinzen gab und das auch nicht schlimm war, ihre Eltern zusehends ungeduldiger wurden. Die Prinzessin wog ihre Möglichkeiten ab und trat schließlich, einige Wochen vor ihrem 21. Geburtstag vor ihre Eltern: »Mutter, Vater, ich muss mit euch sprechen. Ich spüre eure Ungeduld, mir einen Ehemann zu erwählen, und verstehe eure zugrunde liegende Sorge. Ich bin eure erstgeborene Tochter und Kronprinzessin. Mir obliegt die Pflicht, mit einem Ehemann an meiner Seite und mit meinen Kindern das Reich zu regieren. Ich will euch jedoch mitteilen, dass es keinen Prinzen gibt, den ich mir an meiner Seite vorstellen kann. Ich kann all die Gefühle nicht empfinden, die mir meine Freunde und meine Geschwister beschreiben und die ich in den Briefen der Prinzen lese. Die Einzigen, die mein Herz berühren können, sind Blumen. Bitte erlaubt mir also, an meinem 21. Geburtstag, wenn ich volljährig bin, als Kronprinzessin abzudanken und diese Aufgabe einem meiner Geschwister zu übertragen. Sie sind ebenso fähig wie ich, dieses

Reich zu regieren. Vor allem aber empfinden sie diese Gefühle, die sie danach streben lassen, eine Partnerschaft einzugehen und Kinder zu bekommen. Sie werden euch mit Enkeln und das Reich mit Erben segnen.«

Das Königspaar hatte aufmerksam zugehört. Der König antwortete: »Wir sehen, du hast dir viele Gedanken gemacht und wir wissen, dass du viele Prinzen getroffen hast. Doch bist du dir wirklich sicher? Die Position der Kronprinzessin kommt nicht nur mit Pflichten, sondern auch mit Privilegien. Willst du diese wirklich abgeben?«

»Das ist mir durchaus bewusst, Vater. Doch wenn ihr mir zutraut, in diesem Alter die für mich richtige Wahl für einen Ehemann und für die Krone zu treffen, traut mir bitte auch zu, mich dagegen zu entscheiden.«

Ihre Eltern sahen sich an und nickten. »Wenn du dir sicher bist, wollen wir diese Entscheidung akzeptieren und alle Vorbereitungen treffen.«

Und so geschah es. Am 21. Geburtstag der Prinzessin trat diese vor das Volk und verkündete ihre Entscheidung. Außerdem übergab sie symbolisch die Kronprinzenkrone an ihren Bruder, den ihre Eltern als Zweitgeborenen dafür auserwählt hatten. Alle Zuhörenden waren schockiert, umso mehr, als sie erläuterte, dass sie nicht zu heiraten gedachte und alle zukünftigen Geschenke und Gesuche diesbezüglich ungesehen zurücksenden würde.

Eine Woche später bestieg sie eine Kutsche, die sie und einen kleinen Hofstaat zu einem Schloss im Westen des Reichs bringen würde. Dort gedachte sie, ihr weiteres Leben fernab der Regierungsgeschäfte und umgeben von Blumen zu führen. Sie freute sich schon auf den großen Garten, der das Gebäude umgab und aufgrund dessen sie sich für dieses Schloss entschieden hatte. Ein Großteil ihrer Rosen war schon umgezogen und würde sie nun in frühsommerlicher Pracht in ihrem neuen Heim willkommen heißen.

Die Wochen vergingen und sie verbrachte sie zufrieden damit, den Garten weiter zu planen und immer wieder kleinere Reisen zu anderen Gärten zu unternehmen, um die Rosen dort zu bewundern. Als sie einmal von einer solchen Reise zurückkam, berichtete ihr eine Dienerin, ein Prinz sei da gewesen, um sie zu treffen, und er habe ein Geschenk dagelassen, als er sie nicht angetroffen habe. Wie angekündigt schickte die Prinzessin das Geschenk ungesehen zurück und legte einen Brief bei, der die Sachlage erneut erklärte, da sie vermutete, der Prinz habe lediglich nicht von ihrem Rücktritt gehört.

Leider blieb dies kein Einzelfall. Den Winter über war es noch recht ruhig, doch mit dem Frühling kamen immer wieder Prinzen und als ihre Rosen zu blühen begannen, waren es beinahe so viele wie zuvor. Als alles höfliche Ablehnen der Avancen nicht dazu führte, dass man sie in Ruhe ließ, brachte eine besonders stachelige Rose die Prinzessin schließlich auf die Idee, eine Rosenhecke um das Schloss zu pflanzen. Sie hoffte zumindest, diese würde klar machen, dass keine Besucher erwünscht waren.

Sogleich begann sie, mit ihrem Gartenpersonal junge Rosen für diesen Zweck zu ziehen, und die neu gepflanzten Rosen wuchsen um die Wette, um ihrer Herrin zu gefallen. Schon im nächsten Jahr umgab eine stattliche Hecke das Schloss und im Sommer war das ganze Schloss in Rosenduft gehüllt. Die Freude währte jedoch nicht lange, denn Rosalind musste erfahren, dass eine Legende im Umlauf war, die besagte, dass in einem entlegenen Schloss hinter einer Rosenhecke eine Prinzessin lebe, die von ihren Eltern und neidischen Geschwistern dort gefangen gehalten werde. Sie warte sehnsüchtig darauf, von einem Prinzen befreit zu werden, was diese dazu anstachelte, weiterhin immer wieder an ihr Tor zu klopfen.

Im dritten Sommer war die Hecke so dicht und verschlungen, dass sie in den Legenden lebendig wurde. Es hieß nun, die Ranken würden nach den Prinzen greifen, die versuchten, sie zu durchdringen, und sie würden sie festhalten, bis sie einen elenden Tod fanden. Woher diese Wendung der Legende kam, konnte sich Rosalind nicht so recht erklären, da die Hecke ein Tor besaß, das allen, die um Einlass baten, geöffnet wurde und sich bisher auch noch nie jemand in der Hecke verfangen hatte, doch es sollte ihr recht sein. Immerhin schien sie dafür zu sorgen, dass zumindest die weniger wagemutigen Prinzen fernblieben.

Eines Morgens landete ein gewaltiger Drache im Schlosshof. Die Bediensteten waren in hellem Aufruhr und die wenigen Wachen versuchten, ihm zu Leibe zu rücken.

Er hob jedoch beschwichtigend die Arme und dröhnte: »Verzeiht mein unangekündigtes Eindringen, doch mir kamen Legenden zu Ohren, dass es hier einzigartige Rosen gibt, die unglaublich dornig sind und mit ihren Ranken sogar greifen können. Bitte, ich will euch nur um einige dieser Rosen für meine Sammlung ersuchen.«

Die Prinzessin, die vom Aufruhr aus dem Gewächshaus gelockt worden war, hörte, was der Drache sprach. Sie erinnerte sich an die Geschichte darüber, wie sie zu ihrer besonderen Gabe gekommen war, und trat furchtlos auf den Drachen zu, obwohl ihre Diener sie zurückhalten wollten.

»Es tut mir leid, dich enttäuschen zu müssen. Greifen können meine Rosen leider nicht, doch sie sind in der Tat sehr stachelig. Gerne kann ich dir einige Pflanzen zukommen lassen. Soll ich dich herumführen?«

Der Drache war höchst erfreut und ließ sich den ausgedehnten Garten sowie die üppige Hecke zeigen. Da beides mittlerweile so umfangreich war, dass ein Tag nicht ausreichte, lud die Prinzessin den Drachen ein, zu bleiben. Bis spät in die Nacht plauderten sie über ihre Gärten und es stellte sich heraus, dass die dreizehnte Fee vor all den Jahren tatsächlich im Garten eben dieses Drachens, der Phillip hieß, gelandet war. Die Prinzessin war daraufhin noch neugieriger, den Garten des Drachens zu sehen. Phillip war hoch erfreut und lud sie zu sich ein. Schon bald war eine tiefe Freundschaft entstanden und sie tauschten regelmäßig Rosensetzlinge für ihre Sammlungen.

Als die Prinzessin und der Drache ein Jahr befreundet waren und wieder einmal umweht von einer frischen Sommerbrise durch Rosalinds Rosengarten schlenderten, berichtete diese: »Ach Phillip, denk nur, was mir zu Ohren gekommen ist: Die Legende um mein

Schloss besagt mittlerweile auch, dass mich ein furchteinflößender Drache bewacht!«

Beide lachten herzhaft, doch dem Drachen entging Rosalinds bekümmerter Blick nicht. Auf seine Nachfrage antwortete sie: »Es ist schon amüsant, der Legende zu lauschen, aber es ist auch müßig. Seit neustem schlagen sie mit ihren Schwertern Löcher in meine Hecke, statt ans Tor zu klopfen. Ich weiß nicht, wie das enden soll. Ich befürchte, egal wie viel Zeit vergehen wird, die Legende wird sich nur weiter wandeln und ich werde nie meine Ruhe haben.«

Der Drache nickte bedächtig und dachte nach. Nach einer Weile sagte er: »Wie wäre es, wenn wir auf dem kleinen Berg dort drüben, noch weiter im Westen, ebenfalls eine Rosenhecke pflanzen? Dann könnt ihr hier allen erzählen, dies sei das falsche Schloss und die Prinzessin hielte sich in Wirklichkeit in dem Schloss auf dem Berg auf. Es erscheint mir der Legende auch sehr zuträglich, wenn es erst noch einen Berg zu erklimmen gibt, ehe man an die Hecke gelangt.«

»Oh ja!«, rief die Prinzessin, »Das ist eine hervorragende Idee! Wenn du, immer wenn du mich besuchen kommst, ein paar Runden um den Berg drehst, bleibt auch dieser Teil der Legende erhalten. Und ich habe noch eine Idee: Wir erzählen den Leuten auch, dass nur der wahre Auserwählte das Schloss der verwunschenen Prinzessin sehen kann. Dann kommt auch hoffentlich kein Prinz auf die Idee, doch noch bei mir zu klopfen, wenn er auf dem Berg keine Prinzessin gefunden hat.«

Gesagt, getan. Die Prinzessin und der Drache brachten alle Rosen-stecklinge, die sie entbehren konnten, zum Nachbarberg. Sie hegten und pflegten sie und schon im nächsten Jahr hatte sie eine so stattliche Größe erreicht, dass die Prinzen ganz von selbst zuerst auf den Berg aufmerksam wurden, bevor sie Rosalinds Schloss sahen. Im zweiten Sommer war die Hecke so dicht, dass sich die Prinzen fast alle täuschen ließen, und die Prinzessin tat ihr Übriges, die neue Legende zu verbreiten.

Von nun an genoss sie wieder jeden Sommer sorglos den Rosenduft und lebte glücklich und zufrieden, bis ans Ende ihrer Tage.

Sprache, Sexuelle Themen

»STERNENKLARE NACHT« IST
EINE ABZWEIGUNG MEINES WERKS
»ALPHA - BREAK ME«. BEIDES IST
IN DERSELBEN WELT ANGESIEDELT
& SPIELT IN EINEM OMEGAVERSE.

32

STERNENKLARE NACHT

© MITSUKI KIBOUNO

»Euer neuer Song hat mich sehr berührt.« Elio lehnte sich an die Außenwand des Clubs, nahm die Zigarette von Nash entgegen und betrachtete sie einen Moment lang, ehe er daraufhin einen tiefen Zug nahm und langsam die Augen schloss.

»Ja? Das ist cool! Den hab ich zusammen mit Indra geschrieben. Er hat echt so krass viel Talent.« Nash grinste breit und schaute dabei hoch in die Sterne, die in dieser lauen Sommernacht hell über ihnen leuchteten.

»Du auch …«, erwiderte Elio ungeniert, woraufhin er die Augen wieder öffnete und ebenfalls nach oben schaute. Dabei rückte er näher an Nash heran, lehnte sich bei ihm an und seufzte tonlos. »Es liegt so viel Sehnsucht in dem Songtext. Ich mag es, wie ihr das Berühmtsein beschrieben habt.«

»Mhm. Berühmt sein ist cool. Aber es ist manchmal auch echt beschissen. Es gibt so vieles, was du nicht tun kannst«, entgegnete ihm Nash, während seine flauschigen rotbraunen Pandaohren leicht zuckten. Er ließ ihn gewähren und wendete den Blick dabei nicht vom Sternenhimmel ab.

Elio seufzte melancholisch. »Was kannst du denn nicht tun?«

»Einfach wo hingehen, ohne erkannt zu werden. Mich irgendwo in Ruhe hinsetzen, ohne Autogramme zu geben …, oder einfach mal Urlaub machen …« In Nashs Stimme lag nun dieselbe Sehnsucht, die sich in seinen Songtexten widerspiegelte. Ein Verlangen nach Anonymität und Freiheit.

Elio gab einen unverständlichen Laut von sich. »Ist das hier im Club anders?«

»Ja, schon. Ich meine, es gibt schon auch Fans hier«, Nash unterbrach sich kurz selbst, um Elio anzugrinsen, »aber die sind anders …«

Auch Elio musste schmunzeln. »Ja. Der Club ist ein Safe Space, hm?«

»Ja, ist er wirklich.« Nash trank einen Schluck aus dem Glas in seiner Hand und nickte, um Elios Aussage zu bekräftigen.

Einen kurzen Moment über hielt Elio inne, ehe er Nash die Zigarette wieder hinhielt.

»Für mich auch …«

Nash nahm den Glimmstängel entgegen, zog ebenfalls daran und musste jetzt unwillkürlich schmunzeln. *Das ist jetzt doch quasi ein indirekter Kuss, oder?*

»Warum für dich?«, fragte Nash und sah Elio nun interessiert an.

»Hm … h-hier kann ich größtenteils ich selbst sein und .. Spaß haben«, entgegnete er kurz darauf offen und ehrlich.

»Ah. Kannst du das sonst nicht?«, hakte Nash nach und seine Pandaohren zuckten dabei erneut neugierig in Elios Richtung.

Dieser senkte für einen Moment den Blick und schüttelte nachdenklich den Kopf.

»Nein …«, war seine Antwort darauf und sie kam sehr schnell. »Ich glaube, ich habe ein ähnliches Los wie du.«

»Ach ja? Müsste ich dich kennen?«, fragte Nash mit schief gelegtem Kopf, schien ihn zu mustern und zu überlegen.

Elio kicherte leise hinter vorgehaltener Hand. »Vielleicht. Aber ich bin froh, dass du es nicht tust.« Er war ehrlich. Es gab nicht viele, die ihn nicht kannten. Und es war erfrischend, wenn er jemanden traf, für den er ein unbeschriebenes Blatt war.

»Ach so?« Nash blinzelte verwirrt. »Wer bist du denn?«

»Ach, das ist doch nicht so wichtig, hm?« Elio schenkte ihm ein seichtes Lächeln. »Vergiss, was ich gesagt habe.« *Warum habe ich das angesprochen?*

»Komm schon. Du hättest es nicht erwähnt, wenn du es nicht loswerden wollen würdest, oder?« Nash erwiderte das Lächeln mit einem schelmischen Grinsen.

Kurz darauf gab Elio sich geschlagen, denn Nash hatte recht. Er wollte es insgeheim mit ihm teilen, seine Reaktion abtasten.

Sanft zog er ihn nun deshalb zu sich herunter, um zu flüstern: »Ich bin der Sohn des Ministers. Aber manchmal wäre ich gern jemand anderes.«

»Was?!« Nash riss sofort die Augen auf und guckte ihn ungläubig an. »Oh shit.«

»Schh …« Kurz darauf legte Elio einen Finger auf Nashs Lippen. »Ich behandle dich nicht anders und du mich auch nicht. Deal?« Das schien ihm wichtig zu sein und seine Katerohren zuckten dabei nervös zur Seite.

»Hnn …, ja …, okay …« Nash nuschelte die Worte gegen Elios Finger und nickte dann langsam. *Scheiße …, ihn flachzulegen kann ich dann wohl vergessen. Unser Manager bringt mich sonst um. Unwillkürlich wandte er den Blick ab.*

Elio musterte ihn derweil und zuckte abermals mit den Ohren. Dass Nash zur Seite sah, blieb von ihm nicht unbemerkt. Aber er kommentierte es dennoch nicht.

»Alles … okay?« Es war, als hätte er seine Gedanken gelesen. Oder etwas anderes spukte ihm durch den Kopf. *Mist … Warum hab ich das gesagt?*

»Ja. Alles okay.« Nash schenkte ihm ein Schmunzeln, auch wenn seine Öhrchen ein wenig herabhingen. »Lässt du mich noch mal ziehen?«

»Na klar.« Elio hielt ihm die Zigarette erneut hin, musterte dabei aber sein Gesicht. »Zehn Cent für deine Gedanken.«

»Was, nur zehn Cent?« Nash grinste schief, bevor er an der Zigarette zog. Aber er wirkte nun nicht mehr so zuversichtlich wie zuvor.

Auch Elio schmunzelte.

»Das sagt man so«, erwiderte er. »Weißt du, ich bin ein guter Beobachter. Vergiss, was ich gesagt habe, hm? Lass uns einfach nur Spaß haben. Du bist du und ich bin ich.«

Es schien Elio wichtig zu sein, das auszusprechen. Besonders nach der offensichtlichen Stimmungsänderung von Nash.

»Okay …« Nash ließ sich einen Moment Zeit, ehe er antwortete, nickte dann aber noch einmal und reichte die Zigarette zurück. Dann nippte er an seinem Drink und schwenkte das Glas leicht, um seinen Fingern eine Beschäftigung zu geben und die

Stille zu überbrücken, die jetzt für einen Moment zwischen ihnen stand.

Elio schenkte ihm ein Lächeln, dabei konnte man gut das Mal unter seinem Auge sehen, das ihn als Alpha zu erkennen gab. Dann nahm er auch noch einen Zug.

»Du bist ein wundervoller Kerl«, kam es beinahe wie aus dem Nichts von dem Kater an Nash gerichtet. Er schaute noch mal zu ihm hoch und dann wieder in die Sterne. »Schau mal! Dort.« Er deutete schnell auf eine Sternschnuppe, die sich ihren Weg über das Firmament bahnte.

»Oh, cool! Dann können wir … uns jetzt wohl etwas wünschen«, bemerkte Nash zögerlich.

Elio kichert leise und schloss daraufhin die Augen. *Ich wünsche mir, dass du mich mit anderen Augen siehst als die Anderen.*

Nash hingegen schaute fast schon sehnsüchtig hinauf zur Sternschnuppe, während er in Gedanken seinen Wunsch formulierte. *Ich wünsche mir … kein Omega zu sein.*

Der Andere schaute derweil wieder in sein Gesicht und kurzerhand schenkte er ihm ein kleines Küsschen, das er auf sein Kinn platzierte. Unschuldig schaute er ihn von unten her an.

»Uh?« Nash blinzelte ihn überrascht an. Damit hatte er nicht gerechnet.

Elio schmunzelte ihn keck an und wedelte mit dem Schwanz durch die Luft, ehe er noch einen Schluck von seinem eigenen Drink nahm.

»Ging das … zu weit?« Seine Ohren zuckten und er sah Nash fragend dabei an.

»Nein, schon okay«, erwiderte dieser schelmisch. »Ich war nur überrascht.«

Elio lächelte abermals zurück und fasste dann nach seiner Hand. Die Geste wirkte weniger alphahaft, eher anhänglich und fast schon schutzsuchend. Ihm selbst schien das aber nicht aufzufallen.

»Du hast warme Hände …«

»Mhm. Bin ja auch Warmblüter«, scherzte Nash, ließ ihn allerdings gewähren. Dabei hielt er selbst

sich schon beinahe schüchtern zurück, schaute nach unten auf ihre verschränkten Finger.

Irgendwie wirkt er jetzt anders. Elio, du Idiot. Ich dachte, es hilft ihm, wenn er weiß, wir teilen ein Schicksal. Aber das war wohl ein Fehler. Sonst rede ich darüber doch auch nicht.

Elio fuhr mit den Fingern über Nashs Hand.

»Ja. Und ein warmes Herz hast du auch.« Diesmal legte sich ein sanftes Lächeln auf seine Lippen.

»Findest du?« Auf Nashs Wangen stahl sich ein rosaroter Schimmer.

Was ein Scheiß. Er ist schon echt süß, aber Indra und unser Manager reißen mir den Arsch auf, wenn ich mir einen Alpha anlache. Das geht halt echt nicht.

»Ja …« Elio sah ihn weiterhin ganz verträumt an, schmunzelte jetzt wieder. »Ich finde es toll, wie offen du bist und auf andere zugehst. Viele Leute haben eine gewisse Berührungsscheu. Ich mag das nicht.« Und das meinte er ganz ernst. Elio war ein sehr offener Kater. Er liebte Berührungen, Nähe, Offenheit. Nash war nicht so reserviert wie die meisten in seinem Umfeld.

»Hhmh. Du scheinst« − offensichtlich − »auch keine zu haben.«

Für einen Moment war Elio sich unsicher, ob Nash das als Kritik meinte und sich doch zu sehr bedrängt gefühlt hatte von seinem Kuss. Aber da er ebenfalls grinste, warf er die Bedenken augenblicklich über Bord. Er wollte auf sein Wort vertrauen.

»Nein.« Elio schmunzelte zurück. »Nähe zu anderen ist mir wichtig.«

Das habe ich zu Hause nie gehabt. »Es ist generell wichtig. Findest du nicht?«

Er legte den Kopf schief, zuckte noch einmal mit den Ohren und musterte Nashs Gesicht dabei und versuchte, ihn zu lesen.

»Ja, finde ich auch.« Nash nickte verhalten, zögerte dann einen Moment, ehe er fortfuhr: »Was hast du dir eigentlich gewünscht?«

Elio schmunzelte mehr. »Eigentlich verrät man das doch nicht. Aber ich verrate es dir.« Damit zog er ihn noch einmal sanft zu sich herunter und flüsterte: »Dass du mich mit anderen Augen siehst als all die anderen. Und … du?«

Nashs Augen weiteten sich und er schluckte leer. »Warum …
wünschst du dir so was denn?« Es schien für ihn unverständlich. Elio
war ein Alpha. Wieso wünschte er sich, anders gesehen zu werden?

Dieser zuckte mit einem Ohr und sah ihm fest in die Augen. »Weil
ich dich gern mag … als Person … und mir wünsche, dass wir den
Abend zusammen verbringen könnten.« Jetzt stahl sich ein verstoh-
lenes Grinsen auf seine Lippen. »Und weil …« Er zögerte einen
Moment lang.

»Und?« Nash sah ihn in einer Mischung aus Unsicherheit und
Neugier an. Eine seltsame Kombination. Aber er war gleichsam interessiert wie ängstlich bezüglich der Antwort.

Elio senkte die Stimme und berührte mit den Lippen sein Ohr,
damit er so leise reden konnte, wie möglich.

»Weil ich bei dir ich selbst sein möchte. Kein Alpha, der ich sein soll,
aber nicht bin. Kein Delta, der ich nicht sein soll, der ich wirklich bin.
Einfach nur … Ich.«

Nashs Augen weiteten sich und seine Pupillen wurden größer.

»Du … bist kein …« Er konnte es nicht fassen. *Er ist … aber … das
heißt ja …*

Der Kater schüttelte derweil den Kopf zur Antwort und biss sich
auf die Lippe.

»Aber schhh …« Langsam schloss Nash ihn nun in seine Arme,
drückte ihn sanft an sich.

»Huh?« Elio überraschte das, aber er erwiderte die Umarmung und
tatsächlich kamen ihm die Tränen. *Es macht ihm nichts aus!*

»Alles … okay bei dir?« Nash blinzelte ihn überrascht an, während
sein Schwanz nervös hin und her schwenkte.

Elio kicherte daraufhin leise und nickte an seine Brust gelehnt.
»J-ja … alles gut.« Er atmete Nash warm entgegen. »Ich freu mich nur
so. Tut mir leid. Ich bin ein schlechter Alpha und ein noch schlech-
terer Delta.« Weder für den einen noch den anderen schickte es sich,
aus heiterem Himmel zu weinen anzufangen. Hastig wischte er sich
vereinzelte Tränen von der Wange.

»Echt miserabel, ja«, stimmte Nash ihm mit einem schelmischen Grinsen zu. »Aber ist doch … voll okay.« Daraufhin schenkte er ihm ein sanftes Lächeln.

Elio lachte ihm leise entgegen und erwiderte das Lächeln, ehe er sich noch die letzten Tränen wegwischte. »Du bist großartig.«

Nash gab einen verlegenen Laut von sich. »So ein Quatsch. Bin ich gar nicht.« Hastig schüttelte er den Kopf und schmunzelte daraufhin. »Vor allem bin ich … erleichtert.«

Elio kicherte amüsiert und sah ihn schmunzelnd an, ehe er den Kopf fragend auf die Seite legte. »Warum?«, fragte er mit ehrlichem Interesse in der Stimme.

»Hmh.« Nash schien einen Moment lang zu zögern und sein Blick war ebenso verlegen, beinahe betreten, als er den Kopf zur Seite drehte und Elios Blick auswich. »Das darfst du niemandem sagen, ja?«

Jetzt beugte er sich wiederum tief zu Elio herunter und flüsterte ihm ins Ohr: »Ich bin ein Omega.«

Die Augen des Katers weiteten sich sofort, wurden beinahe vollständig von der zuvor noch schlitzartig geformten Pupille eingenommen. In seinem Blick lag eindeutig Überraschung. »Wirklich?« Er konnte es kaum fassen. *Das heißt … es gibt noch mehr, die nicht ihrer Rolle entsprechen.*

Augenblicklich fühlte er sich nicht mehr allein. Denn er war es nicht länger. Er wusste jetzt, dass es mindestens noch eine andere Person gab, der es genauso erging wie ihm. Natürlich war es abwegig gewesen, das auch nur für einen Moment geglaubt zu haben. Aber solche Gedanken ließen sich nun einmal nicht abstellen. Doch nun hatte er die Gewissheit!

MANCHMAL TRENNT DAS SCHICKSAL LEBENSWEGE, DOCH WAS ZUSAMMEN GEHÖRT, WIRD IMMER WIEDER ZUEINANDER FINDEN. DIE JAHRES-ZEITEN-LORE GEHT WEITER

33

Fantasy, Gay Romance

FSK 12

TANZ DES MEERES

© SHINO TENSHI

Die Wellen schlugen unaufhörlich gegen den dunklen Stein der Klippe. Er hörte das Kreischen der Vögel und die sanfte Brise strich durch sein Haar. Es lag ein salziger Geruch in der Luft, die seine Lungen umschmeichelte und ihn zu einem tiefen Atemzug verleitete.

Mit einem Lächeln stand er auf und sah in den Abgrund. Die Gischt gierte nach dem Land, doch sie erreichte es nicht. In seinem Rücken lag die Sonne und wärmte weiter seine Haut. Das Surfbrett in seiner Hand gab ihm Halt und zusammen mit dem Verfestigen seines Griffes darum wurde sein Grinsen breiter.

Mit einem freudigen Schrei stieß er sich von der Klippe ab und stürzte hinab in das kühle Nass. Es umschloss ihn, raubte ihm die Luft und die warmen Strahlen. Er sah einen kleinen Fisch in seinem Augenwinkel und ignorierte das Brennen des Wassers in seinen Augen. Das war Leben und Freiheit.

Mit einem tiefen Atemzug tauchte er auf und zog sich auf sein Surfbrett, um ein wenig von den Klippen weg zu paddeln. Erst dann kniete er sich auf das Brett und legte sich in die nächste Welle, die ihn vorwärts trieb.

Er hörte das Lachen der Kinder, die über den Strand tollten, zu dem die Fluten ihn trugen, und schon sah er auch die Gruppe von Jugendlichen, mit denen er gerne seine Zeit hier verbrachte.

Die Sonne schien stärker, kaum dass er sich auf dem Surfbrett aufrichtete.

Mit jedem Ritt durch das Wasser wurde es eine Spur wärmer und der kalte Wind verwandelte sich in eine sanfte Sommerbrise, die für eine leichte Abkühlung sorgte.

An Land waren die Heranwachsenden und unter ihnen war auch er. Die kurzen, schwarzen Haare bildeten einen Kontrast zu seinen eigenen hellen und obwohl er viel draußen unterwegs war, wurde seine Haut nie braun. Er war das Gegenteil von ihm und das faszinierte den jungen Surfer.

»Sam!« Die kleine Gruppe kam auf ihn zu gerannt, kaum dass sein Surfbrett festen Boden erreichte und er ebenfalls auf den Strand trat.

Zwei Jugendliche kamen, aber er blieb im Schatten sitzen. Er war immer erst im Spätsommer bereit, dabei zu sein. Jetzt saß er nur am Rand und dennoch konnte Sam seine Augen nicht von ihm abwenden.

»Schön, dass du wieder da bist!« Man klatschte ihn ab. Oben, unten und in der Mitte, bevor man sich herzlich umarmte. Ihr persönlicher Gruß, den er mit jedem vollzog. »Ich komme immer wieder gerne zu euch. Mit euch hab ich die geilste Zeit ever.«

Als er alle begrüßt hatte, lief Sam zu dem Jungen im Schatten und lächelte ihn an. Auch sie durchliefen den Gruß bis zur Umarmung. Er duftete angenehm nach Sommer. Die Wärme, die von ihm ausstrahlte, obwohl er im Kühlen saß. So viel Hitze ohne die Hilfe der Sonne. Sam ließ das nicht kalt, dennoch lösten sie sich wieder voneinander.

»Immer noch erstmal Reservebank, Theo?« Ein kurzes Nicken war die Antwort, dann ein Schulterzucken. »Wie immer halt. Ich brauch ein wenig länger, um mich an die Sonne zu gewöhnen. Aber es macht auch Spaß, euch zuzusehen.«

»Feuer mich vernünftig an, ja?« Sam knuffte ihn gegen die Schulter und schon kam ein empörter Aufschrei von hinten.

»Hey! Theo ist unparteiisch! Der feuert niemanden an! Das wäre unfair.«

Sam lachte stumm auf und zwinkerte Theo nur kurz zu, bevor er sich dann mit erhobenen Händen wieder zu den anderen umdrehte. »Ich hab gar nichts gemacht. Außerdem brauche ich keine Anfeuerung, um euch alle fertig zu machen.«

Er rannte an ihnen vorbei direkt auf sein Surfbrett zu und stürzte sich damit in die Wellen. Er spürte, wie Theo ihn beobachtete. Sein Blick jagte Sam einen Schauer über den Rücken und beflügelte ihn gleichzeitig. Er kam nur seinetwegen immer wieder hierher zurück. Jedes Jahr aufs Neue, an diese Klippe, und er warf sich in die Tiefen, um ihn dann zu finden.

»Er ist dein Tamashii. Wenn die Zeit reif ist, wird er dir in unsere Welt folgen und gemeinsam schafft ihr einen neuen Sommerpatron, wenn deine Kraft zu schwinden beginnt. Aber dafür hast du noch Zeit. Deine Macht muss erst noch wachsen.« Die Erklärung seiner Mutter hallte in seinen Gedanken nach, als er an seine Beichte dachte.

Bisher waren immer alle mit dem gegengeschlechtlichen Part zurückgekommen. Er selbst verstand nicht, warum er so an diesem Jungen hing, dass es ihm die Zeit in seiner Heimat unerträglich machte. Aber scheinbar war es kein Problem. Die Verbindung musste nur stimmen.

»Sam? Träumst du? Wir hängen dich noch ab!« Der Ruf von einem seiner Freunde riss ihn aus seinen Gedanken. Sofort bemerkte er, dass er auf dem letzten Platz war. Durch diese Niederlage schwoll Ehrgeiz in seiner Brust an und schenkte ihm Kraft. Er schob sich einmal kurz vorwärts mit den Armen, bevor er aufstand und dann los surfte.

Die Wellen versuchten, ihn zu verschlingen, doch er entkam den nassen Fluten jedes Mal aufs Neue. Er liebte diese Geschwindigkeit. Das Rauschen um sich herum und das Zwielicht des Meeres, dem er gegenüberstand, wenn er durch einen Wellentunnel fuhr.

Seine drei Freunde landeten immer wieder im kühlen Nass, während er auf dem Surfbrett blieb. Er war der Beste. Das Surfen war sein Element. Das Wasser und die Sonne. Der Wind, der die Wellen formte und das Ganze erst ermöglichte. Jedes Mal, wenn er hier war, wünschte er sich, niemals wieder zu gehen. Er wollte auf ewig mit seinen Kameraden die Wellen reiten, über alles und nichts reden und dabei Eis essen. Alleine bei dem Gedanken daran, zurückzukehren, wurde sein Herz schwerer.

Doch auch jetzt vergingen die drei Monate viel zu schnell, aber anders als sonst, spürte er kein Ziehen und Drängen. Das Portal rief ihn nicht. Sein Onkel schien noch zu schlafen. Er hatte ihn schon lange nicht mehr wach zu Hause erlebt und kurz darauf legte sich Sorge über seine Schultern.

Die wurde jedoch sofort durch Theos Arm hinuntergestoßen, der sich um ihn legte. »Hey, Sam. Was ist los? Musst du bald gehen?«

Diese Hitze ließ seinen Körper kalt wirken. Kein Mensch war wärmer als Sam. Niemand, außer Theo und so genoss er dessen Nähe jedes

Mal wieder. Endlich saß er auch bei ihnen im Sand an ihrem Lagerfeuer.

Die Sterne strahlten am Firmament und ihre Zelte standen hinter ihnen im Kreis. Drei Stück. Sam besaß keines. Er schlief immer bei Theo. »Nein, ich kann wohl noch ein wenig bleiben.«

»Wie kommt es? In drei Tagen fängt die Schule wieder an. Normalerweise bist du dann längst weg. Musst du nicht auch zur Schule gehen?« Er lächelte darüber. Dieses Wort hatten sie schon öfters genannt, doch er verstand es nicht. Zu Hause wurde ihm alles Wichtige von seiner Familie beigebracht. Das kam dem Prinzip Schule wohl am nächsten.

»Ja, ich weiß. Aber scheinbar kann ich noch ein wenig länger bleiben.« Er lächelte und beantwortete die fragenden Blicke seiner Freunde mit einem Schulterzucken. »Ich weiß es auch nicht. Mein Onkel scheint sich zu verspäten.«

»Das find ich gar nicht so schlecht. Solange du da bist, ist der Sommer da. Ich mag es, wenn es warm ist und man die ganze Zeit draußen sein kann.« Das Mädchen unter ihnen lächelte breit und ließ sich dann nach hinten in den Sand fallen. »Wenn es nach mir ginge, könntest du für immer hierbleiben. Dann wird der Sommer bestimmt nie enden.«

»Ach, Klara. Das ist jetzt aber Schwachsinn. Was hat Sam schon mit dem Sommer zu tun? Er kommt halt immer in den Sommerferien hierher. Das ist alles. Der Herbst kommt, egal, ob Sam bleibt oder nicht.« Der zweite Junge im Bund schlug ihr leicht gegen die Schulter, was diese mit einem wehleidigen Laut quittierte.

Sam selbst lächelte nur darüber. Seine Eltern hatten es ihm verboten, über seine Kräfte zu sprechen. Dafür war er noch zu schwach. Erst, wenn es so weit war, Theo mit in seine Welt zu nehmen, durfte er seine wahre Identität offenbaren, weil er dann in der Lage war ein Portal zu öffnen und bei Gefahr entkommen konnte. Aktuell musste er darauf warten, dass sein Onkel es öffnete.

»Ja, der Herbst wird bald kommen.« Er lächelte und sah zu den Sternen, die um die Wette funkelten. Diese Momente liebte er an seiner Zeit in der Menschenwelt, wenn er mit seinen drei Freunden hier saß und dem Rauschen der Wellen lauschte.

»Hey, wisst ihr was? Ich habe meinen Eltern Marshmallow aus den Rippen geleiert. Kommt, braten wir sie über dem Feuer!« Theo huschte kurz in das Zelt hinter sich und kam einen Augenblick später mit vier Stöcken und einem Beutel voller Marshmallow zurück. Freude brach unter ihnen aus.

Sofort wurden die Stäbe verteilt und dann piekste jeder einen Marshmallow auf, den er ins Feuer hielt. Der Geruch von verbranntem Zucker lag in der Luft und Sam wünschte sich, dass sein Onkel noch eine Weile brauchen würde, bevor er erwachte. Diese Momente waren perfekt. Theo an seiner Seite, gemeinsam mit Klara und Benedikt.

Sie unterhielten sich lange über alles Mögliche und aßen die Packung Marshmallows leer. Erst dann krabbelten sie in ihre Zelte und Sam legte sich neben Theo. Seine Wärme vertrieb sofort die Kühle des Abends und kroch Sam unter die Haut. Doch auch wenn er sich an ihn schmiegen wollte, blieb er auf seiner Seite liegen und atmete den Duft nach Zitrone und Orange ein, der sich mit dem Geruch des Meeres vermischte. Er entspannte ihn und geleitete ihn in einen angenehmen Schlaf.

Ich will noch ein bisschen hierbleiben.

Es war dieses leichte Ziehen an seinen Gedanken und seinem Herzen, das ihn wieder aus dem Schlaf holte. Theo schlief und schnarchte leise, was Sam lächeln ließ, doch der Drang zu gehen wurde stärker. Er schlüpfte aus dem Zelt und sah den Nebel, der sich über den Strand legte. Die Wärme verschwand mit jedem seiner Atemzüge mehr und der Zug wurde drängender.

Ein letzter Blick auf Theo. »Bis zum nächsten Sommer.« Ein leises Flüstern und wie der Nebel legte sich dieser Satz über den Strand, den Sam hinter sich ließ. Sein Surfbrett in der Hand kehrte er an die Portalstelle zurück.

Dort stand eine junge Frau, die sehnsüchtig die Gegend beobachtete und auf etwas zu warten schien. Sam hatte sie schon das Jahr zuvor bemerkt. Ob sie auf seinen Onkel wartete?

»Er kommt gleich.« Mit diesen Worten rannte er voller Freude an ihr vorbei durch den Nebel in das Portal, das sich geöffnet hatte. Autumn kam ihm entgegen. Die Ringe unter seinen Augen waren dunkel und er sah miserabel aus. Die Angst, die er all die Jahre schon dort gesehen hatte, war tief in sein Gesicht eingraviert.

»Hey, Onkelchen. Hast dir ja eine süße Schnitte ausgesucht. Wird auch Zeit, dass du endlich mal zum Schuss kommst.« Er lachte auf und schlug ihm sanft gegen die Schulter. Die Hoffnung in Autumns Mimik kam zurück und der schlanke Riese richtete sich auf, um dann schon davon zu eilen.

Sam kam erneut Theo in den Sinn und er kannte das Gefühl. Jedes Mal freute er sich darauf, den Jungen zu sehen, wenn er durch diesen weißen Gang schritt. Jetzt musste er wieder neun Monate auf ihn verzichten. Eine Zeit, die ihm wie eine kleine Ewigkeit vorkam, in der man ihm mehr von seiner Zukunft erzählte, die so fern schien.

»Wann kann ich ihn mit mir nehmen, Mama?« Sam sah seine Mutter flehend an. »Ich will ihn dort nicht länger zurücklassen.«

»Wenn ihr erwachsen seid. Jetzt würde man ihn nicht gehen lassen, Sam. Ich kann dich verstehen. Deinen Vater habe ich auch schon sehr früh kennengelernt und ich musste lange warten. Aber dafür kam er auch, ohne zu zögern, mit mir.« Sie strich ihm sanft über den Kopf. »Gedulde dich noch vier Sommer, dann kannst du ihn auch mit dir nehmen, Sam.«

Vier Sommer. Das war zu lange. Sam wollte Theo jetzt bei sich haben. Jedes Jahr aufs Neue hatte er Angst, dass der andere nicht mehr in dem Schatten saß, wenn er an den Strand kam. Sam wusste nicht, was er dann tun würde, doch der Kuss seiner Mutter auf seinem Haupt beruhigte ihn und er nickte.

Theo verschwand nicht. Er war sein Tamashii. Sie waren füreinander bestimmt und so würde er auch da sein, wenn er endlich mit ihm kommen konnte.

Ganz sicher.

Lieber Sam,

Ich musste leider wegziehen. Aber ich komme wieder hierher zurück, sobald ich kann. Versprochen. Ich werde unter dem Sonnenschirm sitzen, wenn du aus dem Meer auftauchst. Sowie ich frei von allem bin. Okay?

Dein Theo

Steckbriefe

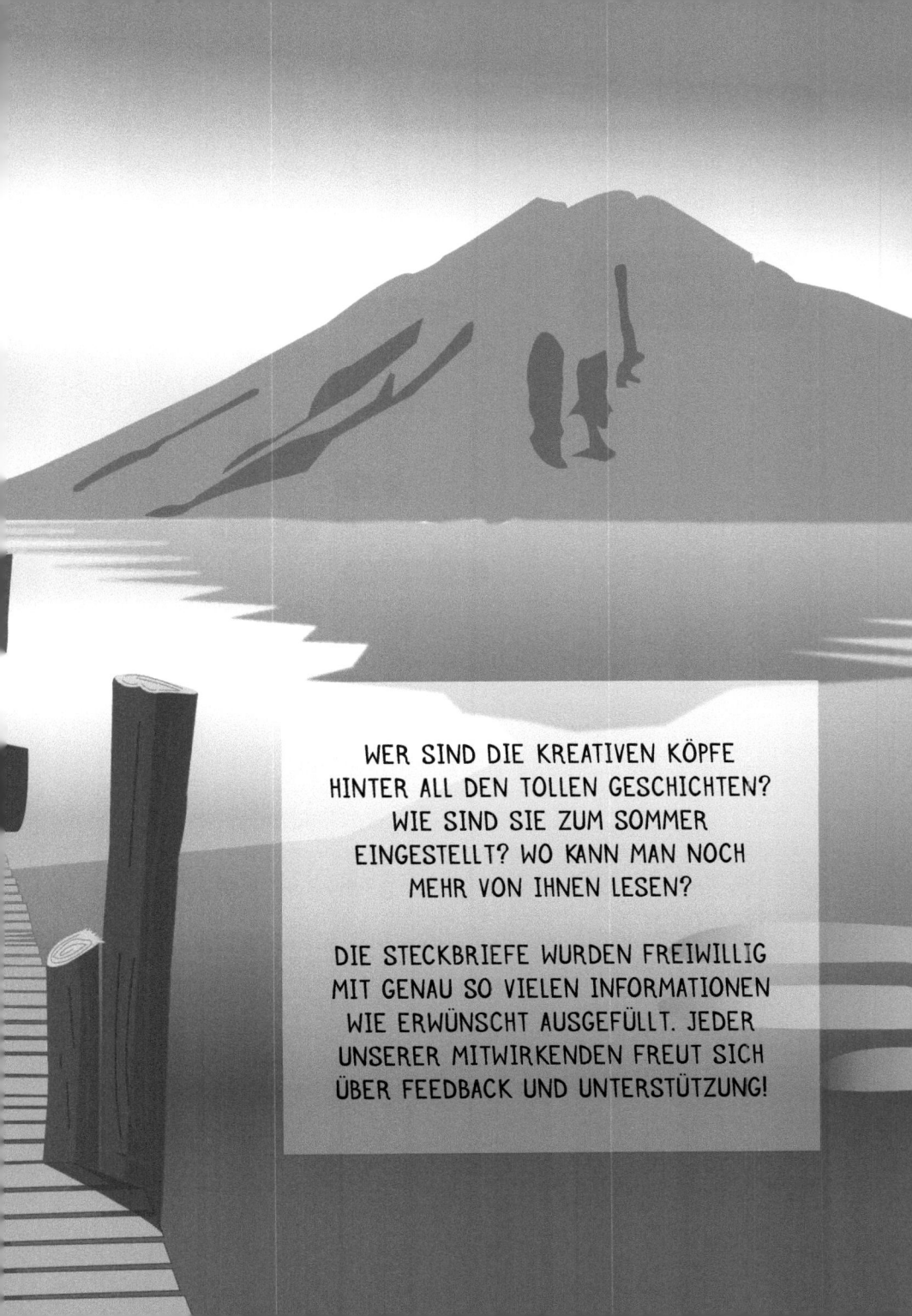

WER SIND DIE KREATIVEN KÖPFE
HINTER ALL DEN TOLLEN GESCHICHTEN?
WIE SIND SIE ZUM SOMMER
EINGESTELLT? WO KANN MAN NOCH
MEHR VON IHNEN LESEN?

DIE STECKBRIEFE WURDEN FREIWILLIG
MIT GENAU SO VIELEN INFORMATIONEN
WIE ERWÜNSCHT AUSGEFÜLLT. JEDER
UNSERER MITWIRKENDEN FREUT SICH
ÜBER FEEDBACK UND UNTERSTÜTZUNG!

WAS SCHREIBST DU?

FANTASY, ROMANCE, KRIMI UND AUF WAS ICH GRADE LUST HABE

THIS OR THAT

SONNE	**SCHATTEN**
DRINNEN	DRAUSSEN
BERGE	**MEER**
DECKE	HANDTUCH
STRAND	**POOL**
SEE	FREIBAD
AKTIV	**GECHILLT**
TASCHENBUCH	E-BOOK
GRILLPARTY	**PICKNICK**
BRATWURST	**POMMES**
EISTEE	LIMONADE

WAS ERFRISCHT DICH IM SOMMER?

WAS MAGST DU AM SOMMER?

Das es warm ist, nach Sommer riecht, die Geburtstage, das Gefühl, mit Freunden ins Freibad gehen zu können, Eis zu essen und mal wieder die schönen Sommerkleider rauszuholen

WAS IST DEIN LIEBLINGSORT IM SOMMER?

Ein ruhiger schattiger Platz am See

Lesestoff von mir:
In den anderen Word&Shield Anthologien

Alexandra Franze

WAS SCHREIBST DU?

FANTASY, URBAN FANTASY, ADVENTURE, ROMANCE

THIS OR THAT

SONNE — SCHATTEN

DRINNEN — DRAUSSEN

BERGE — **MEER**

DECKE — **HANDTUCH**

STRAND — **POOL**

SEE — **FREIBAD**

AKTIV — **GECHILLT**

TASCHENBUCH — E-BOOK

GRILLPARTY — PICKNICK

BRATWURST — **POMMES**

EISTEE — LIMONADE

WAS ERFRISCHT DICH IM SOMMER?

WAS MAGST DU AM SOMMER?

Grillabende mit Freunden, Sommerregen

WAS IST DEIN LIEBLINGSORT IM SOMMER?

Das Meer, ob im Süden oder im Norden

Instagram   alexx_ried
Wattpad/AO3   Alexx_fr

Lesestoff von mir:
World&Shield Herbst Anthologie,
Fanfictions auf Wattpad

Alexandria Werder

WAS SCHREIBST DU?

HIGH FANTASY,
KURZGESCHICHTEN,
LIEDER, GEDICHTE

THIS OR THAT

SONNE	**SCHATTEN**
DRINNEN	DRAUSSEN
BERGE	MEER
DECKE	HANDTUCH
STRAND	POOL
SEE	FREIBAD
AKTIV	**GECHILLT**
TASCHENBUCH	**E-BOOK**
GRILLPARTY	PICKNICK
BRATWURST	**POMMES**
EISTEE	LIMONADE

WAS ERFRISCHT DICH IM SOMMER?

WAS MAGST DU AM SOMMER?

LARP, Sommerregen

WAS IST DEIN LIEBLINGSORT IM SOMMER?

Fantastische Welten, die vor allem im
Sommer besucht werden können ;)

Instagram   kashizedan

Lesestoff von mir:
Die Kurzgeschichtensammlungen
‚Legenden aus Aldarath' und
‚Elven Song and Angel's Glory
and other Tales to be told'

Ann Ja

WAS SCHREIBST DU?

QUER DURCH DIE GENRES,
AUSSER ROMANCE -
NIEMALS REINE ROMANCE

THIS OR THAT

SONNE	**SCHATTEN**
DRINNEN	**DRAUSSEN**
BERGE	**MEER**
DECKE	**HANDTUCH**
STRAND	**POOL**
SEE	**FREIBAD**
AKTIV	**GECHILLT**
TASCHENBUCH	E-BOOK
GRILLPARTY	PICKNICK
BRATWURST	POMMES
EISTEE	LIMONADE

WAS ERFRISCHT DICH IM SOMMER?

WAS MAGST DU AM SOMMER?

Meinen B-Day, Schwimmen,
draußen lesen (im Schatten), LARP, mit Freunden grillen

WAS IST DEIN LIEBLINGSORT IM SOMMER?

Überall wo es nass ist und geschwommen werden kann

Instagram   ryuu_noko

Lesestoff von mir:
World&Shield Herbst Anthologie 2023

Bianca Tost

WAS SCHREIBST DU?

FANTASY

THIS OR THAT

SONNE — **SCHATTEN**

DRINNEN — DRAUSSEN

BERGE — MEER

DECKE — HANDTUCH

STRAND — POOL

SEE — **FREIBAD**

AKTIV — **GECHILLT**

TASCHENBUCH — E-BOOK

GRILLPARTY — **PICKNICK**

BRATWURST — **POMMES**

EISTEE — LIMONADE

WAS ERFRISCHT DICH IM SOMMER?

WAS MAGST DU AM SOMMER?

Erdbeeren

WAS IST DEIN LIEBLINGSORT IM SOMMER?

Da, wo Erdbeeren und Schatten sind

Lesestoff von mir:
Word&Shield Herbstanthologie

Caitriona Collins

WAS SCHREIBST DU?

FANTASY, HORROR, QUEERE GESCHICHTEN, IN MEINEN KURZGESCHICHTEN PROBIERE ICH MICH GERNE AUS

THIS OR THAT

SONNE	**SCHATTEN**
DRINNEN	DRAUSSEN
BERGE	MEER
DECKE	**HANDTUCH**
STRAND	POOL
SEE	FREIBAD
AKTIV	**GECHILLT**
TASCHENBUCH	E-BOOK
GRILLPARTY	**PICKNICK**
BRATWURST	**POMMES**
EISTEE	**LIMONADE**

WAS ERFRISCHT DICH IM SOMMER?

WAS MAGST DU AM SOMMER?

Urlaub am Meer, mit einem Buch in der Hand. Eis zum abkühlen. Und viele meiner Hobbies finden vermehrt im Sommer statt: Cosplay, Mittelalterlager

WAS IST DEIN LIEBLINGSORT IM SOMMER?

Im Schatten von Bäumen und Wäldern oder am Meer, wo man sich abkühlen kann.

Instagram	cat_schreibdrache	**Lesestoff von mir:**
	dracon_raven	Word&Shield Herbstanthologie

Cel Silen

WAS SCHREIBST DU?

QUEERES, PHANTASTIK
UND KRIMIS, AM
LIEBSTEN GLEICHZEITIG

THIS OR THAT

SONNE	**SCHATTEN**
DRINNEN	DRAUSSEN
BERGE	MEER
DECKE	HANDTUCH
STRAND	POOL
SEE	FREIBAD
AKTIV	**GECHILLT**
TASCHENBUCH	E-BOOK
GRILLPARTY	**PICKNICK**
BRATWURST	**POMMES**
EISTEE	**LIMONADE**

WAS ERFRISCHT DICH IM SOMMER?

WAS MAGST DU AM SOMMER?

Die kühlen Abendstunden

WAS IST DEIN LIEBLINGSORT IM SOMMER?

Die Gärten meiner Familienmitglieder ^^

Instagram   celsilen

Lesestoff von mir:
Angeleckt ist halb gelöst, Aetheraugen,
Kurzgeschichten in diversen Anthologien

WAS SCHREIBST DU?

FANTASY, URBAN FANTASY, HORROR, NOIR

THIS OR THAT

SONNE — **SCHATTEN**

DRINNEN — DRAUSSEN

BERGE — MEER

DECKE — **HANDTUCH**

STRAND — POOL

SEE — **FREIBAD**

AKTIV — **GECHILLT**

TASCHENBUCH — **E-BOOK**

GRILLPARTY — PICKNICK

BRATWURST — **POMMES**

EISTEE — LIMONADE

WAS ERFRISCHT DICH IM SOMMER?

WAS MAGST DU AM SOMMER?

Schwimmen, Eisessen

WAS IST DEIN LIEBLINGSORT IM SOMMER?

Unser Keller, da isses kühl

Dunkel

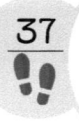

WAS SCHREIBST DU?

HIGH FANTASY,
CONTEMPORARY FANTASY,
ALLES, WAS MIR SONST
SPONTAN SPASS MACHT :3

WAS ERFRISCHT DICH IM SOMMER?

THIS OR THAT

SONNE — **SCHATTEN**

DRINNEN — DRAUSSEN

BERGE — **MEER**

DECKE — HANDTUCH

STRAND — **POOL**

SEE — **FREIBAD**

AKTIV — **GECHILLT**

TASCHENBUCH — E-BOOK

GRILLPARTY — PICKNICK

BRATWURST — POMMES

EISTEE — **LIMONADE**

WAS MAGST DU AM SOMMER?

Aufm Boot Eis essen, Angeln und abends
entspannt lesen. Und mein Geburtstag :3

WAS IST DEIN LIEBLINGSORT IM SOMMER?

Irgendwo am Wasser

Instagram   dunkel_mio

Lesestoff von mir:
Word&Shield Winter Anthologie 2021

HallowGazer

WAS SCHREIBST DU?

DARK FANTASY

THIS OR THAT

SONNE	SCHATTEN
DRINNEN	DRAUSSEN
BERGE	**MEER**
DECKE	HANDTUCH
STRAND	POOL
SEE	FREIBAD
AKTIV	**GECHILLT**
TASCHENBUCH	E-BOOK
GRILLPARTY	PICKNICK
BRATWURST	POMMES
EISTEE	**LIMONADE**

WAS ERFRISCHT DICH IM SOMMER?

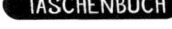

WAS MAGST DU AM SOMMER?

Sonnenschein

WAS IST DEIN LIEBLINGSORT IM SOMMER?

Grünflächen für Spaziergänge

Instagram   hallowgazer
Twitter   hallowgazer
Deviantart   hallowgazer

Ina Lindauer

 40

WAS SCHREIBST DU?

> STIMMUNGSVOLLE
> KURZGESCHICHTEN,
> CHARAKTERZENTRIERTE
> ROMANE, BÜCHER, DIE
> ICH SELBST GERNE
> LESEN MÖCHTE

THIS OR THAT

SONNE	SCHATTEN
DRINNEN	**DRAUSSEN**
BERGE	**MEER**
DECKE	HANDTUCH
STRAND	POOL
SEE	FREIBAD
AKTIV	GECHILLT
TASCHENBUCH	E-BOOK
GRILLPARTY	PICKNICK
BRATWURST	POMMES
EISTEE	LIMONADE

WAS ERFRISCHT DICH IM SOMMER?

WAS MAGST DU AM SOMMER?

Sommerwind, Morgentau, Gartenspaziergänge,
zusammenkommen mit Familie und Freunden im Grünen

WAS IST DEIN LIEBLINGSORT IM SOMMER?

Im Wasser oder im Garten/Park

Lesestoff von mir:
Word&Shield Herbstanthologie

Isotopic

WAS SCHREIBST DU?

HAUPTSÄCHLICH SCI-FI,
AUCH FANTASY

THIS OR THAT

SONNE	**SCHATTEN**
DRINNEN	DRAUSSEN
BERGE	**MEER**
DECKE	**HANDTUCH**
STRAND	POOL
SEE	FREIBAD
AKTIV	GECHILLT
TASCHENBUCH	E-BOOK
GRILLPARTY	**PICKNICK**
BRATWURST	**POMMES**
EISTEE	LIMONADE

WAS ERFRISCHT DICH IM SOMMER?

WAS MAGST DU AM SOMMER?

Eigentlich nicht so meine Jahreszeit...

WAS IST DEIN LIEBLINGSORT IM SOMMER?

Einfach wo es Kühler ist.

Instagram   Isopodion

Lesestoff von mir:
Herbstanthologie von Word&Shield

Jessica Bartel

37

WAS SCHREIBST DU?

FANTASY UND URBAN-
FANTASY, GEPAART MIT
ETWAS ROMANTIK
UND DYSTOPIE

WAS ERFRISCHT DICH
IM SOMMER?

THIS OR THAT

SONNE **SCHATTEN**

DRINNEN DRAUSSEN

BERGE **MEER**

DECKE HANDTUCH

STRAND **POOL**

SEE **FREIBAD**

AKTIV **GECHILLT**

TASCHENBUCH **E-BOOK**

GRILLPARTY PICKNICK

BRATWURST **POMMES**

EISTEE **LIMONADE**

WAS MAGST DU AM SOMMER?

Wärme, Grillen, Eis essen, Sommerabende

WAS IST DEIN LIEBLINGSORT IM SOMMER?

Unser Garten.

Instagram   jessica_bartel
Wattpad/A03   Meliniel03
Fanfiktion.de   Jay1303

Lesestoff von mir:
Word&Shield Herbstanthologie,
Wattpad, fanfiktion.de

WAS SCHREIBST DU?

ICH SCHREIBE VOR ALLEM
FANTASY UND SLICE
OF LIFE, MIT QUEEREN
ELEMENTEN UND AM
LIEBSTEN IN FORM VON
KURZGESCHICHTEN

THIS OR THAT

SONNE	**SCHATTEN**
DRINNEN	**DRAUSSEN**
BERGE	MEER
DECKE	HANDTUCH
STRAND	POOL
SEE	**FREIBAD**
AKTIV	**GECHILLT**
TASCHENBUCH	E-BOOK
GRILLPARTY	PICKNICK
BRATWURST	**POMMES**
EISTEE	LIMONADE

WAS ERFRISCHT DICH IM SOMMER?

WAS MAGST DU AM SOMMER?

Im Frühsommer Nachts durch Lindenaleen laufen und den
Geruch genießen, Barfußlaufen und dass es so lange hell ist

WAS IST DEIN LIEBLINGSORT IM SOMMER?

Ein schattiges Plätzchen im Grünen

Lesestoff von mir:
Anthologie: Beweisstück A - Neue Indizien
u. Word&Shield Herbstanthologie

J.M. Martini

WAS SCHREIBST DU?

HIGH FANTASY UND
URBAN FANTASY

THIS OR THAT

SONNE	**SCHATTEN**
DRINNEN	**DRAUSSEN**
BERGE	**MEER**
DECKE	HANDTUCH
STRAND	POOL
SEE	**FREIBAD**
AKTIV	**GECHILLT**
TASCHENBUCH	E-BOOK
GRILLPARTY	PICKNICK
BRATWURST	**POMMES**
EISTEE	LIMONADE

WAS ERFRISCHT DICH IM SOMMER?

WAS MAGST DU AM SOMMER?

Die Atmosphäre

WAS IST DEIN LIEBLINGSORT IM SOMMER?

Irgendwo im Grünen

Instagram nyctoress
Youtube Nyctoress

M.R. Seibert

WAS SCHREIBST DU?

HAUPTSÄCHLICH FANTASY.
JEDOCH MEIST DAS,
WORAUF ICH LUST HABE

THIS OR THAT

SONNE	**SCHATTEN**
DRINNEN	DRAUSSEN
BERGE	MEER
DECKE	HANDTUCH
STRAND	**POOL**
SEE	**FREIBAD**
AKTIV	**GECHILLT**
TASCHENBUCH	E-BOOK
GRILLPARTY	**PICKNICK**
BRATWURST	**POMMES**
EISTEE	LIMONADE

WAS ERFRISCHT DICH IM SOMMER?

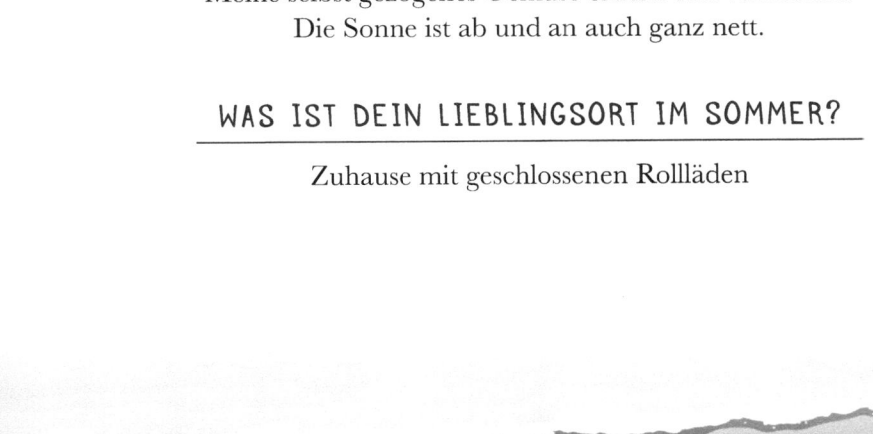

WAS MAGST DU AM SOMMER?

Meine selbst gezogenes Gemüse ernten und verkochen.
Die Sonne ist ab und an auch ganz nett.

WAS IST DEIN LIEBLINGSORT IM SOMMER?

Zuhause mit geschlossenen Rollläden

Mitsuki Kibouno

WAS SCHREIBST DU?

PSYCHODRAMEN,
THRILLER/KRIMIS,
HORROR, BOYSLOVE

THIS OR THAT

SONNE **SCHATTEN**

DRINNEN DRAUSSEN

BERGE **MEER**

DECKE HANDTUCH

STRAND POOL

SEE FREIBAD

AKTIV **GECHILLT**

TASCHENBUCH E-BOOK

GRILLPARTY **PICKNICK**

BRATWURST **POMMES**

EISTEE LIMONADE

WAS ERFRISCHT DICH IM SOMMER?

WAS MAGST DU AM SOMMER?

Eiscreme, meinen Geburtstag, das Lichtspiel unter Bäumen

WAS IST DEIN LIEBLINGSORT IM SOMMER?

Im Sommer verkrieche ich mich vorwiegend in meiner
kühlen Wohnung. Es ist mir oft einfach zu heiß!

Instagram	Mitsuki_Kibouno
Facebook	Mitsuki_Kibouno
Twitter	Mitsuki_Kibouno
A03	Mitsuki_Kibouno

Lesestoff von mir:
Word & Shield Herbstanthologie
2023, diverse Anthologien vom
Verlag Obscur Couleur, eigene
Bücher (Anfrage direkt bei mir)

Sakura Kuromi

 40

WAS SCHREIBST DU?

ADVENTURE, YOUNG ADULT, FANTASY, SHORT STORIES, SLICE OF LIFE

THIS OR THAT

SONNE — **SCHATTEN**

DRINNEN — **DRAUSSEN**

BERGE — **MEER**

DECKE — HANDTUCH

STRAND — **POOL**

SEE — **FREIBAD**

AKTIV — **GECHILLT**

TASCHENBUCH — E-BOOK

GRILLPARTY — **PICKNICK**

BRATWURST — **POMMES**

EISTEE — LIMONADE

WAS ERFRISCHT DICH IM SOMMER?

WAS MAGST DU AM SOMMER?

Schatten, Spaziergänge im vergleichbar kühlem Wald, Cosplay Conventions, Schwimmen, Abkühlen, Blumen und Eiscafés

WAS IST DEIN LIEBLINGSORT IM SOMMER?

Überall wo es Schatten gibt. Sonne brennt immer so auf der Haut xD Bonus wenn es auch Natur gibt

Instagram   sakura_kuromi

Lesestoff von mir:
Word&Shield Herbstanthologie 2023

Jamie Raphael Prinz

 39

WAS SCHREIBST DU?

FANTASY, BOYSLOVE, LYRIK

THIS OR THAT

SONNE	**SCHATTEN**
DRINNEN	**DRAUSSEN**
BERGE	**MEER**
DECKE	**HANDTUCH**
STRAND	**POOL**
SEE	FREIBAD
AKTIV	GECHILLT
TASCHENBUCH	E-BOOK
GRILLPARTY	**PICKNICK**
BRATWURST	**POMMES**
EISTEE	**LIMONADE**

WAS ERFRISCHT DICH IM SOMMER?

WAS MAGST DU AM SOMMER?

Laue Sommerabende, mondhelle Nächte

WAS IST DEIN LIEBLINGSORT IM SOMMER?

Meer. Immer.

Instagram thescarletprince
Facebook ScarletPrince
Fanfiktion.de Genius
Youtube ScarletPrince
Patreon ScarletPrince
Twitter scarletsongs
bsky.social AuthorGenius

Lesestoff von mir:
Noch keine

Sharwyn

WAS SCHREIBST DU?

EIN WENIG VON ALLEM MIT DEM FOKUS AUF FANTASY, CYBERPUNK UND POSTAPOKALYPSE.

THIS OR THAT

SONNE · **SCHATTEN**

DRINNEN · DRAUSSEN

BERGE · MEER

DECKE · HANDTUCH

STRAND · POOL

SEE · FREIBAD

AKTIV · **GECHILLT**

TASCHENBUCH · E-BOOK

GRILLPARTY · PICKNICK

BRATWURST · POMMES

EISTEE · LIMONADE

WAS ERFRISCHT DICH IM SOMMER?

WAS MAGST DU AM SOMMER?

Gar nichts.

WAS IST DEIN LIEBLINGSORT IM SOMMER?

Mein Zimmer mit verdunkelten Fenstern.

Lesestoff von mir:
Siehe meine Homepage:
sharwyn-1.jimdosite.com

Shino Tenshi

WAS SCHREIBST DU?

DARKGENRE MIT ALLEN MÖGLICHEN KOMBINATIONEN

THIS OR THAT

SONNE **SCHATTEN**

DRINNEN DRAUSSEN

BERGE **MEER**

DECKE **HANDTUCH**

STRAND **POOL**

SEE **FREIBAD**

AKTIV **GECHILLT**

TASCHENBUCH **E-BOOK**

GRILLPARTY PICKNICK

BRATWURST **POMMES**

EISTEE LIMONADE

WAS ERFRISCHT DICH IM SOMMER?

WAS MAGST DU AM SOMMER?

Meinen Geburtstag :D

WAS IST DEIN LIEBLINGSORT IM SOMMER?

Abgekühlte Orte

Instagram shinotenshi87
Facebook autorshinotenshi
Wattpad/A03 Shino-Tenshi
Fanfiktion.de Shino Tenshi
Youtube shinotenshiliest
Patreon shinotenshi
Twitter ShinoTenshiA

Lesestoff von mir:
Schau einfach nach auf
www.shinotenshi.de

WAS SCHREIBST DU?

URBAN FANTASY,
LYRIK, EPIK,

THIS OR THAT

SONNE	**SCHATTEN**
DRINNEN	**DRAUSSEN**
BERGE	**MEER**
DECKE	HANDTUCH
STRAND	POOL
SEE	FREIBAD
AKTIV	**GECHILLT**
TASCHENBUCH	E-BOOK
GRILLPARTY	**PICKNICK**
BRATWURST	**POMMES**
EISTEE	LIMONADE

WAS ERFRISCHT DICH IM SOMMER?

WAS MAGST DU AM SOMMER?

Sommerregen und Sommernächte

WAS IST DEIN LIEBLINGSORT IM SOMMER?

Meer, aber auch Wald, Feld und Terrasse

Instagram	soerbuddha
Facebook	soerbuddha
Wattpad/AO3	soerbuddha
Youtube	soerbuddha
Patreon	soerbuddha
Twitch.tv	soerbuddha

Lesestoff von mir:
www.belletristica.com Suche
nach: Soerbuddha

Sophie Schuster

WAS SCHREIBST DU?

URBAN FANTASY,
COMEDY, METAFIKTION,
KINDERGESCHICHTEN,
UND SONSTIGE
SPASSIGE DINGE ^_^

THIS OR THAT

SONNE — **SCHATTEN**
DRINNEN — DRAUSSEN
BERGE — **MEER**
DECKE — HANDTUCH
STRAND — POOL
SEE — **FREIBAD**
AKTIV — GECHILLT
TASCHENBUCH — E-BOOK
GRILLPARTY — PICKNICK
BRATWURST — **POMMES**
EISTEE — LIMONADE

WAS ERFRISCHT DICH IM SOMMER?

WAS MAGST DU AM SOMMER?

Wenn es drinnen angenehm kühl ist, nachdem man draußen in der Hitze war. Und gefrorene Sahne unter einem leckeren Spaghettieis :D

WAS IST DEIN LIEBLINGSORT IM SOMMER?

Überall, wo es klimatisiert ist - zum Beispiel im Kino :D Und wenn ich im Urlaub bin, bin ich gerne im Wasserpark oder im Wald.

Instagram   outlandish_sorceress

Lesestoff von mir:
In der Herbst-Ausgabe dieser Anthologie :D Und vielleicht gibt es da bald auch noch was anderes ;)

Stefan Emmerichs

WAS SCHREIBST DU?

CRIME, MYSTERY, THRILLER

THIS OR THAT

SONNE **SCHATTEN**

DRINNEN **DRAUSSEN**

BERGE MEER

DECKE **HANDTUCH**

STRAND **POOL**

SEE FREIBAD

AKTIV GECHILLT

TASCHENBUCH E-BOOK

GRILLPARTY PICKNICK

BRATWURST **POMMES**

EISTEE LIMONADE

WAS ERFRISCHT DICH IM SOMMER?

WAS MAGST DU AM SOMMER?

Die warmen Sommerabende.

WAS IST DEIN LIEBLINGSORT IM SOMMER?

Der Pool oder ein kühler See!

Instagram stefan_emmerichs_autor

Lesestoff von mir:
Die WAYSIDE-Krimis

Suki Fee

WAS SCHREIBST DU?

> FANTASY,
> KINDERGESCHICHTEN,
> SUPER GERNE ALS KOMBI!

THIS OR THAT

SONNE	**SCHATTEN**
DRINNEN	**DRAUSSEN**
BERGE	**MEER**
DECKE	**HANDTUCH**
STRAND	POOL
SEE	FREIBAD
AKTIV	**GECHILLT**
TASCHENBUCH	E-BOOK
GRILLPARTY	PICKNICK
BRATWURST	**POMMES**
EISTEE	LIMONADE

WAS ERFRISCHT DICH IM SOMMER?

WAS MAGST DU AM SOMMER?

Die perfekte Zeit für hübsche Kleider! Außerdem Cosplay!
Sonne! Es ist noch hell, wenn ich aus dem Spätdienst komme!

WAS IST DEIN LIEBLINGSORT IM SOMMER?

Wahlweise auf einer Liege im Garten oder in
der kühlen Wohnung auf der Couch

Lesestoff von mir:
In der Herbst-Anthologie gab es
bereits zwei Geschichten von mir!

WAS SCHREIBST DU?

VOR ALLEM FANTASY,
MAL HIGH-FANTASY, MAL
URBAN FANTASY, MAL MIT
ROMANCE, MAL OHNE;
WAS MIR SO IN DEN
SINN KOMMT. AKTUELL
ARBEITE ICH AN EINEM
GROSSEN FANTASY EPOS.

WAS ERFRISCHT DICH IM SOMMER?

THIS OR THAT

SONNE	**SCHATTEN**
DRINNEN	DRAUSSEN
BERGE	**MEER**
DECKE	HANDTUCH
STRAND	**POOL**
SEE	FREIBAD
AKTIV	**GECHILLT**
TASCHENBUCH	E-BOOK
GRILLPARTY	**PICKNICK**
BRATWURST	**POMMES**
EISTEE	**LIMONADE**

WAS MAGST DU AM SOMMER?

Laue, nicht zu heiße Sommernächte und wenn ich nicht
nass werde, lausche ich gern nächtlichem Sommerregen

WAS IST DEIN LIEBLINGSORT IM SOMMER?

Ein kühles schattiges Plätzchen gern am Wasser,
wenn es da nicht voller Mücken wimmelt D:

Instagram   tonja.wolf

Lesestoff von mir:
In der Word&Shield Winteranthologie
und in der Herbstanthologie. Ich arbeite
derzeit noch an meinem eigenen Werk

Umako

WAS SCHREIBST DU?

QUERBEET, WORAUF ICH
GERADE BOCK HABE,
SELTEN SEICHTES, EHER
EMOTIONAL AUFWÜHLEND

WAS ERFRISCHT DICH IM SOMMER?

THIS OR THAT

SONNE	SCHATTEN
DRINNEN	DRAUSSEN
BERGE	MEER
DECKE	HANDTUCH
STRAND	POOL
SEE	FREIBAD
AKTIV	GECHILLT
TASCHENBUCH	E-BOOK
GRILLPARTY	PICKNICK
BRATWURST	POMMES
EISTEE	LIMONADE

WAS MAGST DU AM SOMMER?

Dass ich nicht frieren muss und schöne
Sachen anziehen kann. Und EIS :D

WAS IST DEIN LIEBLINGSORT IM SOMMER?

Egal. Hauptsache nicht zu heiß und nicht zu kalt.

Verena Binder

 39

WAS SCHREIBST DU?

> HIGH-FANTASY,
> URBAN FANTASY.
> ICH LIEBE WORLDBUILDING
> UND PSYCHOLOGIE
> IST MIR WICHTIG!

THIS OR THAT

SONNE	**SCHATTEN**
DRINNEN	DRAUSSEN
BERGE	**MEER**
DECKE	HANDTUCH
STRAND	**POOL**
SEE	FREIBAD
AKTIV	**GECHILLT**
TASCHENBUCH	**E-BOOK**
GRILLPARTY	PICKNICK
BRATWURST	**POMMES**
EISTEE	**LIMONADE**

WAS ERFRISCHT DICH IM SOMMER?

WAS MAGST DU AM SOMMER?

Sandstrand, Abende am Lagerfeuer, Abkühlung im See!

WAS IST DEIN LIEBLINGSORT IM SOMMER?

Schattenplatz am See

Instagram	vennybinder, world_of_iyuha
Sonstiges	www.binder-buchsatz.de

Lesestoff von mir:
Juwelenwald (Fortlaufende Serie!),
Hanyesha (Einzelband!),
Dilaras Wegträumgeschichten,
W&S Herbstanthologie

Yamato Ôkami

WAS SCHREIBST DU?

HIGH FANTASY, URBAN FANTASY, HORROR, MAGISCHER REALISMUS

THIS OR THAT

SONNE · **SCHATTEN**

DRINNEN · **DRAUSSEN**

BERGE · MEER

DECKE · HANDTUCH

STRAND · POOL

SEE · FREIBAD

AKTIV · **GECHILLT**

TASCHENBUCH · E-BOOK

GRILLPARTY · **PICKNICK**

BRATWURST · **POMMES**

EISTEE · LIMONADE

WAS ERFRISCHT DICH IM SOMMER?

WAS MAGST DU AM SOMMER?

Wärme, Sonne, Eis

WAS IST DEIN LIEBLINGSORT IM SOMMER?

Am Meer

Instagram yamatoookami
Facebook yamatookami
Fanfiktion.de Yamato
Wattpad/AO3 Yamato

Lesestoff von mir:
Kaentô - Flammende Klingen
ISBN:9783740706777

Yui Spallek

39

WAS SCHREIBST DU?

BOYS LOVE, ROMANCE, THRILLER, FANTASY

THIS OR THAT

SONNE **SCHATTEN**

DRINNEN DRAUSSEN

BERGE **MEER**

DECKE **HANDTUCH**

STRAND **POOL**

SEE **FREIBAD**

AKTIV **GECHILLT**

TASCHENBUCH E-BOOK

GRILLPARTY PICKNICK

BRATWURST **POMMES**

EISTEE LIMONADE

WAS ERFRISCHT DICH IM SOMMER?

WAS MAGST DU AM SOMMER?

Schatten, Eis, dass es nicht so kalt ist, gute Laune

WAS IST DEIN LIEBLINGSORT IM SOMMER?

Das Meer

Instagram yui_spallek
Facebook yuispallek
Fanfiktion.de Yui Spallek
Twitter yui_spallek
Homepage https://bettinaspallek.
wixsite.com/yuispallek

Lesestoff von mir:
Mit Leib und Leben, Mit Leib und Leiden,
Ich bin ein Fujoshi, Herbstanthologie,
Versunken - Unter den Wellen,
Über die Dunkelheit hinaus